Copyright © 2015 by Kimberly Brubaker Bradley

Título original: The war that saved my life
Os direitos morais da autora foram assegurados.

Tradução para a língua portuguesa
© Mariana Serpa Vollmer, 2017

Arte da capa © Josie Portillo

© Alamy/Latinsotck, p. 4-5, 8, 236-237
© AP Photo/British Official Photo, p. 235

Diretor Editorial
Christiano Menezes

Diretor Comercial
Chico de Assis

Editor
Bruno Dorigatti

Editor Assistente
Ulisses Teixeira

Capa e Projeto Gráfico
Retina 78

Designers Assistentes
Pauline Qui
Raquel Soares

Revisão
Ana Kronemberger
Retina Conteúdo

Impressão e acabamento
Gráfica Geográfica

DADOS INTERNACIONAIS DE CATALOGAÇÃO NA PUBLICAÇÃO (CIP)
Angélica Ilacqua CRB-8/7057

Bradley, Kimberly Brubaker
  A guerra que salvou a minha vida / Kimberly Brubaler Bradley ; tradução de Mariana Serpa Vollner. — Rio de Janeiro : DarkSide Books, 2017.
  140 p.

  ISBN: 978-85-9454-026-3
  Título original: The war that saved my life.

  1. Ficção norte-americana 2. Guerra Mundial, 1939-1945 - Ficção 3. Refugiados - Ficção I. Título II. Vollner, Mariana Serpa

17-0187   CDD 813

Índices para catálogo sistemático:

1. Literatura norte-americana

[2017]
Todos os direitos desta edição reservados à
DarkSide® Entretenimento LTDA.
Rua do Russel, 450/501 - 22210-010
Glória - Rio de Janeiro - RJ - Brasil
www.darksidebooks.com

Kimberly Brubaker Bradley
A Guerra que Salvou a Minha Vida

Mariana Serpa Vollmer
TRADUÇÃO

DARKSIDE

BLACK-OUT 7.20 p.m. to 6.24 a.m.
Sun rises 6.52 a.m.
  sets 6.50 p.m.
Moon rises 12.28 a.m.
  to-morrow
  sets 3.50 p.m.

Imperial
British-made Typewriters

BERLIN'S BIGGEST

Daily Sket

No. 9,793 (E*) WEDNESDAY, SEPTEMBER 25, 1940

New Evacuation For Mothers In Hard

20,000 CHILDRE LEAVE LONDON

TWENTY thousand mothers and children a day are to be evacuated from London. Every second child in the "Blitzkrieg" area has already been taken to safety.

This evacuation is being organised from some of the hard pressed areas of London, and those who wish to go can register, and the Government will make arrangements to take them to the country.

The reasons given are partly because of the danger of bombing, and partly because of the danger of infectious disease if much time is spent in underground shelters.

Danger of being killed or injured by bombs up to the present is far less than the authorities estimated, but the health problem of the shelters might be serious.

464,000 Already Evacuated

In the L.C.C. Greater London, Thames-side and Medway towns 464,000 children of school age have already been evacuated. There are still 423,000 children to go.

Mr. Malcolm MacDonald, Minister of Health, announced the scheme last night, and posters will appear in the affected areas to-day telling the mothers that if they want to get away into the country they can register with their children at the food and rest centres, and the Government will make arrangements to take them away.

It does not matter whether the children are under or over school age.

Reluctance of mothers to be parted from their children has been met by the decision to send both away together.

You are eligible for evacuation if you live in a prescribed area and have a child of school age who has not been evacuated, but who you now wish to take to the country.

You are eligible for evacuation if you are homeless with a child of school age . . . despite what area you come from.

Later the scheme for total evacuation will be extended to all boroughs.

The Aged and Infirm

The aged and infirm and bed-ridden are being taken into hospitals when found to be homeless.

America Will Warn Japan

'DAILY SKETCH' REPORTER
New York, Tuesday.

WASHINGTON is gravely concerned about Japan's high-handed action in Indo-China, and the U.S. Government is considering sending a stern warning to Japan.

America will not tolerate any alteration in the status quo in the Pacific.

01

"Ada! Sai dessa janela!" A voz da Mãe gritando. O braço da Mãe agarrando e puxando o meu, de modo que tombei da cadeira e desabei com força no chão.

"Só estava dando um oi para o Stephen White." Eu sabia que não valia a pena responder, mas às vezes a boca era mais rápida que o cérebro. Naquele verão, eu viraria uma combatente.

A Mãe me bateu. Forte. Minha cabeça acertou a perna da cadeira, e, por um instante, eu vi estrelas.

"Não quero você falando com ninguém!", disse a Mãe. "Eu só te deixo ficar nessa janela porque tenho bom coração, mas ponho uma tábua aí se inventar de enfiar o nariz pra fora, que dirá se ficar de papo com os outros!"

"O Jamie está lá fora", falei.

"E por que não estaria?", disse a Mãe. "Ele não é aleijado. Não é que nem você."

Apertei os lábios pra não falar o que tinha vontade e sacudi a cabeça pra esquecer. Então vi a mancha de sangue no chão. Ai, misericórdia. Eu não havia limpado toda a sujeira da tarde. Se a Mãe visse, logo somaria dois e dois. E eu ia virar picadinho com certeza. Desliguei a bunda até tapar a mancha de sangue e enrosquei o pé ruim pra debaixo da perna.

"Acho bom ir preparando o meu chá", disse a Mãe. Ela sentou na beirada da cama e puxou as meias, mexendo os dois pés bons perto do meu rosto. "Daqui a pouco vou sair pra trabalhar."

"Sim, Mãe." Empurrei a minha cadeira da janela pro lado, pra esconder o sangue. Rastejei pelo chão, deixando o pé ruim, cheio de casquinhas de ferida, fora da vista da Mãe. Subi na cadeira perto do fogão, acendi o fogo e coloquei a chaleira em cima.

"Me arruma um pedaço de pão com banha", falou a Mãe.

"Ponha um pouco pro seu irmão também." Ela riu. "Se sobrar alguma coisa, pode jogar pela janela. Veja se o Stephen White quer comer o seu jantar. O que acha?"

Não respondi. Cortei duas fatias grossas de pão e escondi o resto atrás da pia. O Jamie só voltaria pra casa depois que a Mãe saísse, de todo modo, e ele sempre dividia comigo a comida.

Quando o chá ficou pronto, a Mãe veio pegar a caneca.

"Estou vendo esse seu olhar, garota. Não vai achando que pode me enganar. Você tem é sorte por eu te aguentar. Não faz ideia do tanto que as coisas podem ficar piores."

Eu também havia servido uma caneca de chá pra mim. Dei uma golada e senti o líquido quente traçar uma reta até as minhas entranhas. A Mãe não estava brincando. Mas, por outro lado, eu também não.

Existe guerra de tudo quanto é tipo.

A história que estou contando começa quatro anos atrás, no início do verão de 1939. Naquela época, a Inglaterra estava à beira de mais uma Grande Guerra, a guerra que está acontecendo agora. A maioria das pessoas estava com medo. Eu tinha dez anos (embora não soubesse minha idade) e, por mais que já tivesse ouvido falar no Hitler — nos trechinhos de conversas e palavrões que subiam da travessa até minha janela, no terceiro andar —, não estava nem um pouco preocupada com ele ou com qualquer guerra disputada entre os países. Pelo que contei já deve ter ficado claro que eu estava em guerra com a minha mãe, mas a minha primeira guerra, a que travei naquele mês de junho, foi contra o meu irmão.

O Jamie tinha uma cabeleira castanho-escura, olhos de anjo e alma endiabrada. A Mãe dizia que ele tinha seis anos de idade, e no outono começaria a frequentar a escola. Ao contrário de mim, tinha pernas fortes e dois pés perfeitos. Ele os usava pra fugir de mim.

Eu tinha pavor de ficar sozinha.

Nosso apartamento era um conjugado no terceiro andar, em cima do pub onde a Mãe trabalhava durante a noite. De manhã, a Mãe dormia até tarde, e era eu que dava de comer ao Jamie e cuidava pra que ele ficasse quieto até ela acordar. Então a Mãe saía pra fazer compras ou pra conversar com as mulheres da travessa; às vezes, levava o Jamie, mas quase sempre não. De noite, a Mãe ia trabalhar, e eu dava chá ao Jamie, cantava pra ele e colocava ele para dormir. Fazia tudo isso desde que me entendia por gente, desde quando o Jamie ainda usava fraldas e era muito pequeno para ir ao banheiro.

A gente brincava, cantava músicas e via o mundo pela janela — o sorveteiro com o seu carrinho, o trapeiro com o seu pônei desgrenhado, os homens retornando das docas durante a noite, as mulheres estendendo roupa limpa no varal e se debruçando pra bater papo. As crianças da travessa pulando corda e brincando de pega-pega.

Eu podia ter descido as escadas, mesmo naquela época. Podia ter rastejado ou me apoiado de bunda. Não era uma imprestável. Mas, na única vez em que tentei sair, a Mãe descobriu e me espancou até fazer meus ombros sangrarem.

"Você não passa de uma desgraça!", ela gritava. "Um monstro, com esse pé horrível! Acha que eu quero o mundo todo vendo a minha vergonha?" Ameaçou tapar minha janela com uma tábua se eu voltasse a descer. Era sempre a mesma ameaça.

Meu pé direito era pequeno e torto, de modo que a sola apontava pra cima, com todos os dedos no ar, e o que deveria ficar pra cima tocava o chão. O tornozelo não funcionava direito, claro, e doía sempre que eu colocava peso em cima, então durante quase toda a vida, eu nunca me apoiei nesse pé. Eu rastejava muito bem. Não reclamava de ficar tanto tempo dentro de casa, desde que o Jamie estivesse junto. Mas, à medida que ele foi crescendo, passou a querer brincar na rua, ficar com as outras crianças.

"E por que não?", falava a Mãe. "Ele é normal." Para o Jamie, dizia: "Você não é que nem a Ada. Pode ir onde quiser".

"Não pode, não", eu respondia. "Ele tem que ficar onde eu consiga ver."

No início ele ficou, mas logo fez amizade com um grupo de garotos e passou a sumir de casa o dia todo. Voltava com histórias sobre as docas do rio Tâmisa, onde atracavam imensos navios com carregamentos vindos do mundo inteiro. Contava sobre os trens e sobre armazéns maiores que o nosso quarteirão. Visitou a St. Mary's, a igreja cujos sinos me ajudavam a marcar o tempo. À medida que os dias de verão passavam, ele ficava na rua mais e mais tarde, até que começou a chegar muitas horas depois de a Mãe sair. Ficava longe o tempo todo, e a Mãe não se importava.

Minha casa era uma prisão. Eu mal suportava o calor, o silêncio e o vazio.

Eu tentava de tudo para forçar o Jamie a ficar. Barrava a porta para impedi-lo de ir, mas ele já era mais forte que eu. Implorava e suplicava à Mãe. Ameaçava o Jamie. Então, num dia quente, amarrei as mãos e os pés dele enquanto o meu irmão dormia. Eu *obrigaria* ele a ficar comigo.

O Jamie acordou. Não gritou nem fez escândalo. Debateu-se uma vez, depois ficou ali deitado, impotente, olhando pra mim.

Lágrimas correram pelo seu rosto.

Eu o desamarrei o mais rápido que pude. Senti-me um monstro. Seu pulso ficou com uma marca vermelha, onde eu tinha prendido a corda com muita força.

"Não vou mais fazer isso", falei. "Prometo. Nunca mais faço isso."

Ainda assim as lágrimas corriam. Eu entendi. Durante toda a vida jamais tinha feito mal ao Jamie. Jamais batera nele, nem uma única vez.

Agora eu era que nem a Mãe.

"Eu fico em casa", ele sussurrou.

"Não", respondi. "Não. Não precisa. Mas tome um pouco de chá antes de sair." Dei a ele uma caneca e um pedaço de pão com banha. Naquela manhã, éramos só nós dois, a Mãe tinha saído e eu não sabia para onde. Fiz cafuné na cabeça do Jamie, dei um beijo no cocuruto, cantei uma música pra ele, fiz tudo o que podia pra que sorrisse. "Logo, logo, você vai pra a escola, de qualquer forma", eu disse, espantada por não ter me dado conta disso antes. "Daí você vai passar o dia todo fora, mas eu vou ficar bem. Vou ajeitar as coisas pra ficar bem." Usei a minha lábia para convencê-lo a ir brincar e acenei pra ele da janela.

Então eu fiz o que deveria ter feito desde o início. Fui aprender a andar.

Se eu conseguisse andar, talvez a Mãe não sentisse tanta vergonha de mim. Talvez pudéssemos disfarçar o meu pé aleijado. Talvez eu pudesse sair de casa e ficar com o meu irmão, ou pelo menos ir onde ele estivesse, caso precisasse de mim.

Foi isso o que aconteceu, embora não como pensei que seria. No fim das contas, foi a combinação das duas guerras — o fim da minha pequena guerra contra o Jamie e o início da grande guerra, a do Hitler — que me libertou.

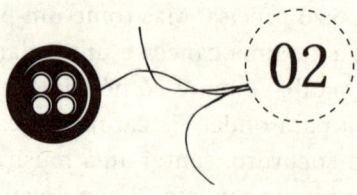

02

Comecei naquele mesmo dia. Subi na cadeira e pus os dois pés no chão. O pé bom, o esquerdo. O ruim, o direito. Estiquei os joelhos e, agarrando a cadeira, me levantei.

Quero deixar claro qual era o problema. Eu conseguia ficar de pé, óbvio. Conseguia pular de um pé só, se precisasse. Mas era bem mais ligeira usando as mãos e os joelhos, e o nosso apartamento era tão pequeno que eu não me dava ao trabalho de me levantar com frequência. Meus músculos das pernas, em especial os da perna direita, não tinham esse costume. Eu sentia as costas fracas. Só que tudo isso era secundário. Se a minha única necessidade fosse ficar de pé, seria ótimo.

Pra caminhar eu tinha que apoiar o pé ruim no chão. Tinha que pôr todo o peso em cima dele e erguer o outro pé, sem cair por desequilíbrio ou por conta da dor.

Naquele primeiro dia permaneci junto à cadeira, sem conseguir me equilibrar direito. Bem devagar, transferi um pouco do peso do pé esquerdo para o direito. Fiquei sem ar.

Talvez não fosse tão ruim se eu já caminhasse desde o início. Talvez os ossinhos tortos do meu tornozelo já tivessem se acostumado. Talvez a pele já fosse mais calejada.

Talvez. Mas eu nunca ia saber, e essa história de ficar de pé sem segurar nada me aproximava do Jamie. Larguei a cadeira. Balancei o pé ruim. Empurrei o corpo pra frente. Senti uma dor no tornozelo feito uma faca. Eu caí.

Levanta. Agarra a cadeira. Fica em pé direito. Dá um passo pra frente. Cai. Levanta. Tenta de novo. Agora com o pé bom primeiro. Um arquejo rápido, um movimento do pé ruim, e então: queda.

Machuquei a pele da sola do pé. Sujei o chão de sangue. Depois de um tempo, eu não aguentava mais. Desabei de joelhos, trêmula, peguei um pano e limpei a sujeira.

Esse foi o primeiro dia. O segundo foi pior. No segundo, o pé e a perna esquerda também doíam. Foi difícil esticar as pernas. As quedas deixaram meus joelhos roxos, e as feridas do pé ruim não haviam sarado. No segundo dia, tudo que fiz foi ficar de pé, segurando a cadeira. Fiquei de pé e olhei pela janela. Pratiquei a transferência de peso de um pé pro outro. Então deitei-me na cama e solucei, de tanta dor e cansaço.

Guardei segredo, claro. Só queria que a Mãe soubesse depois que eu estivesse andando bem, e achava que o Jamie ia acabar contando pra ela. Poderia ter gritado a novidade para a rua, mas de que teria adiantado? Eu observava as pessoas pela janela todos os dias, às vezes inclusive falava com elas, mas embora elas muitas vezes acenassem e até dissessem *Olá, Ada!*, quase nunca tentavam falar comigo de verdade.

Talvez a Mãe sorrisse para mim. *Olhe só como você é esperta!*, talvez ela dissesse.

Meus pensamentos foram mais longe. Depois de um dia difícil, enquanto apoiava a perna na cama e tremia com o esforço de não chorar mais, pensei na Mãe me tomando pela mão e me ajudando a descer as escadas. Pensei nela me guiando pela rua, dizendo a todos: *Esta é a Ada. É a minha filha. Vejam, ela não é tão imprestável quanto a gente pensava.*

Afinal de contas, ela era a minha mãe.

Eu me imaginei ajudando ela com as compras. E me imaginei indo à escola.

"Me conta tudo", pedi ao Jamie, tarde da noite. Coloquei ele no colo, perto da janela aberta. "O que foi que você viu hoje? O que aprendeu?"

"Eu entrei numa loja, que nem você pediu", respondeu o meu irmão. "Uma loja de frutas. Fruta pra todo lado. Pilhas de frutas em cima de umas mesas, ou coisa parecida."

"Que tipo de fruta?"

"Ah... maçã. E umas que pareciam maçã, mas não eram. E umas redondas que eram da cor do pôr do sol e brilhosas, e umas que eram verdes..."

"Você tem que aprender os nomes."

"Não deu", respondeu o Jamie. "Quando o homem da loja me viu, me pôs pra fora. Falou que não precisava de mendigos imundos roubando as frutas dele e me enxotou com uma vassoura."

"Ah, Jamie. Você não é um mendigo imundo." Nós tomávamos banho às vezes, quando a Mãe começava a se incomodar com o nosso cheiro. "E você não ia roubar."

"Claro que ia." Ele meteu a mão dentro da camisa e puxou uma das maçãs que não eram maçãs, ondulada, amarela e macia. Era uma pera, embora não soubéssemos. Quando mordemos, o suco escorreu pelo nosso queixo.

Eu nunca tinha provado uma coisa tão gostosa.

No dia seguinte, o Jamie roubou um tomate, mas, no outro, foi pego tentando roubar uma costeleta do açougue. O açougueiro deu uma surra nele, bem no meio da rua, depois veio com ele até a nossa casa e contou tudo à Mãe. Ela o agarrou pelo pescoço e tratou de dar outra sova nele.

"Seu idiota! Roubar doce é uma coisa! O que é que você está querendo com uma costeleta?"

"A Ada está com fome", ele respondeu, chorando.

Eu *estava* com fome. Andar dava tanto trabalho que agora eu vivia com fome. Mas era a resposta errada, e o Jamie sabia disso. Vi seus olhos arregalados, assustados.

"A Ada! Eu já devia saber!" A Mãe se virou para mim. "Ensinando o seu irmão a roubar pra você? Sua fedelha imprestável!"

Ela veio me bater com o dorso da mão. Eu estava sentada na cadeira. Sem pensar, pulei de pé pra desviar do golpe.

Ela me pegou em flagrante. Não podia dar um passo, não sem entregar o meu segredo. Mas a Mãe me encarou, com o olho faiscante.

"Você está ficando atrevida, hein? Fique de joelhos e entre no armário."

"Não, Mãe", respondi, desabando no chão. "Não. Por favor."

O armário ficava debaixo da pia. Às vezes, o cano pingava, por isso ele estava sempre úmido e fedido. E o pior, tinha baratas ali. Eu não me incomodava tanto com as baratas em outros lugares. Podia esmagá-las com uma folha de papel e jogar o corpo pela janela. No armário, no escuro, não dava pra esmagar. Elas se amontoavam em cima de mim. Teve uma que entrou rastejando na minha orelha.

"Já pra dentro", mandou a Mãe, com um sorriso no rosto.

"Eu vou", disse o Jamie. "Fui eu que roubei a costeleta."

"A Ada vai", respondeu a Mãe. Virou o sorriso insensível para o Jamie. "Toda vez que eu pegar você roubando de novo, a Ada passa a noite no armário."

"A noite inteira, não", sussurrei, mas claro que foi.

Quando as coisas ficavam muito ruins, minha cabeça dava um jeito de escapulir. Eu sempre soube fazer isso. Podia estar em qualquer lugar, na minha cadeira ou dentro do armário, que conseguia não ver nada, não ouvir nada, não sentir nada. Eu simplesmente sumia.

Era uma coisa boa, mas não acontecia rápido o bastante. Os primeiros minutos no armário foram os piores. Mais tarde, de tão espremido, meu corpo começou a doer. Eu tinha crescido.

De manhã, quando a Mãe me soltou, eu me sentia tonta e enjoada. Quando me levantei, senti muita dor, com câimbras e formigamentos nas pernas nos braços. Deitei no chão. A Mãe baixou a cabeça pra me olhar.

"Que isso te sirva de lição. Não vai ficar cheia de si, garota."

Soube que a Mãe havia adivinhado pelo menos parte do meu segredo. Eu estava ficando mais forte. Ela não gostou. Assim que saiu de casa, eu me levantei e me forcei a caminhar por toda a extensão do apartamento.

Já era fim de agosto. Eu sabia que em pouco tempo o Jamie começaria a ir à escola. Já não temia tanto quanto antes ficar sem ele, mas estava apavorada por ficar sozinha com a Mãe. Mas, naquele dia, o Jamie chegou em casa mais cedo, com um semblante aflito. "O Billy White falou que as crianças estão indo embora", ele disse.

Billy White era o irmão caçula do Stephen White, e melhor amigo do Jamie.

A Mãe se aprontava pro trabalho. Vergou o corpo para amarrar os sapatos, e ao sentar-se de volta soltou um grunhido. "É o que estão dizendo."

"Como assim, indo embora?", perguntei.

"Indo embora de Londres", ela respondeu, "por causa do Hitler e das bombas." Olhava pra cima, pro Jamie, não pra mim. "O que dizem é que a cidade vai ser bombardeada, então é melhor todas as crianças serem mandadas para o interior, longe do perigo. Ainda não decidi se mando você. Acho que deveria. É mais barato, uma boca a menos pra alimentar."

"Que bombas?", perguntei. "Que interior?"

A Mãe me ignorou.

O Jamie deslizou até uma cadeira e balançou os pés nos travessões de madeira. Era tão pequenino.

"O Billy falou que eles vão no sábado." Faltavam dois dias. "A mãe dele está comprando um monte de roupa nova."

"Não tenho dinheiro pra roupa nova", retrucou a Mãe.

"E eu?" Minha voz saiu mais baixa do que eu gostaria. "Eu vou? E eu?"

A Mãe continuava sem me olhar.

"Claro que não. Estão mandando as crianças pra morar com gente boa. Quem é que ia querer você? Eu respondo: ninguém. Gente boa não quer ficar olhando esse pé."

"Eu posso ficar com gente ruim. Não seria muito diferente de morar aqui."

Vi o tapa vindo, mas não fui ligeira o bastante para me abaixar.

"Deixa de insolência", ela disse. Sua boca se contorceu no sorriso que me apertava as entranhas. "Você não pode ir embora. Nunca vai poder. Está presa aqui, bem aqui nesta casa, com ou sem bombas."

O rosto do Jamie empalideceu. Ele abriu a boca para dizer algo, mas eu balancei a cabeça com força, e ele tornou a fechá-la. Quando a Mãe saiu, ele se jogou nos meus braços.

"Não se preocupe", eu disse, embalando-o. Não sentia medo. Sentia gratidão por ter passado o verão como tinha passado. "Vá descobrir onde é que temos que ir e a que horas precisamos chegar. Nós vamos embora juntos, pode acreditar."

03

Na manhã de sábado, bem cedinho, roubei os sapatos da Mãe.

Foi necessário. Era o único par de sapatos do apartamento além dos de lona do Jamie, que eram pequeninos demais até para o meu pé ruim. Os sapatos da Mãe eram muito grandes, mas eu enchi eles de papel. Enrolei um pano no pé ruim. Amarrei bem forte os cadarços. A sensação dos sapatos era estranha, mas considerei que eles ficariam firmes nos meus pés.

O Jamie me olhou, cheio de surpresa.

"Eu tenho que levar", sussurrei. "Senão as pessoas vão ver o meu pé."

"Você está de pé. Está *andando*."

Meu grande momento, e eu já nem ligava. Havia tanta coisa me esperando. "É", respondi. "Estou." Olhei para a Mãe, deitada na cama, roncando, de costas para nós. Orgulhosa de mim? Que diabo, claro que não.

Desci a escada deslizando de bunda. No final, o Jamie me ajudou a levantar, e nós saímos juntos para o silêncio das ruas de manhã. Um passo, pensei. Um passo de cada vez.

Era interessante estar no nível do chão. A luz era cor-de-rosa, e uma neblina azul-clara vinha subindo dos prédios, de modo que tudo parecia mais bonito do que mais tarde, durante o dia. Um gato fez uma curva caçando alguma coisa, provavelmente um rato. Tirando o gato, a rua estava vazia.

Dei a mão ao Jamie do meu lado direito, para me apoiar. Do lado esquerdo, trazia uma sacola de papel com comida para o café da manhã. O Jamie disse que tínhamos que estar na escola às nove da manhã. Ainda faltavam horas, mas calculei que quanto mais cedo saíssemos, melhor. Não sabia quanto tempo levaria pra chegar à escola. Não queria os outros me encarando.

A rua era esburacada, o que da minha janela eu não tinha percebido. Era mais difícil caminhar nela que no nosso apartamento. O sapato ajudou, mas, quando cheguei ao fim da travessa, meu pé doía tanto que eu não achava que podia dar sequer um passo a mais. Mas dei.

"Vire aqui", sussurrou o Jamie. "Não está longe."

Outro passo, e meu pé ruim virou. Eu caí, respirando com dificuldade. O meu irmão se ajoelhou ao meu lado. "Pode rastejar", ele disse. "Não tem ninguém olhando."

"Falta quanto?", perguntei.

"Três quarteirões. Quarteirões são os prédios que têm entre as ruas. A gente tem que passar mais três ruas."

Calculei a distância com os olhos. Três ruas. Bem podiam ser três quilômetros. Ou trezentos.

"Acho que vou rastejar um pouco", falei.

Mas rastejar na rua era muito mais difícil que rastejar no nosso apartamento. Meus joelhos eram calejados, sim, mas as pedras machucavam, e o lixo e a lama também não eram agradáveis. Depois de um quarteirão, tomei a mão do Jamie e me levantei.

"Por que você não anda, se consegue?", ele perguntou.

"É uma coisa recente. Aprendi agora no verão, enquanto você estava na rua."

Ele assentiu. "Não vou contar."

"Não importa", respondi. O mundo já parecia gigantesco pra mim. Quando eu olhava o alto dos prédios, ficava tonta. "Estamos indo para o interior. Lá ninguém vai ligar se eu ando."

Claro que era mentira. Eu não sabia nada sobre o local onde

estávamos indo. Nem sequer sabia o que significava a palavra *interior*. Mas o Jamie apertou a minha mão mais forte e sorriu.

A escola era um prédio de tijolos com um pátio vazio, cercado por uma cerca de metal. Chegamos lá e desabamos. Comemos pão passado no açúcar. Estava bom.

"Você pegou o açúcar da Mãe?", perguntou o Jamie, arregalando os olhos.

Eu fiz que sim. "Todinho." Nós gargalhamos alto.

Agora que havíamos parado de andar, sentimos o ar frio e o chão úmido. A dor estrondosa no meu tornozelo virou um latejo profundo. Olhei todos os prédios desconhecidos, os detalhes e ornamentos nos tijolos, as molduras das janelas, os pássaros. Não percebi a mulher que veio cruzando o pátio, até que o Jamie me cutucou.

Ela sorriu para nós. "Chegaram cedo."

Uma das professoras, pensei. Fiz que sim com a cabeça e retribuí com um sorrisão. "Nosso pai deixou a gente aqui, antes de ir pro trabalho. Ele falou que a senhora ia cuidar bem de nós."

A mulher assentiu. "E vou mesmo. Querem um pouco de chá?"

Quando nos levantamos, ela naturalmente percebeu que eu mancava. Mancava uma ova, eu cambaleava, com a sorte de ter o Jamie para me segurar.

"Coitadinha", ela disse. "O que foi que houve?"

"Eu me machuquei", respondi. "Agora de manhã." O que não deixava de ser verdade.

"Posso dar uma olhada?"

"Ah, não", falei, forçando-me a caminhar. "Já está melhor."

Depois disso, foi fácil. Foi a coisa mais impossível que eu já tinha feito, mas ao mesmo tempo foi fácil. Apoiei-me no Jamie e segui em frente. O pátio se encheu de crianças e professoras, que nos organizaram em filas. Eu não teria sido capaz de caminhar os oitocentos metros até a estação de trem — estava muito cansada —, mas de súbito um rosto conhecido surgiu à minha frente. "É você, Ada?", perguntou o Stephen White.

Ele era o filho mais velho dos White; havia o Stephen, três meninas e o Billy. O bando todo parou para me encarar. Nunca tinham me visto que não fosse por detrás da janela.

"Sou eu", respondi.

O Stephen parecia surpreso. "Não achei que você fosse vir. Quer dizer, claro que ia ter que sair de Londres, mas a nossa mãe disse que tinham lugares especiais pra gente feito você."

A Mãe não tinha falado nada sobre lugares especiais.

"Como assim, 'gente feito eu'?"

O Stephen baixou a cabeça. Era mais alto que eu, e mais velho, eu imaginava, porém não muito. "Você sabe", ele disse.

Eu sabia. "Aleijados."

Ele me encarou de volta, chocado. "Não. De miolo mole. Que não batem bem da cabeça. É o que todo mundo diz. Eu nem sabia que você falava."

Pensei em todo o tempo que passava na janela.

"Eu falo com você toda hora."

"Eu sei que você acena e solta um blá-blá-blá, mas", ele agora parecia bastante constrangido, "a gente nunca consegue ouvir você bem da rua. Não dá pra entender o que você diz. Eu não sabia que você falava direito. E a sua mãe diz que você tem que ficar trancada em casa, para o seu próprio bem." Pela primeira vez, ele olhou pro meu pé. "Você é aleijada?"

Disse que sim.

"Como foi que chegou até aqui?"

"Andando. Não podia deixar o Jamie vir sozinho."

"Foi difícil?"

"Foi."

Ele fez uma cara estranha, que eu simplesmente não entendi. "Todo mundo lamenta pela sua mãe", disse.

Não havia nada que eu pudesse responder.

"Ela sabe que você veio?", perguntou o Stephen.

Eu teria mentido, mas o Jamie se adiantou.

"Não. Ela falou que a Ada ia levar uma bomba."

O Stephen assentiu. "Não se preocupe com a caminhada até a estação. Eu dou uma carona."

Não entendi o que ele quis dizer, mas uma das irmãzinhas sorriu pra mim.

"Ele me dá carona", disse a menina.

Eu sorri de volta. Ela me lembrava do Jamie.

"Então, tá."

Então, o Stephen White andou até a estação comigo nas costas. A professora que me deu o chá agradeceu a ele pela ajuda. Marchamos todos numa fila comprida, e as professoras nos fizeram cantar "There'll Always Be an England". Enfim chegamos à estação, cheia de mais crianças do que eu achava que era possível existir.

"Consegue subir direitinho no trem?", perguntou o Stephen, colocando-me no chão.

Eu agarrei o ombro do Jamie.

"Claro que sim."

O Stephen assentiu. Começou a juntar o Billy e as irmãs, então virou-se para mim.

"Por que é que ela prende você, se você não é retardada?"

"Por causa do meu pé."

Ele balançou a cabeça.

"Que doidice."

"É por causa... por causa de alguma coisa que eu fiz, sei lá, para ter o pé assim..."

Ele balançou a cabeça outra vez.

"Doidice."

Eu olhei pra ele. *Doidice?*

Então as professoras começaram a gritar, e todos subimos no trem. Antes dos sinos da igreja baterem o meio-dia, ele começou a se movimentar.

Estávamos livres. Da Mãe, das bombas do Hitler, da minha prisão no apartamento. De tudo. Doidice ou não, eu estava livre.

04

O trem era horrível, claro. A maioria das crianças não estava tão feliz quanto eu com a partida. Algumas choravam, e uma vomitou no cantinho do vagão. A professora encarregada do nosso vagão ia e vinha, toda nervosa, tentando limpar a bagunça, separar os garotos brigando e explicar pela terceira, décima ou centésima vez que não, não havia banheiro no vagão, que a gente ia ter que segurar, e que não, ela não sabia quanto tempo faltava, e ninguém nem sabia aonde o trem estava indo, muito menos quanto tempo levaria para chegar.

Sem banheiro, nada para beber, e já havíamos comido todo o nosso pão. Virei açúcar na mão do Jamie e ele lambeu feito um gato. Enquanto isso, o mundo passava pelas janelas, cada vez mais depressa. Se eu deixasse meus olhos fora de foco, a paisagem borrava e passava ligeira. Se eu firmasse o foco em alguma coisa, ela ficava parada enquanto eu movia a cabeça, e ficava claro que era o trem, e não o mundo, que estava se mexendo.

Os prédios sumiram, e de súbito surgiu verde. Verde para todo lado. Um verde vivo, vibrante, esplêndido, subindo pelo ar em direção ao céu azul, azul. Eu olhei, fascinada.

"O que é isso?"

"Grama", respondeu o Jamie.

"*Grama?*" Ele conhecia esse verde? Não havia grama na nossa travessa, nem nada parecido que eu já tivesse visto. Eu conhecia o verde das roupas e dos repolhos, mas não o do interior.

O Jamie assentiu.

"Fica no chão. É pontuda, mas é macia, não espeta. Tem grama no cemitério. Em volta dos túmulos. E nas árvores, que nem aquela ali." Ele apontou pela janela.

As árvores eram finas e compridas, como talos de aipo, só que gigantes. Com um monte de verde em cima.

"Quando foi que você viu um cemitério?", perguntei. *O que é um cemitério?*, eu deveria ter perguntado em seguida. Eram tantas coisas que eu não conhecia.

O Jamie deu de ombros.

"St. Mary's. Brincamos de pular carniça nos túmulos. O vigário expulsou a gente."

Eu observei o verde até ele começar a embaçar. Tinha passado metade da noite acordada, para que não perdêssemos a hora, e agora minhas pálpebras começavam a cair mais e mais, até que o Jamie sussurrou.

"Ada. Ada, *olha*."

Vi uma garota num pônei acompanhando o trem. Estava *em cima* do pônei, sentada nas costas dele, uma perna de cada lado. Ela segurava umas cordas ou coisa parecida, presas à cabeça do bicho. Ela gargalhava, um sorriso de alegria escancarado no rosto, e ficou claro até pra mim que o lugar dela era ali. A menina conduzia o pônei, dizia a ele o que fazer. *Cavalgava* o pônei. E o pônei corria a toda.

Eu conhecia os pôneis da travessa, mas só os tinha visto puxando carroças. Não sabia que dava pra montar neles. Não sabia que corriam tanto.

A garota se inclinou pra frente, perto da crina esvoaçante do pônei. Moveu os lábios, como se gritasse algo. Cravou as pernas nas laterais do animal, que avançou ainda mais ligeiro, as pernas castanhas voando, os olhos vivos. Os dois emparelharam com o trem, que foi fazendo uma curva.

Vi um muro de pedra à frente deles. Engoli em seco. Iam bater. Iam se machucar. Por que ela não freava o pônei?

Eles saltaram. Saltaram o muro de pedras e continuaram a toda, enquanto os trilhos do trem se afastavam.

De súbito, pude sentir tudo, a corrida, o salto. A brandura, o voo: reconheci a cena com o corpo inteiro, como se já tivesse feito aquilo centenas de vezes. Como se amasse fazer. Bati na janela.

"Eu vou fazer aquilo", disse.

O Jamie riu.

"Por que não?", perguntei a ele.

"Você anda direitinho."

Não contei a ele que meu pé doía tanto que eu já não sabia se conseguiria voltar a andar.

"É", respondi. "Ando, sim."

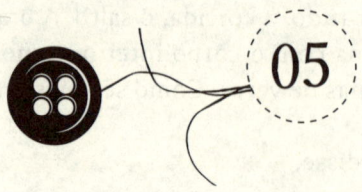

O dia piorou. Não tinha como não piorar. O trem parou, voltou a se mexer e parou de novo. O sol quente invadiu as janelas até o ar azedar. As crianças menores choravam. As maiores brigavam.

Enfim paramos numa plataforma, mas uma mulher mandona não quis nos deixar sair. Discutiu com a professora chefe, depois com todas as outras, depois até com o maquinista do trem. As professoras diziam que a gente precisava sair, pelo amor da misericórdia, mas a mulher, que tinha uma cara de ferro e um uniforme de soldado, só que com saia, bateu na prancheta e se recusou.

"Estava esperando setenta mães com seus bebês", ela disse. "Não duzentas crianças em idade escolar. É o que diz aqui."

"Não quero nem saber o que está escrito no seu papel!", gritou de volta a professora-chefe.

A professora encarregada do nosso vagão sacudiu a cabeça e abriu a porta.

"Podem sair, todos vocês", mandou. "Tem banheiro na estação. Vamos arrumar alguma coisa pra vocês comerem e beberem. Saiam."

E nós fomos saindo, como uma manada retumbante. As outras professoras fizeram o mesmo, abrindo as portas dos seus vagões. A mulher da cara de ferro fez uma carranca ainda maior e berrou ordens que todo mundo ignorou.

Foi uma barulheira e confusão de um jeito que eu nunca vira. Melhor que fogos de artifício.

O Jamie me ajudou a descer do trem. Eu estava toda dura, e desesperada pra usar o banheiro.

"Me ensine a usar o banheiro", pedi a ele. Parece engraçado, mas era meu primeiro banheiro de verdade. Lá no nosso apartamento, só havia um comunitário no corredor, mas eu usava um balde, que a Mãe ou o Jamie esvaziavam.

"Acho que tenho que usar o de menino", respondeu o Jamie.

"Como assim, o de menino?"

"Está vendo?" Ele apontou pra duas portas. Como era de se esperar, todos os meninos entravam por uma porta, e as meninas, por outra. Só que agora havia filas serpenteando para fora das duas.

"Então me diz o que fazer."

"Você faz xixi, depois dá descarga."

"O que é descarga? Como que se dá descarga?"

"Tem tipo uma alavanca, e você empurra pra baixo."

Eu esperei a minha vez, então entrei e descobri tudo, até como se dava descarga. Havia pias, e joguei água no meu rosto quente. A garota bem à minha frente — a mais maltrapilha, mais repulsiva que eu já tinha visto — usava uma pia diante da minha, o que era estranho. Franzi o rosto pra ela, e ela franziu de volta.

De repente, percebi que era um espelho.

A Mãe tinha um espelho. Ficava bem no alto da parede, e eu nunca dera bola pra ele. Encarei a minha imagem, horrorizada. Eu achava que me parecia com as outras garotas. Mas meu cabelo era todo embolado, não sedoso. Minha pele era mais pálida que a delas, branca que nem leite, só que meio acinzentada, mais ainda em torno do pescoço. Os calos sujos dos meus joelhos apareciam por sob a saia desbotada, que de uma hora pra outra pareceu imunda e pequena demais.

O que eu podia fazer? Respirei fundo e saí, cambaleante. O Jamie estava esperando. Eu o encarei de cima a baixo com meu novo olhar crítico. Ele também estava mais sujo que os outros garotos. Sua camisa já nem tinha mais cor, de tão desbotada, e as bordas de suas unhas estavam pretas.

"A gente devia ter tomado banho", eu disse.

O Jamie deu de ombros.

"Não importa."

Mas importava.

Em casa, quando eu olhava pra travessa pela janela, conseguia ver a peixaria na esquina do outro lado da rua, três prédios à esquerda. Eles recebiam peixe todas as manhãs e deixavam à venda do lado de fora, em cima de uma tábua de pedra grossa e bem gelada. No calor do verão, os peixes não tardavam a ficar passados, por isso as mulheres faziam uma seleção criteriosa e escolhiam só os melhores e mais frescos.

Era isso o que éramos, nós, as crianças: peixes numa tábua. As professoras nos arrebanharam pela rua até um grande edifício e nos colocaram em fila, coladinhos a uma parede. Os homens e as mulheres do vilarejo passavam lentamente por nós, olhando pra ver se éramos meigos, bonitos e saudáveis o bastante pra ser levados para casa.

Pelas expressões que faziam e as coisas que diziam, ficava claro que muitos de nós recebíamos péssimas avaliações.

"Deus do Céu", disse uma dona, dando pra trás ao cheirar o cabelo de uma menininha. "Estão imundos!"

"Eles vão tomar banho", retrucou a mulher da cara de ferro. Ela coordenava as operações bem do meio do salão, ainda de prancheta na mão. "Temos que ser generosos. Não esperávamos tantos. Temos que fazer a nossa parte."

"A minha parte não se estende a um bando de ratos de rua nojentos", retorquiu um velho. "Esses aí parecem que vão nos matar enquanto dormimos."

"São *crianças*", retrucou a mulher da cara de ferro. "Não têm culpa da própria aparência."

Olhei em volta. As meninas do vilarejo que distribuíam xícaras de chá tinham um aspecto radiante, com fitas no cabelo. Pareciam cheirar bem.

"Pode até ser", respondeu outra dona. "Mas eles não têm muito a ver com as nossas crianças, não é?"

A mulher da cara de ferro abriu a boca para discutir, depois tornou a fechá-la, sem dizer nada. Fosse lá o que fôssemos, não éramos como as crianças deles, isso estava bem claro.

"Ada", sussurrou o Jamie, "ninguém quer a gente."

Era verdade. A multidão já diminuía. Restavam cada vez menos crianças. As professoras nos colocavam juntinhos e falavam bem de nós. A mulher da cara de ferro tentava convencer o pessoal que ainda estava lá.

Uma velha de cabelo azulado pôs a mão no ombro do Jamie.

"Não levo a garota", ela disse, "mas acho que consigo dar conta do garotinho."

"A senhora não vai querer ele", respondi. "Ele rouba. E morde. E, sem mim pra controlar, as convulsões podem voltar."

A velha abriu a boca num "O" silencioso. Afastou-se depressa e foi embora com o irmão de outra pessoa.

Então o salão ficou vazio, exceto pelas professoras, a mulher de ferro, o Jamie e eu. A Mãe tinha razão. Ninguém queria a gente. Fomos os únicos que não tinham sido escolhidos.

06

"Não precisam se preocupar", disse a mulher da cara de ferro, o que talvez fosse a mentira mais ridícula que eu já tinha ouvido na vida. Ela batucou na prancheta. "Tenho o lugar perfeito pra vocês."

"É gente boa?", perguntou o Jamie.

"É uma moça solteira. Muito boa."

O Jamie balançou a cabeça.

"A Mãe disse que gente boa não vai querer a gente."

A mulher da cara de ferro torceu o canto da boca.

"Ela não é *tão* boa assim. Além do mais, a encarregada dos alojamentos sou eu. Não cabe a ela decidir."

Isso queria dizer que a mulher podia ser obrigada a ficar conosco. Bom. Troquei o peso do pé ruim e fiquei sem ar. Podia me acostumar à dor enquanto estava parada em pé, mas o movimento tornava tudo bem pior.

"Você consegue andar?", perguntou a mulher da cara de ferro. "O que aconteceu com esse pé?"

"Um carrinho de cerveja atropelou ele, mas está tudo bem."

"Por que não usa muletas?"

Como eu não sabia o que eram muletas, só pude dar de ombros. Comecei a caminhar pelo salão, mas, para o meu horror, o pé cedeu. Caí no chão de madeira. Mordi o lábio pra não gritar.

"Ah, pelo amor de Deus", bradou a mulher da cara de ferro. Ajoelhou-se. Esperei que ela gritasse ou que me erguesse com um puxão, mas em vez disso — o que era, a bem da verdade, ainda pior do que cair — ela me abraçou e me levantou do chão. Me *carregou*.

"Vamos rápido", disse ao Jamie.

Do lado de fora, ela me acomodou no banco de trás de um carro. Um carro de verdade. O Jamie entrou ao meu lado, os olhos arregalados. A mulher bateu a porta do passageiro, depois sentou-se no banco do motorista e ligou o motor.

"Só vai levar um minuto", disse, virando o pescoço pra olhar pra nós. "Não é longe."

O Jamie tocou a madeira brilhosa sob a janela ao lado dele.

"Tudo bem", respondeu, escancarando um sorriso. "Pode demorar. A gente não liga."

A casa parecia dormir.

Ficava bem no finzinho de uma silenciosa alameda de terra. De ambos os lados da rua havia árvores cujas copas se ajuntavam no alto, de modo que o caminho era sombreado de verde. A casa ficava afastada das árvores, sob uma pocinha de luz do sol, mas a chaminé de tijolos vermelhos era tomada de trepadeiras, e as janelas, encobertas por moitas abundantes. Um telhadinho abrigava uma porta pintada de vermelho, tal qual a chaminé, mas a casa em si era cinza, sem graça por detrás das moitas. As janelas estavam fechadas com cortinas. A porta também estava fechada.

A mulher da cara de ferro estalou a língua, como se irritada. Encostou o carro e desligou o motor.

"Esperem aqui", mandou. Bateu o punho na porta vermelha. Nada aconteceu. "Srta. Smith!", ela vociferou, e depois de mais uns instantes sem nada acontecer, girou a maçaneta e entrou.

Cutuquei o Jamie.

"Vai lá escutar."

Ele ficou diante da porta aberta por uns minutos, depois voltou.

"Estão brigando. A mulher não quer a gente. Diz que não sabia que estava tendo guerra."

Não me surpreendi em saber que a srta. Smith não queria nos receber, mas achei bem difícil acreditar que alguém não estivesse sabendo da guerra. Ou a srta. Smith estava mentindo, ou era burra feito uma porta.

Dei de ombros. "A gente pode ir pra outro lugar."

No instante em que disse aquilo, tudo mudou. Do lado direito da casa adormecida, um pônei dourado-claro enfiou a cabeça por entre as moitas e me encarou.

Percebi que ele estava parado atrás de um murinho de pedras. Tinha uma listra branca no nariz e os olhos castanho-escuros. Remexeu as orelhas pra frente e soltou um relincho baixo.

Cutuquei o Jamie e apontei. Era como um desejo realizado. No meu estômago, voltei a ter a sensação do trem, quando vi a garota e o pônei galopante.

"Ele mora aqui?", sussurrou o Jamie.

Eu já estava saindo do carro. Se o pônei não morava com a srta. Smith, no mínimo morava na casa ao lado, e onde ele estivesse, eu estaria também. Tentei dar um passo, mas meu pé não deixou. Puxei o Jamie.

"Ajuda aqui."

"Até o pônei?"

"Não. Até a casa." Percorremos cambaleantes o caminho de pedra e passamos pela porta vermelha. Do lado de dentro, a casa era pequena e escura. O ar dava arrepios. O cômodo onde entramos tinha móveis estranhos e brutos, todos cobertos com um tecido roxo-escuro. As paredes exibiam padrões em cores escuras, e o piso também. Havia uma mulher magra e pálida de vestido preto sentada numa das cadeiras roxas, bem empertigada e rígida, e a mulher da cara de ferro, igualmente rígida, estava sentada à frente dela. A mulher pálida — a srta. Smith — tinha umas manchas vermelho-vivo no rosto. Seu cabelo armado emoldurava o rosto magro feito uma crespa nuvem amarela.

"... não sabe nada em relação a eles", ela dizia.

"Aqui estão eles!", exclamou a mulher da cara de ferro. "A menina machucou o pé. Crianças, essa é a srta. Susan Smith.

Srta. Smith, esses são..." Ela fez uma pausa e olhou pra nós, intrigada. As outras crianças do trem usavam plaquinhas com os seus nomes, mas nós não. "Como é que vocês se chamam?"

Eu hesitei. Ali poderia ter um novo nome. Poderia me chamar Elizabeth, que nem a princesa. Que diabo, eu poderia me chamar Hitler. Elas jamais saberiam.

"Ada e Jamie", respondeu o meu irmão.

"Ada e Jamie de quê?", perguntou a mulher de ferro. "Como é o sobrenome?"

"Hitler", respondi.

O Jamie me fuzilou com o olhar, sem dizer nada.

"Não seja insolente", ralhou a mulher de ferro.

"Não dá. Não sei o que é isso."

"Isso quer dizer que você não se chama Hitler. Diga o seu sobrenome à srta. Smith."

"Smith. Ada e Jamie Smith."

A mulher de ferro soltou um sibilo exasperado.

"Ah, é? Bom, não importa." Virou-se para a srta. Smith. "Eles devem constar nos registros das professoras. Vou perguntar. Agora tenho que ir. Foi um dia muito longo." Ela se levantou. Eu me plantei com firmeza na cadeira mais perto da porta. O Jamie disparou até a outra.

"Adeus", falei à mulher de ferro.

"Gostei do seu carro", completou o Jamie.

"Estou falando sério", disse a srta. Smith. Levantou-se e saiu de casa, atrás da mulher da cara de ferro. As duas discutiram por mais vários minutos, mas eu já sabia quem ia ganhar. A mulher de ferro não se deixaria derrotar duas vezes no mesmo dia.

Como era de se esperar, o automóvel partiu. A srta. Smith marchou de volta até a sala, com um ar feroz e nervoso.

"Não faço ideia de como cuidar de criança."

Eu dei de ombros. Nunca tinha precisado de cuidados, mas decidi não dizer nada.

07

A srta. Smith achou no meu cabelo um piolho que não existia antes da viagem no trem lotado. Não que fizesse diferença pra ela a hora em que peguei o piolho. Com uma voz aguda, ela insistiu para que fôssemos tomar banho naquele minuto.

"Você consegue subir a escada?", ela perguntou, encarando o meu pé. "O que foi que houve com você?"

"Fui atropelada por um carrinho de cerveja", respondi. A srta. Smith se encolheu. Subi as escadas de bunda, um degrau de cada vez. A srta. Smith nos levou até um cômodo branco com uma banheira grande, encheu de água quente direto de uma torneira, o que era fascinante, e nos deu privacidade, seja lá o que fosse aquilo. Havia sabão e umas toalhas grossas. Passei sabão num pedacinho de pano, depois esfreguei o rosto e o pescoço. O pano saiu cinza. Esfreguei sabão no cabelo do Jamie e no meu, depois virei a torneira e enxaguei. Foi maravilhoso o banho. Depois a água suja foi-se embora por um buraco no fundo da banheira, em vez de a gente precisar recolher, que nem era em casa. O Jamie, limpinho, escancarou um sorriso por debaixo de uma toalha branca. Eu enrolei uma no corpo e deixei o cabelo pingar nos ombros.

"Que lugar chique", disse ele.

Eu concordei. Era um lugar bacana. Não me importava que a srta. Smith fosse horrível. Estávamos acostumados com a Mãe.

A srta. Smith bateu à porta e perguntou onde estavam as nossas coisas. Não entendi o que ela quis dizer. A comida que havíamos levado já tinha acabado, e eu havia deixado a sacola de papel no trem.

"As outras roupas de vocês", ela explicou. "Não tem condição de voltarem a vestir as que estavam usando."

As outras crianças do trem haviam levado umas trouxas. Nós, não.

"Mas vai ter que ser, é só isso que temos", respondi.

Ela abriu a porta e me olhou de cima a baixo. Meti o pé direito por debaixo do esquerdo, mas não a tempo.

"Carro de cerveja uma ova", ela disse, rabugenta, escancarando a porta. "Você tem o pé torto. E está sangrando meu chão inteiro." Ela levantou a mão na minha direção. Eu me encolhi.

Ela congelou.

"Eu não ia bater em você. Ia ajudar."

Claro. De tão feliz que estava em me ver sangrando pelo chão.

A srta. Smith se ajoelhou e agarrou o meu pé ruim. Tentei puxar, mas ela segurou firme.

"Interessante. O rei Ricardo III tinha pé torto. Eu nunca tinha visto."

Forcei-me a pensar nos pôneis. O pônei da casa ao lado, o pônei correndo junto ao trem. Eu, cavalgando o pônei amarelo. Minha cabeça escapuliu, eu me dei pôneis e assim pude aguentar o toque da srta. Smith.

"Pois bem", ela disse. "Vamos ao médico amanhã, descobrir o que devemos fazer com você."

"Ele não vai querer ela", disse o Jamie. "Gente boa odeia esse pé horroroso."

A srta. Smith soltou uma risada curta e áspera.

"Então você está com sorte, porque de boa eu não tenho nada."

Ela não era boa, mas limpou o chão. Não era boa, mas enrolou meu pé numa tira de pano branco e nos deu duas camisetas limpas para vestir. Batiam abaixo dos joelhos. Ela penteou nosso cabelo e cortou os nós, o que levou uma eternidade, depois fez uma frigideirona de ovos mexidos.

"É a única comida que tenho. Não fiz compras essa semana. Não estava esperando vocês."

Era a única comida que ela tinha, mas havia manteiga para passar no pão velho e açúcar pro chá. Os ovos estavam meio pegajosos, mas eu comeria qualquer coisa com a fome que sentia, e achei uma delícia. Limpei o prato com o pão, e ela me serviu outra colherada de ovos.

"O que é que eu vou fazer com vocês?"

Que pergunta esquisita.

"Nada", respondi.

"A Ada fica dentro de casa", falou o Jamie.

"Eu cuido dele", completei. "A senhorita não precisa fazer isso."

A srta. Smith franziu a testa.

"Quantos anos vocês têm?"

A pergunta me fez estremecer.

"O Jamie tem seis. A Mãe disse. Ele tem que ir pra escola."

"Ele é muito pequeno pra ter seis."

"A Mãe que disse."

"E você é mais velha que ele, claro. Você não vai pra escola?"

"Não com esse pé feio", respondeu o Jamie.

A srta. Smith deu uma bufada.

"O pé fica muito longe do cérebro." Bateu a faca na beirada do prato. "Aniversários. Quando? Nomes? De verdade, não essa baboseira de Smith."

"Ada e Jamie", respondi. "Smith. Só isso que eu sei."

Ela me encarou. Encarei de volta. Depois de alguns instantes, ela desfez a carranca.

"Vocês não sabem mesmo?"

Olhei pros ovos no meu prato.

"Eu perguntei uma vez. A Mãe disse que não interessava."

A srta. Smith respirou fundo.

"Ok, o Jamie tem seis. Você é mais velha. Vamos dizer que tem uns nove?"

Seu tom de voz não deixava claro o quanto estava irritada. Dei de ombros. Nove estava bom. Eu conhecia os números. Oito, nove, dez.

"Vou escrever pros seus pais", disse a srta. Smith. "A lady Thorton vai me dar o endereço, e eu vou escrever. Eles vão me dizer." Ela nos olhou de cima a baixo. "O que o pai de vocês faz?"

"Nada", respondi. "Ele morreu." Estava morto havia anos, ou tinha desaparecido. Eu não sabia qual dos dois. Se fechasse bem os olhos e me concentrasse, conseguia me lembrar dele, mas a imagem vinha num borrão. Um homem alto. Tranquilo, diferente da Mãe.

"Ah. Então eu escrevo pra sua mãe."

A srta. Smith não era boa pessoa, mas a cama onde nos acomodou era limpa e macia, com cobertores finos e suaves e outros mais grossos e quentinhos. Ela puxou a cortina da janela para bloquear a luz. Eu estava tão, tão cansada.

"Senhorita", perguntei, "de quem é o pônei?" Eu tinha que saber, antes de ir dormir.

A srta. Smith parou, com a mão na cortina. Olhou pela janela.

"O nome dele é Manteiga. A Becky que me deu."

"Quem é a Becky?", perguntou o Jamie, mas a srta. Smith não respondeu.

08

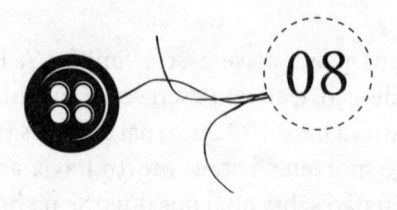

De manhã, dormimos até o sol chegar quase no alto do céu. A srta. Smith também dormiu até tarde. Pude ouvi-la roncando no quarto do outro lado do corredor.

Desci com o Jamie e dei pão a ele. Rastejei, como fazia em casa. Pretendia continuar caminhando, mas era mais fácil rastejar.

Nos fundos da sala principal havia uma porta. Do lado de fora, vi um pequeno espaço cercado por um murinho de pedra, depois outro bem maior, também cercado. O pônei chamado Manteiga estava no espaço maior, virado pra casa, de olhos e orelhas em alerta.

Eu sorri. Ele parecia estar à minha espera.

"Não é pra você ir lá fora", disse o Jamie, agarrando-me pelo braço.

Eu me desvencilhei. "Isso acabou. Aqui eu posso ir onde quiser."

Ele hesitou. "Como é que você sabe?"

Era a minha recompensa. Pela minha coragem. Por ter andado tanto tempo, por ter ido embora andando. Eu tinha que seguir caminhando pra sempre. Levantei-me e fiquei de pé. Eu ia *caminhar* até o pônei.

Cambaleei e tropecei. Tudo doía. O bicho me observava. Quando cheguei à mureta, sentei-me nela e balancei as pernas para o outro lado. O pônei se aproximou, baixou a cabeça, cheirou minhas mãos e empurrou o pescoço para perto de mim. Eu o abracei. Entendi o motivo do nome. Ele cheirava a manteiguinha no sol quente.

Eu queria cavalgá-lo, mas não sabia como. Seu lombo era muito afastado do chão. Além do mais, a garota que eu tinha visto segurava umas tiras ou coisa parecida. Eu me levantei, agarrada ao pescoço do pônei, e arrisquei uns passos cautelosos ao seu lado.

A grama do pasto espetou o meu pé descalço. A umidade trouxe uma sensação geladinha e penetrou pela atadura do outro pé. O chão era macio; quando eu pisava, ele afundava. Fofinho, feito pão fresco. Árvores cercavam o pasto, com as copas se mexendo sob o sol. Pássaros cantavam. Eu conhecia os pássaros, havia pássaros na travessa, mas nunca tinha ouvido tantos de uma vez só.

Havia flores.

O Jamie corria pelo pasto, cantando sozinho, cutucando tudo com um gravetinho que encontrara. O Manteiga tornou a baixar a cabeça e a cheirar minhas mãos. Estaria achando que eu tinha trazido alguma coisa? Eu deveria ter trazido alguma coisa? Do que os pôneis gostavam?

A ponta do nariz dele era quentinha. Corri as mãos pela sua cabeça até as orelhas, sentindo o bolo de pelos compridos que havia no meio. Esfreguei-lhe as costas, e ele suspirou e inclinou-se pra mim outra vez. Então, deu um passo atrás e voltou a comer a grama.

Sentei-me na grama e o observei. Ele comia como se aquela fosse a sua função na vida, como se dissesse *Nem estou com tanta fome, meu amigo, mas não posso parar, entende?* Chicoteou de leve o rabo, pra frente e pra trás, então deu um passo arrastado até um trecho de grama nova.

Fiquei sentada a observá-lo, depois me deitei — estava tão dolorida, e o sol, quentinho e tão gostoso — que continuei observando, então adormeci. Ao acordar, vi a srta. Smith parada por cima de mim.

"Está queimada de sol", ela disse. "Ficou muito tempo do lado de fora."

Eu me sentei, espreguiçando-me. Tudo doía. A pele das minhas pernas nuas estava cor-de-rosa. Doía, mas eu estava acostumada à dor.

"Não está com fome?", ela perguntou. Soava irritada.

Pisquei. Eu sentia fome. Uma fome arrasadora, doída. Também estava acostumada a isso. O que deveria dizer? A srta. Smith queria que eu estivesse com fome ou não?

"Por que não me acordou hoje de manhã?", ela perguntou.

Eu nunca a acordaria. Não era idiota.

"Venha." Ela estendeu o braço pra mim. "Já está tarde. Tenho que levar você ao médico e precisamos fazer umas compras."

"Não preciso de ajuda."

"Não seja ridícula", ela ralhou, e me levantou.

Tentei me livrar dela, mas meu pé doía tanto que, por fim, eu a deixei me ajudar a voltar pra casa. O Jamie já estava lá dentro, sentado à mesa, comendo feijão enlatado com torradas. Deslizei até uma cadeira da cozinha. A srta. Smith jogou mais feijão num prato. "Seu curativo já está imundo."

Respirei fundo. Antes que eu pudesse falar, o Jamie disse: "Eu disse que não era pra ela ir lá pra fora".

"Asneira." A srta. Smith tinha um tom ríspido. "É claro que ela pode ir lá fora. A gente só precisa de um esquema melhor. Esses sapatos que você estava usando ontem..."

"Eram da Mãe", respondi.

"Percebi que não eram seus. Mas acho que não dá para você usar sapato normal." Eu dei de ombros. "Bom, vamos ver o que o médico diz. Chamei um táxi pra nos levar até lá, depois a gente vê. Não se acostumem. Não posso ficar andando de automóvel."

Eu assenti, pois parecia o melhor a fazer.

No fim das contas, *táxi* e *automóvel* eram duas palavras que significavam carro. Dois passeios em dois dias. Que maravilhoso.

Eu sabia o que era um médico, embora nunca tivesse ido a um. Esse tinha umas coisas engraçadas, feito uns vidros redondos na frente dos olhos. Usava um casaco branco e comprido, que nem o açougueiro lá perto de casa. "Subam aqui", mandou, batendo numa mesona de madeira. O Jamie subiu, mas eu não consegui. "Ah", soltou o médico, notando o meu pé. Ele me levantou até a mesa.

A Mãe nunca me tocava, exceto pra me bater. O Jamie me abraçava, mas nunca me levantava, claro. Aqui as pessoas ficavam o tempo todo me tocando. Eu não gostava. Nem um pouco.

O médico me cutucou, mediu e inspecionou, e fez o mesmo com o Jamie. Nos fez tirar a camiseta e encostou no nosso peito uma coisa gelada de metal, com uns tubos que iam até as orelhas dele. Correu as mãos pelos nossos cabelos e analisou os arranhões na nossa pele.

"Impetigo", disse. Não fez sentido pra mim, mas a srta. Smith puxou um caderninho da bolsa e anotou qualquer coisa.

"Estão gravemente desnutridos", prosseguiu o médico. "A menina parece estar com princípio de raquitismo. Muito sol pra ela. Comida boa. Leite."

"Mas o que eu faço com eles?", perguntou a srta. Smith. "Nunca cuidei de crianças."

"Alimente, dê banho, zele pelo sono deles. Não é mais difícil que cuidar de cachorros, na verdade." Ele abriu um sorriso. "É mais fácil que cuidar de cavalos."

"Os cavalos eram da Becky", respondeu a srta. Smith, "e eu nunca tive cachorro."

"Quem é a Becky?", perguntou o Jamie. Eu o silenciei com um *psiu*.

"E o pé da Ada?", falou a srta. Smith. "O que eu faço?"

Enfiei o pé debaixo do corpo. A srta. Smith deu um tapinha no meu joelho. "Mostre ao doutor."

Eu não queria. Não queria mais ninguém me tocando. Meu pé estava escondido, envolto numa atadura, eu conseguia andar um pouco, e achava que já estava de bom tamanho.

A srta. Smith puxou meu pé. "Comporte-se."

O médico desenrolou o curativo.

"Minha nossa!", exclamou, segurando o meu pé. "Pé torto não tratado. Nunca tinha visto."

"Achei que pé torto fosse uma coisa bem comum", comentou a srta. Smith.

"Ah, sim. Sem dúvida. Mas quase sempre é curado sem problemas na primeira infância."

A srta. Smith prendeu a respiração de um jeito que não entendi. "Mas por que não..." Ela me olhou e calou a boca.

Curado sem problemas, pensei. Meu pé não fora curado sem problemas. Parecia que eu tinha feito algo de errado. A Mãe sempre dizia que o meu pé era culpa minha. Eu sempre me perguntara se era verdade.

Pé torto. Esse era o meu pé. Um pé torto.

O médico cutucou, retorceu e analisou o meu pé torto até eu não conseguir suportar. Pensei no Manteiga, naquele cheirinho tão quentinho e gostoso, na respiração dele na minha mão. Em vez de a minha cabeça escapulir para um lugar vazio, eu agora podia ir encontrar o Manteiga, o que era fácil.

"Ada", disse a srta. Smith em voz alta. "Ada. Volte. O dr. Graham fez uma pergunta." Senti as batidinhas no meu rosto. O médico havia enrolado o meu pé num novo curativo. Pronto.

"Está sentindo muita dor?", ele repetiu.

O quanto era muita dor? O que ele queria que eu respondesse? Dei de ombros.

"Você entendeu o que ele falou sobre vermos um especialista?", perguntou a srta. Smith.

Olhei pra ela. Ela olhou de volta.

"Sim ou não?"

Balancei a cabeça.

A srta. Smith e o médico trocaram olhares. Senti que tinha dado a resposta errada.

"O dr. Graham acha que um especialista pode conseguir operar o seu pé."

Eu não sabia o que era um especialista. Não sabia o que significava a palavra *operar*. Mas sabia que era melhor não fazer perguntas. "Tudo bem."

A srta. Smith sorriu. "Dá medo, eu sei, mas seria maravilhoso. Vou escrever pra sua mãe o mais rápido possível, pedindo permissão. Não imagino que ela vá se opor. Enquanto isso, o dr. Graham vai arrumar um par de muletas pra você."

Muletas eram cabos compridos de madeira que a gente enfiava debaixo do sovaco, de modo a conseguir caminhar usando só o pé bom. Daí, se a pessoa tivesse um pé ruim, não precisava nem encostar ele no chão.

Muletas não doíam.

"Viu?", disse o médico. "Eu tinha certeza de que a menina sabia sorrir."

"Não acredito", respondeu a srta. Smith, balançando a cabeça.

O consultório do médico era bem na cidade, perto da estação de trem. De muletas eu não precisava de táxi, então voltamos a pé pela rua principal. Caminhei, de pé ruim e tudo, e ninguém me impediu. Fomos às lojas e compramos carne, legumes e mantimentos. Entrei nos lugares e ninguém me enxotou. "Ada, me passa três dessas maçãs?", disse a srta. Smith num momento. Até então eu estava tendo o cuidado de não mexer em nada, mas quando ela me pediu, imaginei que não ia ter problema, então fiz, e não teve problema. O homem da loja nem me olhou.

Tinha tantas coisas nas lojas que eu fiquei até nervosa. Havia muita coisa pra ver. E eu nunca tinha conhecido ninguém que comprasse tanta comida como a srta. Smith, tudo de uma vez. E também pagava tudo direitinho, com dinheiro. Nada no fiado. Eu cutuquei o Jamie, e ele assentiu. A srta. Smith era rica.

Na calçada, a srta. Smith contou as moedas restantes e suspirou. Levou-nos até uma loja de tijolos, meio feiosa. Do lado de dentro, só havia uns balcões com gente atrás. Não dava pra saber o que estavam vendendo.

"Que lugar é esse?", perguntou o Jamie.

"É um banco", respondeu a srta. Smith. "Você já esteve num banco antes, com certeza."

Não entendi por que ela achava isso. Eu nunca tinha ouvido falar num lugar chamado banco. A srta. Smith rabiscou num pedaço de papel e entregou ao homem atrás do balcão, então ele contou um dinheiro e *deu pra ela*.

"Uma loja de dinheiro", sussurrou o Jamie, com os olhos bem arregalados.

Eu concordei. Sem dúvida não existia uma dessas na nossa travessa.

Havíamos tornado a vestir as nossas roupas da véspera — não podíamos ir à cidade só com as camisetas da srta. Smith —, mas ela as tinha lavado, então estávamos bonitos e cheirosos. Mesmo assim ela nos levou a uma loja que vendia roupas e comprou um conjunto novo pra cada um, blusa e calça, mais uma coisa chamada roupa de baixo, que disse que teríamos que usar a partir de então — três dessas —, mais meias e sapatos pra nós dois, pro Jamie e pra mim.

"Eu já tenho sapatos", disse o meu irmão, olhando as botinas pesadas que a srta. Smith escolheu. "E a Ada, ela não precisa."

A srta. Smith ignorou. O vendedor, um sujeito mal-encarado de sobrancelhas peludas, abriu a boca.

"Esses evacuados só dão problema, não é, senhorita? A minha esposa já está farta, quer mandá-los de volta pra casa. Os porquinhos imundos molham a cama."

A srta. Smith disparou um olhar que fez o homem se calar, porém não sem antes pedir desculpas. Saí da loja com o meu pé bom calçado num sapato de couro marrom.

Um sapato de verdade. Pra mim.

A srta. Smith foi obrigada a comprar o par. O homem não quis vender um só. Levamos o outro sapato numa sacola.

"A gente guarda", ela disse. "Quem sabe, um dia..."

Não entendi o que ela quis dizer e nem perguntei. Estava ficando cansada, mesmo de muletas, e só pensava na caminhada de volta. Mas o Jamie começou a dançar à minha frente, sorrindo. "Se conseguirem consertar o seu pé", ele disse. "Se conseguirem!"

Eu sorri de volta. O Jamie era mesmo um bobinho.

09

Outra coisa que a srta. Smith fez foi trocar as pilhas velhas do rádio por umas novas. Um pessoal da nossa antiga travessa tinha rádio, então eu conhecia. Porém, como quase tudo, só de longe. O da srta. Smith ficava na sala principal, num armário de madeira lustrosa. No sábado à noite, assim que chegamos em casa, ela colocou as pilhas e ligou o rádio. Saíram umas vozes.

A srta. Smith suspirou. "Queria música." Estendeu o braço e desligou o rádio. "Acho que alguma hora vamos ter que ouvir sobre a guerra." Ela bocejou e sentou-se, sem se mexer.

Pensei na comida que tínhamos comprado. Maçãs. Carne. Levantei-me.

"Quer que eu faça um chá, senhorita? Quer que corte um pedaço de pão com banha?"

Ela franziu a testa. "Claro que não."

Tornei a me sentar, decepcionada. Estava com fome outra vez. Por outro lado, já havíamos comido duas vezes naquele dia, contando com o pão que afanáramos de manhã.

"Já está quase na hora da ceia", disse a srta. Smith. Ela abriu um sorriso, mas, como os sorrisos da Mãe, não parecia de felicidade. "Vou preparar o jantar. Eu é que tenho que cuidar de vocês."

Certo.

Então, ela se levantou, e de fato preparou a ceia. Uma ceia imensa. Presunto. Batatas cozidas. Umas coisinhas redondinhas chamadas ervilhas, que vinham numa lata. Tomates, que nem os que o Jamie tinha roubado, só que cortados em fatias grossas. Pão com manteiga. Tantas cores, formas e aromas diferentes. Eu deixava as ervilhas rolarem dentro da boca, depois esmagava elas com uma mordida.

O jantar era um milagre, era mesmo, tanta comida ao mesmo tempo, mas o Jamie, cansado e irritado, se recusou a tocar em qualquer coisa além do presunto. Eu queria encher o menino de tapas. Comida e carne quente. A srta. Smith podia até não querer a gente, mas estava nos dando muita coisa pra comer. Sem mencionar que eu tinha um sapato. Isso significava que ela não se incomodava que eu fosse à rua.

"Deixe-o quieto", retrucou a srta. Smith, num tom cansado, quando comecei a repreendê-lo. Para o Jamie, ela disse: "Você não vai repetir nada até comer um pouco de cada coisa que está no prato".

Na mesa haviam sido postos uns pedaços de pano, dobrados por debaixo dos garfos. Antes de comer, a srta. Smith estendera o dela no colo, então fizemos a mesma coisa. Agora o Jamie pegou o pano dele e pôs na cabeça.

"Eu quero *presunto*", disse, por debaixo do pano.

"Pode comer mais presunto depois que provar um pouco de cada coisa", retrucou a srta. Smith. "Você tem o direito de não gostar de alguma comida, mas só depois de provar. E tira esse guardanapo da cabeça."

O Jamie atirou o prato na parede, que se estilhaçou todo. A srta. Smith gritou.

Eu ataquei o Jamie. Agarrei um pedaço de tomate do chão e esmaguei na boca dele. Ele cuspiu em cima de mim.

"Come!", urrei. Agarrei ervilhas e enfiei na goela do meu irmão. Ele engasgou e fez que ia vomitar. A srta. Smith me afastou com um puxão.

"Ada! Ada, pare! Vai machucar ele!"

Machucar *ele*, sendo que era ele que estava desobedecendo.

"Hora de dormir, Jamie!" A srta. Smith o agarrou pelo braço. "Banho, depois cama!" Ergueu-o do chão e subiu as escadas com ele, que se debatia e gritava.

Vou matar esse garoto, pensei. *Eu mato esse garoto por agir assim.*

Peguei minhas muletas e me levantei. Recolhi os caquinhos de prato e a comida espalhada no chão. Sequei a água que havia derrubado quando virei o meu copo. Pude ouvir os gritos lá de cima. A srta. Smith podia estar espancando ou retalhando o Jamie; para mim, não fazia a menor diferença.

Quando terminei de limpar a cozinha, subi a escada. Com as muletas, foi bem fácil. A gritaria tinha acabado.

"Pus água limpa na banheira pra você", disse a srta. Smith. "Terminou de comer?"

Respondi que sim. Ainda sentia fome, mas o meu estômago revirava e eu não conseguia comer.

Havia água quente, sabão, uma toalha. Eu já me sentia limpa, mas a água me acalmou. Depois, vesti uma roupa nova chamada pijama, que era só pra dormir. Camisa e calça, ambas azuis. O tecido era tão macio, que por um instante eu o segurei juntinho ao rosto. Era todo macio aquele lugar. Macio, bom e assustador. Em casa, eu sabia quem era.

Quando entrei no quarto, o meu irmão estava enroscado numa bolinha, roncando, e a srta. Smith cochilava na cadeira ao lado da cama. Ela não é boa, lembrei a mim mesma, e fui dormir.

No meio da noite, acordei com um sobressalto, que nem quando a Mãe recebia visitas em casa. Sentei-me e puxei os cobertores. Tinha a respiração rápida e ruidosa.

"Tudo bem, Ada", disse a srta. Smith. "Está tudo bem."

Eu me virei. Ela ainda estava sentada na cadeira ao lado do Jamie. O luar entrava pela janela. O rosto da srta. Smith estava tomado de sombras.

Meu coração disparou. Minha cabeça rodopiou.

"Está tudo bem", repetiu. "Estava tendo pesadelo?"

Estava? Eu não sabia. Vi o Jamie deitado ao meu lado, a boca meio aberta, a respiração suave e compassada.

"Teve bomba?", perguntei.

Ela balançou a cabeça. "Não. Não ouvi nada, mas acordei também." Ela estirou o punho na direção de um raio de luar. "Já passa de três da manhã. Eu não pretendia dormir aqui. Fiquei nessa cadeira quase a noite toda."

De alguma forma, pude ouvi-la sorrir.

"Faz muito tempo que eu não durmo direito. Desde que a Becky morreu não durmo direito."

"Quando foi que ela morreu?"

A srta. Smith pigarreou.

"Faz três anos. Terça-feira que vem faz três anos."

Fazia três anos que ela não dormia direito?

"Em parte é por isso que eu não queria ficar com vocês", ela prosseguiu. "Não tem nada a ver com vocês. Eu sempre pioro muito no outono. Depois os dias encurtam, e... bom, também não passo muito bem o inverno. Isso desde sempre, mesmo quando eu tinha a idade de vocês. Odeio o frio e a escuridão."

Eu assenti. Também odiava. No inverno, os meus pés e as minhas mãos ficavam cheios de frieiras, que coçavam e ardiam bastante.

"A Becky era a sua filha?"

"Minha *filha*?" A srta. Smith soltou uma risada curta. "Não. Era minha amiga. Minha melhor amiga. Da universidade. Esta casa era dela, e ela deixou pra mim."

"E o Manteiga", eu lembrei.

"Ela me deu o Manteiga muito tempo antes de morrer. Queria que eu gostasse de cavalos como ela gostava. Não adiantou."

"Ela morreu de quê?"

"Pneumonia. É uma doença dos pulmões."

Eu assenti. Conversar com a srta. Smith tinha me tranquilizado. Soltei as mãos dos cobertores e tornei a me deitar.

"A senhorita podia dormir aqui", eu disse a ela. O Jamie estava no meio da cama, então tinha espaço.

Ela balançou a cabeça.

"Não, eu... bom, talvez. Só desta vez." Ela deslizou para o lado do Jamie e puxou os cobertores. Puxei o meu lado também, tornando a sentir o quentinho e a inesperada maciez.

Acordei com o quarto já todo iluminado, o som dos sinos da igreja invadindo as janelas abertas, a voz da srta. Smith.
"Ah, Jamie, você fez xixi na cama."
Em casa ele nunca tinha feito aquilo. Pensei no vendedor mal-encarado reclamando dos evacuados que molhavam a cama, e fuzilei o Jamie com o olhar de tal modo que ele irrompeu em lágrimas.
"Não tem problema", disse a srta. Smith, embora parecesse aborrecida. "É só lavar que sai. Na segunda-feira a gente compra uma proteção de plástico para o caso de acontecer de novo."
Toda hora ela tinha que comprar coisas. Eu falei, mais para aliviar a angústia: "Claro, a senhorita é rica". Óbvio que era, com aquela casa chique e lotada de comida, sem falar no banco que lhe dava dinheiro.
"Nada disso", respondeu a srta. Smith. "Eu tenho vivido da venda dos caçadores da Becky." Ela se levantou e se espreguiçou. "O que é que há com essas porcarias de sinos? A gente dormiu tanto assim? Acho que devia levar vocês pra igreja, é o que uma guardiã decente faria." Ela deu de ombros. "Agora é tarde."
No andar de baixo, ela fez chá. Disse ao Jamie pra ligar o rádio. Uma voz grave e sonora saiu de dentro, muito lenta e solene. Algo nela fez com que o Jamie e eu nos sentássemos para ouvir. A srta. Smith veio da cozinha e empoleirou-se na beirada da cadeira.
"Como anunciou o primeiro-ministro há poucos minutos", entoou a voz, "a Inglaterra e a Alemanha acabaram de entrar em guerra."
Os sinos da igreja se calaram. "Eles vão bombardear a gente?", perguntou o Jamie.
A srta. Smith assentiu e respondeu: "Vão".

10

Até então, até aquela manhã, eu tinha me esquecido das bombas. Elas deveriam estar em Londres, não na casa da srta. Smith, mas mesmo assim eu tinha me esquecido. Parecia impossível se esquecer de algo como bombas.

Voltei a ter a sensação de estômago revirado.

"Como assim, acabaram de entrar em guerra?", perguntei. "A gente já não estava em guerra? Viemos pra cá."

"O governo mandou evacuar as cidades antes da hora", explicou a srta. Smith. "Sabiam que a guerra estava pra começar, só não sabiam exatamente quando."

"Se sabiam que estava pra começar, podiam ter parado."

A srta. Smith balançou a cabeça.

"Não tem como impedir o Hitler sem brigar. Não se preocupe, Ada. Vocês vão ficar seguros, a mãe de vocês vai ficar segura, e eu tenho certeza de que logo vão poder voltar pra casa."

O jeito com que ela falou, com um sorriso falso, denunciou que aquilo era mentira. Eu não sabia que motivo ela tinha pra mentir.

"Tomara que não", respondi sem pensar. Engoli as palavras seguintes: *Prefiro ficar aqui.*

A srta. Smith me olhou com surpresa. Pareceu prestes a dizer algo, mas, antes que pudesse, o Jamie começou a chorar.

"Quero ir pra casa. Não quero guerra. Não quero bomba. Estou com medo. Quero ir pra casa."

Quando eu pensava em ir pra casa, ficava sem ar. Minha casa dava mais medo que as bombas. O que o Jamie tinha na cabeça?

A srta. Smith suspirou. Pegou seu lenço de bolso e limpou as lágrimas e o ranho do rosto do Jamie.

"Ninguém quer saber o que a gente quer. Venham. Vamos comer alguma coisa."

Depois de comermos, a srta. Smith sentou-se perto do rádio, com o rosto triste e distante.

"Senhorita?", perguntei. "Já começaram a bombardear?"

Ela balançou a cabeça. "Ainda não. As sirenes dispararam em Londres, mas era só treinamento."

Eu me coloquei na beirada da cadeira, ao lado dela. A voz no rádio prosseguia, monótona.

"Senhorita? O que são caçadores?"

Ela parecia sonolenta.

"O quê?"

Repeti a pergunta.

"A senhorita disse que estava vivendo da venda dos caçadores da Becky." Eu sabia o que era vender coisas. Havia uma loja de penhores lá embaixo na nossa travessa, e quando o trabalho nas docas estava lento, as mulheres levavam suas coisas até lá.

"Caçadores são um tipo de cavalo caro", ela respondeu. "A Becky tinha dois."

"A gente pode comer menos. O Jamie e eu. Nós estamos acostumados."

A srta. Smith aguçou o olhar.

"Claro que não." Sua voz assumiu uma aspereza que me fez engolir em seco. "Não é pra se preocuparem com isso. Eu dou um jeito, ou lady Thorton dá. Vocês vão receber cuidados."

"É só que..."

"Pare de se preocupar. Está um dia lindo. Não quer ir brincar lá fora?"

O Jamie já estava lá fora. Eu assenti, apanhei minhas muletas e fui. O Manteiga pastava ao longe.

"Manteiga", chamei, deslizando pela mureta do pasto. Ele ergueu a cabeça, mas não veio.

Eu me deitei. O interior era incrível. Grama, terra, flores. Insetinhos voadores. Virei a barriga pra baixo e afaguei a grama, cheirei, puxei da terra. Deslizei o corpo pra frente e fui examinar uma flor branca.

Até que senti uma bufada no pescoço. Dei um giro e uma risada, esperando o Jamie, mas era o Manteiga. Ele cheirou a minha cabeça, depois deu um passo pro lado e foi pastar. Observei como ele movimentava os pés, como espantava as moscas com o longo rabo dourado.

O sol estava alto, depois desceu, e o ar esfriou.

"Jantar!", gritou a srta. Smith lá de dentro. Ao entrarmos, ela me olhou e disse: "Andou rolando na lama?".

Não entendi a pergunta.

"Deixa pra lá", completou ela. "Não se aflija tanto. Você já vai se lavar."

"Mais um *banho*?", gritou o Jamie.

"Sente-se e coma. Isso mesmo, banho. Fiquem sabendo que vão tomar banho toda noite enquanto estiverem aqui."

"Toda *noite*?" Com ou sem lama, eu me sentia mais limpa do que nunca.

"Não me importo que vocês se sujem, mas lama nos meus lençóis, não dá."

O Jamie e eu olhamos em volta. Havia tanta coisa cujos nomes não conhecíamos. E era óbvio que ela se importava *sim* com a nossa sujeira, pelo menos um pouco.

"Senhorita? O que são lençóis?", perguntei, por fim.

Lençóis eram os cobertores finos e brancos que ficavam em cima da cama. O jantar foi um troço chamado sopa, que vinha numa tigela. Era pra tomar de colher, não direto da tigela, o que eu achei trabalho demais. Mas sentia fome, e a sopa era salgada e com pedacinhos de carne, então fiz o que me mandaram.

O Jamie simplesmente se recusou a comer.

"Se quer ir dormir com fome, tudo bem", disse a srta. Smith. "Sopa foi o que eu fiz, e sopa é o que tem pra comer."

Era mentira, e todos sabíamos. Na despensa dela havia todo tipo de comida. Mas o Jamie já tinha ido dormir com fome antes. Não morreria disso.

À noite, ele chorou no travesseiro, e de manhã havia molhado a cama outra vez.

"Quero ir pra casa. Quero ver o Billy White. Quero tudo como sempre foi. Quero ir pra casa."

Eu não queria. Nunca mais. Eu já havia fugido uma vez, e fugiria de novo.

11

Na semana seguinte, três coisas aconteceram. A primeira foi que a srta. Smith passou quase todos os dias dormindo ou encarando o nada, de um jeito meio idiota. Na segunda-feira, preparou a nossa comida e só. Na terça, nem se levantou da cama. Eu a tinha observado bastante enquanto ela cozinhava, pra entender como tudo ali funcionava, de modo que cozinhei pra mim e o Jamie. No meio da tarde, preparei um chá para a srta. Smith. O Jamie subiu com ele pra mim, e nós levamos até o quarto dela.

Ela estava deitada de lado, acordada, mas encarando o nada. Tinha os olhos vermelhos e inchados. Pareceu surpresa em nos ver.

"Eu abandonei vocês", disse, sem se mover. "Eu avisei à lady Thorton que não tenho condições de cuidar de crianças. Eu avisei."

Apoiei o chá na mesinha ao lado da cama.

"Aqui, senhorita."

Ela se sentou.

"Não são vocês que têm que cuidar de mim. Eu é que tenho que cuidar de vocês." Ela deu um gole, e seus olhos se encheram de lágrimas. "Vocês colocaram açúcar."

Era assim que ela tomava. Com açúcar, sem leite. Eu tinha visto.

"Sim, senhorita", respondi, encolhendo-me um pouco para o caso de ela tentar me bater. "Mas não foi muito. Ainda sobrou bastante. Não peguei nada pra mim." Embora tivesse deixado o Jamie comer um pouco.

"Eu não vou bater em você. Queria que entendesse isso. Estou deixando os dois de lado, sim, mas não vou bater em vocês, e não me importo que peguem comida. Foi *zeloso* da parte de vocês terem adoçado o meu chá. Foi zeloso terem feito chá para mim, na verdade."

"Sim, senhorita", respondi. Zeloso: bom ou ruim?

Ela suspirou.

"E não tivemos resposta da mãe de vocês. Mas o nome de vocês é Smith. O sobrenome. Até lady Thorton confirmar, eu tinha certeza de que era mentira."

"Sim, senhorita."

"Depois daquela história toda do Hitler."

Eu me virei pra sair. A manhã havia sido agitada, eu estava com fome, e queria tomar um chá.

"É um nome bem comum, Smith", disse a srta. Smith. "Mas, mesmo assim, achei que fosse mentira."

Ela ficou na cama mesmo depois de terminar o chá. Deixei o Jamie revirar a despensa e comer o que quisesse, e eu também comi, embora soubesse que mais tarde estaria frita. Deixei o Jamie ficar sem tomar banho, mas tomei um bem demorado e com tanta água quente que minhas pernas até boiaram. Tirei os lençóis da cama, de modo que o xixi do Jamie da noite anterior não nos incomodou, e dormimos muito bem.

De manhã, a srta. Smith acordou, no alto da cabeça uma nuvem de cabeleira crespa e loira.

"Vou tentar melhorar. Ontem foi... por conta da Becky. Hoje, eu vou melhorar."

Eu dei de ombros.

"Consigo cuidar do Jamie."

"Provavelmente, mas alguém tem que cuidar de você."

Essa foi a primeira coisa. A segunda foi que a Força Aérea Real britânica construiu uma pista de pouso do outro lado da rua, em frente ao pasto do Manteiga. Terminaram tudo em três

dias, pista, galpões, tudinho. O Jamie, fascinado, ficava indo até lá escondido pra ver, daí um militar o puxava pelo pescoço e trazia de volta até a srta. Smith.
"O garoto fica em casa, minha senhora. Nada de civis na pista de pouso."

A terceira coisa foi que o Billy White voltou pra Londres.
O Jamie andava fazendo o maior estardalhaço de saudade do Billy e dos amigos, mas eu não fazia ideia de como encontrá-los nem pretendia sair procurando. Tinha pegado depressa o jeito com as muletas, então era fácil caminhar, mas gostava de ter o Jamie pra mim. Passávamos o dia no quintal. Havia uma construção chamada estábulo, onde os cavalos da Becky costumavam ficar, e às vezes a gente brincava lá, mas quase sempre ficávamos no pasto do Manteiga, o que eu adorava.
Na quinta-feira, nós três fomos à cidade, pois enfim tínhamos comido quase toda a comida. A primeira coisa que vimos foi o Billy White, com a mãe e as irmãs, esperando o trem na estação.
"Billy!", gritou o Jamie. Correu até a família do amigo e abriu um sorriso. "Você está na casa de quem? Eu estou aqui perto, é só..."
"A mamãe veio pegar a gente. Estamos indo pra casa", respondeu o Billy.
O Jamie ficou olhando.
"Mas e o Hitler?", perguntou. "E as bombas?"
"Até agora não teve nenhuma bomba", argumentou a mãe do Billy, abraçando a menina mais nova. Quando sorri para a menina, a mãe do Billy afastou ela de mim, como se o meu pé ruim fosse contagioso. "E eu não aguento ficar longe deles. Não é certo. Acho que vamos enfrentar a guerra juntos." Ela me deu um olhar de esguelha. "É você, Ada? Sua mãe contou que você também tinha vindo, mas não acreditei. Só que não vi mais você na janela." Ela me olhou de cima a baixo,

sobretudo embaixo, pro meu pé cuidadosamente enfaixado. A srta. Smith lavava e trocava os curativos todos os dias.

"Eu não sou retardada", disse. "Tenho o pé ruim, só isso."

"Não sei", respondeu a mãe do Billy, ainda protegendo a filha. "A sua mãe..."

"Eu escrevi pra ela", interrompeu a srta. Smith, aproximando-se por trás da gente. "Mas talvez a senhora possa levar um recado pra ela. O médico disse..."

O Billy interrompeu.

"Eu odeio isso aqui. O pessoal que ficou com a gente, eles são maus feito um bando de gatos famintos."

"Também odeio aqui", disse o Jamie. Virou-se pra srta. Smith. "Posso ir pra casa? Leva a gente pra casa?"

A srta. Smith balançou a cabeça, sorrindo, como se fosse brincadeira do Jamie.

"Eu nunca nem fui a Londres. Não saberia aonde ir."

"Pra casa", insistiu o Jamie.

"Cadê o Stephen?", perguntei.

A mãe do Billy fechou a cara.

"Ele não vai voltar pra casa. Está se achando importante, pois é." Ela me deu outra olhadela estranha. "Estou muito surpresa em ver você na rua, com gente comum. Achei que iam colocar você num manicômio."

Pelo tom de voz, ficou claro que ela queria me ver trancafiada. Seu nojo me desconcertou. Durante anos eu acenara pra mãe do Billy da janela, e ela sempre acenava de volta. Eu achava que ela fosse uma pessoa bacana. Achei que gostasse de mim. Não era o caso, óbvio. Eu não sabia o que dizer. Não sabia nem pra onde olhar. A srta. Smith tocou no meu ombro, e eu me virei um pouco pra poder ver a beirada da sua saia. Não aguentava mais olhar pra mãe do Billy.

O trem chegou, e a mãe do Billy juntou as crianças e foi caminhando. O Jamie começou a berrar.

"Me levem junto!"

A srta. Smith segurou ele.

"A sua mãe quer vocês aqui. Quer vocês em segurança."

"Ela está com saudade de mim", respondeu o meu irmão. "E a Ada vai cuidar de mim. A Mãe sente saudade da gente. Não é, Ada? Não é? Ela quer que a gente volte pra casa!"

Engoli em seco. Talvez. Afinal das contas, comigo longe, ela não tinha ninguém pra fazer chá pra ela. Talvez ficasse feliz em me ver, agora que eu podia andar, ainda mais de muletas. Talvez a Mãe se perguntasse por que ela própria nunca tinha pensado nas muletas.

Talvez visse que eu não era retardada.

Ou talvez eu fosse, afinal. Talvez tivesse um motivo pra que eu vivesse trancada em casa.

Eu me senti tonta de repente. *Pense no Manteiga*, eu disse a mim mesma, desesperada. *Pense em cavalgar o Manteiga*.

Enquanto isso, os gritos do Jamie ganhavam força. Ele chutava a srta. Smith com vigor, tentando se livrar dela.

"Billy! Me leva junto! Eu quero ir! EU QUERO IR PRA CASA!"

A srta. Smith o segurou firme até o trem se afastar.

"Eu te odeio!", gritava o Jamie, soluçando e se debatendo. "Eu te odeio, eu te odeio! Quero ir pra casa!"

A srta. Smith agarrou-o pelo punho e o puxou pela rua, em silêncio, com o rosto duro feito pedra.

"Vem, Ada", falou ela, sem olhar para trás.

O Jamie não parava de soluçar. Tinha o queixo cheio de ranho.

"Eu te odeio!", ele gritava. "Eu te odeio!"

"Algum problema?", perguntou uma voz tranquila. Olhei pra cima. Era a mulher de ferro, a que nos pôs dentro do carro. Ao seu lado, em miniatura, uma garotinha com cara de ferro. Uma das garotas radiantes, de fita no cabelo, que nos serviram chá.

Pra minha surpresa, a srta. Smith revirou os olhos e balançou a cabeça, como se a gritaria do Jamie não a tivesse incomodado nem um pouco.

"Só um ataque de birra. Ele viu o amigo indo embora."

A mulher de ferro virou-se para o Jamie.

"Pare de gritar!", ordenou, encrespada. "Pare agora mesmo. Peça desculpas e abra o cavalo."

O Jamie parou. Olhou em volta.

"Que cavalo?"

"É maneira de falar", respondeu a mulher de ferro. Para a srta. Smith, disse: "Pelo menos uma dúzia já voltou. Eu avisei mais de uma vez aos pais que não é seguro. Londres *vai* ser bombardeada. Mas não adianta. Essas mulheres burras preferem o conforto da presença à segurança dos filhos a longo prazo".

Mulheres burras. Burras feito eu. Talvez na minha travessa todo mundo fosse burro.

A mulher de ferro olhou pra mim e pro Jamie. "Os seus sem dúvida estão com aspecto melhor. Ponto pra você."

"Quase nada", respondeu a srta. Smith. "Só coloco roupas limpas e dou de comer aos dois." E também passava uma loção fedida nas nossas feridas, mas percebi que não contou essa parte à mulher de ferro. Em vez disso pediu, hesitante: "Talvez, se a senhora tiver alguma doação, ou se souber de alguém que tenha... eu não tenho condições de bancar tudo de que eles vão necessitar no inverno".

A mulher de ferro puxou uma prancheta de sua grande bolsa. Com certeza dormia de prancheta na mão.

"Claro", respondeu, anotando qualquer coisa. "Estou organizando uma arrecadação de roupas usadas na cidade. Não esperamos que o subsídio seja suficiente para cobrir suas despesas com roupas. Eles deviam ter trazido de casa. Bom, não importa. Deviam ter vindo com mais do que vieram. Óbvio."

A filha da cara de ferro encarava o meu pé enfaixado. Cheguei pertinho dela e expliquei: "Aconteceu ontem mesmo. Levei uma pisada do nosso pônei".

A garota apertou os olhos.

"Que mentirosa", sussurrou.

"A gente tem um pônei, sim."

"Pisada de pônei não machuca tanto assim. Já levei um monte de pisada de pônei."

Bom, ela tinha me pegado. Eu não soube o que responder, então mostrei a língua a ela. A menina arreganhou os dentes, feito um tigre, em resposta. Droga.

Enquanto isso, ouvi a srta. Smith perguntar: "Que subsídio?".

Acontece que ela seria paga por nos acolher. *Dezenove xelins por semana!* Quase uma libra! Se não era rica antes, agora estava. Soltei um suspiro profundo. Podia parar de me preocupar com o preço do meu sapato, com a quantidade de comida que comíamos. A Mãe não ganhava nem perto de dezenove xelins por semana. O Jamie e eu podíamos comer o quanto quiséssemos com dezenove xelins por semana.

"Não acredito que você não sabia disso", respondeu a mulher de ferro. "Eu tenho certeza de que expliquei..."

"Ah", respondeu a srta. Smith, com uma risadinha, "não escutei uma palavra que a senhora falou."

Seguimos pela rua, o Jamie já contido, porém continuava choramingando.

"São três libras e dezesseis xelins por mês, senhorita", falei. "A senhorita podia abrigar mais crianças e ficar rica."

A srta. Smith franziu o rosto.

"Graças a Deus não estou reduzida a isso."

12

Todo esse tempo, em segredo, eu estivera indo ver o Manteiga. A srta. Smith não podia proibir o que não sabia que eu estava fazendo.

Na terça-feira que ela passou na cama, sentei-me nele pela primeira vez. Fui persuadindo-o a se aproximar do murinho de pedras, então escalei o murinho — toda cambaleante, sem muletas — e joguei a perna ruim por cima do lombo dele. Agarrei a crina, fui me arrastando, e lá estava eu, montada em cima dele. Senti seu cheirinho e o pelo quentinho pinicando as minhas pernas.

Ele deu uns passos pra frente, num balanceio que fez sacudirem os meus quadris. Agarrei-me à crina para me equilibrar. Tentei guiá-lo, mas não adiantou, e em pouco tempo ele baixou a cabeça para pastar. Não me importei. Fiquei ali sentada quase a manhã toda, até que eu mesma senti fome. Então desci deslizando e entrei pra comer.

No dia seguinte, senti as pernas fracas. Todas distendidas. Que novidade. Também não me incomodei com isso. Nem de longe era pior que andar.

O estábulo continha um depósito anexo. Vivia trancado, mas o Jamie encontrou a chave embaixo de uma pedra, perto da porta. Lá dentro, havia um monte de coisas que achei que eram da Becky e dos cavalos. Fui procurar tiras feito as do pônei que acompanhara o nosso trem, e encontrei umas caixas cheias de pedaços de couro, alguns amarrados juntos. Fui dar uma olhada melhor neles.

Se você pegar uma cabeçada, que é a coisa de couro que fica em volta da cabeça do cavalo, pela parte errada — pela focinheira ou pelas faceiras, por exemplo, em vez de pela cachaceira —, ela não se parece em nada com algo que possa ser usado por um cavalo. Parece um bololô de couro. Então, logo de início, não consegui entender nada. Por fim, encontrei uma coisa meio quadrada numa prateleira. Era cheio de folhas de papel dentro, com coisas escritas que eu não conseguia ler, e lá pela metade havia o desenho da cabeça de um cavalo com as tais tiras de couro amarradas. Analisei o papel e as tiras até conseguir entender.

Naquela tarde, quando tentei colocar a cabeçada no Manteiga, eu certamente havia apanhado uma grande, que caberia num dos cavalos maiores da Becky. Passei a parte de cima pelas orelhas dele, mas a parte de metal ficou pendurada bem abaixo do queixo, e a parte que deveria envolver a lateral da cabeça, em vez disso, ficou em cima das narinas. Ele soltou uma bufada e saiu correndo, arrastando as rédeas. Levei metade da tarde para apanhá-lo, e ainda precisei da ajuda do Jamie.

Na tarde de quinta-feira, depois de voltarmos das compras, tentei uma cabeçada menor, e funcionou que foi uma beleza. O Manteiga veio quando eu chamei. Dei a ele um pouco de mingau de cereal seco que tirei do bolso. Pus a cabeçada nele, e coube direitinho. (Naquela época, eu não sabia os nomes: cabeçada, bridão, rédeas, faceiras, cachaceira. Mas agora sei. E a coisa quadrada com as folhas de papel e o desenho do cavalo era um livro. Meu primeiro livro.)

De todo modo, lá estava o Manteiga, todo equipado, e eu, pronta. Quando subi, ele bufou e já foi baixando a cabeça para pastar. Puxei as rédeas. Ele jogou a cabeça pra cima, espantado. Assim era melhor. Dei-lhe uns chutinhos, pois descobrira que isso o colocaria em movimento. Ele avançou. Puxei um lado da rédea, e ele virou. Puxei os dois, e ele parou. *Tudo fácil,* pensei. Cravei as pernas com mais força, para tentar fazer ele correr. Ele jogou a cabeça pra trás, deu um pinote e me arremessou por cima das orelhas. Caí de costas na grama.

O Jamie correu até mim.

"Ada! Você morreu?"

Eu me levantei, cambaleante.

"Não."

Voltei a montar o Manteiga, e ele tentou repetir. Desta vez mantive sua cabeça erguida, de modo que ele não conseguiu dar o pinote, não da mesma forma, então deu um pulo para o lado, arremessando-me outra vez. Bati a cabeça no chão com um baque surdo e fiquei tonta por um instante.

"Pode tentar, se quiser", disse ao Jamie.

Ele balançou a cabeça.

"Não quero. Acho que ele não está gostando."

Parei pra refletir. O Manteiga podia não estar gostando naquele exato instante, pois estava acostumado a comer o dia inteiro. Mas ia gostar depois, quando estivéssemos correndo pelo pasto, saltando o murinho de pedras. Ele ia gostar.

Eu, desde o primeiro instante, adorei. As quedas não me assustaram. Aprender a montar era como aprender a andar. Doía, mas eu seguia em frente. Se a srta. Smith se perguntou por que minha blusa nova estava cheia de grama, ou por que minha saia nova tinha rasgado perto da bainha, não falou nada. Só suspirou, como de costume, jogou a blusa na tina de roupas e consertou o rasgão com uma coisinha de metal brilhante, que parecia um palito de dentes, e um fio de linha.

"Por que é que ela faz esse barulho?", perguntou o Jamie certa noite. Imitou o suspiro da srta. Smith. A Mãe nunca tinha feito aquele som.

Eu dei de ombros.

"Ela não gosta da gente. Não queria a gente, lembra?" Eu tentava não dar muito trabalho, pra que ela não obrigasse a mulher de ferro a nos levar embora. Lavava a louça, o Jamie secava. Seguia tomando banho e escovando os cabelos, e fazia o Jamie ajudar também. Até o forçava a comer a comida esquisita, embora o único jeito que eu tinha pra fazer isso fosse ameaçando.

"Quanto tempo a gente vai ter que ficar aqui?", o meu irmão perguntou.

"Sei lá. Até o fim da guerra, talvez, ou até a Mãe vir nos buscar."

"Quanto tempo falta pra guerra acabar?"

"Umas semanas, eu acho. Talvez mais."

"Quero ir pra casa."

O Jamie repetia isso o tempo todo, e eu já estava cansada de ouvir. Virei pra ele.

"Por quê?", perguntei, quase cuspindo a palavra. Mantive a voz baixa, mas fui arrebatada por uma raiva que desconhecia. "Pra você poder fazer o que quiser, e eu não poder fazer nada? Pra eu não poder mandar em você? Pra eu viver trancafiada e calada?"

Os olhos dele se encheram de lágrimas.

"Não", ele sussurrou. "Eu não ligo de você mandar em mim. E ela não vai mais mandar você calar a boca, agora que está de muleta e tudo."

"Todo mundo lá onde a gente morava tem nojo de mim. Acham que eu sou um tipo de monstro."

"Não acham, não", respondeu o Jamie, mas virou o rosto. "Não vão achar." Abriu um berreiro fervoroso, abafando os soluços com um travesseiro. "Você tem muletas!"

"As muletas não mudam o meu pé! Continua tudo igual. Ainda dói. Eu continuo igual!"

"Em casa eu sabia o nome das coisas", retrucou o Jamie, aos prantos.

Eu entendia. Sabia como às vezes era opressivo entrar numa loja cheia de coisas que eu nunca tinha visto.

"Não tem nada de bom em casa. Você passava fome. Lembra?"

"Não. Eu nunca passava fome. Nunca."

Se não passava, era só porque eu lhe dava quase toda a comida.

"Eu passava. Eu passava fome, vivia sozinha e presa, e agora, seja lá como for, você tem que me obedecer. Tem que ficar aqui comigo. Eu sou a pessoa que protege você."

A choradeira do Jamie diminuiu. Ele ergueu a cabeça e me encarou, os olhinhos castanhos ainda cintilando com as lágrimas. Rolou o corpo de costas, e eu puxei o lençol até o queixo dele. Dei-lhe umas batidinhas no ombro magro.

"Aqui é seguro?", ele perguntou.

Eu não sentia segurança. Nunca.

"É."

"É mentira. Eu sei que é." Ele deu as costas pra mim, virando o corpo de lado. Fiquei deitada de barriga pra cima, estirada, respirando o aroma de madressilva que entrava pelas janelas abertas. As cortinas esvoaçavam sobre as paredes azul-claras. Eu não sentia fome. Dormi.

13

Na nossa ida seguinte à cidade, vimos um imenso cartaz colado no muro de tijolos próximo à estação de trem. O Jamie parou pra olhar.

"O que é que diz?"

A srta. Smith leu em voz alta, apontando cada palavra com o dedo: "Sua coragem, sua disposição e sua determinação nos levarão à vitória".

"Que idiotice", respondi. "Parece até que o trabalho todo é da gente."

A srta. Smith me olhou e riu.

"Tem razão."

"Devia ser 'nossa coragem'. *Nossa* coragem, *nossa* disposição e *nossa* determinação nos levarão à vitória."

"Sem sombra de dúvida. Vou escrever para o departamento de guerra e sugerir a alteração."

Eu não sabia se era sério ou não. Odiava quando não entendia ela.

"É melhor eu não subestimar você, não é?", perguntou a srta. Smith.

Como eu podia saber? Fiz uma carranca.

"Ah, deixa disso, sua garota ranzinza", ela ralhou, tocando de leve o meu ombro. "Venha me ajudar a escolher os vegetais."

O Jamie puxou o meu braço, apontando para o outro lado da rua, e eu vi o Stephen White de braço dado com um senhor muito velho. Na verdade, percebi, era o velho que se apoiava no Stephen.

"Amigo seu?", perguntou a srta. Smith.

"Não", respondi. "É o irmão do Billy."

A srta. Smith assentiu.

"Pode ir lá falar com ele."

Sentia-me estranha indo falar com ele, mas de fato queria saber por que o Stephen não tinha voltado pra casa com a família. Atravessei a rua.

Ele me viu. Parou, e na mesma hora, o velho parou também, voltando os olhos estranhos e opacos pra mim.

"Que bom", disse o Stephen, apontando pras muletas. "Você devia ter arrumado isso antes."

Pensei nele me carregando pela estação, e meu rosto esquentou.

"Quem é?", resmungou o velho. "Com quem está falando? Gente nova?" Pois o velho bobão estava me olhando bem na cara.

O Stephen pigarreou.

"É a Ada, lá da travessa. Ada..."

"Não é assim que se faz uma apresentação adequada", reclamou o velho. "Não ensinei a você?"

"Sim, senhor." O Stephen respirou fundo. "Senhor, permita-me apresentar a srta. Ada Smith, de Londres. Ada, este é o coronel Robert McPherson, reservista do Exército britânico. Estou morando com ele."

O velho abanou uma das mãos.

"Agora você aperta a minha mão, srta. Smith. Se vem do mesmo lugar que este rapaz, tampouco teve alguém para lhe ensinar boas maneiras. A senhorita aperta a minha mão e diz: 'Prazer em conhecê-lo, coronel McPherson'".

Toquei-lhe a mão enrugada e seca. Ele agarrou a minha e chacoalhou.

"Diga: 'Prazer em conhecê-lo, coronel McPherson'", ordenou.

"Prazer em conhecê-lo, coronel McPherson."

"O prazer é meu, srta. Ada Smith. Já que é amiga do Stephen, apareça para o chá." Ele soltou minha mão. Esfreguei-a na saia, não porque a mão do velho estivesse suja — não estava —, mas porque tocar um estranho era uma coisa bastante esquisita.

O Stephen sorria, como se achasse muita graça em tudo aquilo.

"Por que é que você não foi pra casa?", perguntei a ele.

"Ah", ele disse, olhando de relance pro coronel McPherson, "a minha mãe achou melhor eu ficar aqui por um tempo."

"Não achou, nada. Ela falou..."

O Stephen me deu um tapa forte no braço. Fixei os olhos nele. Ele inclinou a cabeça pro velho, com uma carranca.

"O quê?", inquiri.

"Falo depois. Depois, está bem?"

"Tá", assenti, ainda intrigada.

Já do outro lado da rua, vi a srta. Smith e o Jamie parados diante de um segundo cartaz.

"Este aqui é melhor", dizia o Jamie.

"'A liberdade está em perigo'", leu a srta. Smith. "'Defenda-a com todo o poder.'"

Era melhor.

"O que é 'poder'?", perguntei.

"Vou *poder* tomar chá", respondeu o Jamie.

"Não. Bom, sim", disse a srta. Smith. "Mas nesse caso significa força. Energia. Defenda-a com todas as forças."

"A liberdade está em perigo!", gritou o Jamie, disparando a correr e abanando os braços num frenesi. "A liberdade está em perigo, defenda-a com todas as forças!"

"O que é 'liberdade'?", perguntei, enquanto a srta. Smith e eu caminhávamos.

"É... hummm. Eu diria que é o direito de decidirmos coisas sobre nós mesmos. A respeito da nossa própria vida."

"Feito hoje de manhã, quando a gente decidiu vir à cidade?"

"É mais como você decidir que quer... sei lá... ser advogada. Quando crescer. Ou talvez professora. Ou que quer morar no

País de Gales. Se a Alemanha invadir, a gente provavelmente ainda vai poder fazer compras, mas talvez não possa tomar outro tipo de decisão."

Como de costume não entendi a maior parte, mas estava cansada de tentar.

"O Stephen White tem que morar com um velho rabugento", eu disse.

"Percebi. É uma pena ver o coronel com um aspecto tão frágil. Ele era um dos amigos que caçava raposas com a Becky. Era do tipo que caçava, atirava e pescava. Eu não imaginava que ele fosse tão velho."

"Ele me forçou a encostar na mão dele." Estremeci.

"São só boas maneiras."

"Foi o que ele falou."

A srta. Smith abriu um sorriso. Não entendi por quê.

"Que criança desconfiada", ela disse, ao que fiz uma carranca ainda maior. Ela agarrou a ponta da minha trança e sacudiu. "*Sua* coragem, *sua* disposição e *sua* determinação", estava falando errado, que raiva, "levarão *você* à vitória, minha querida."

Chegamos ao verdureiro. O Jamie esperava pela gente, segurando a porta da loja. Dei um chicoteio com a trança para que a srta. Smith a soltasse. Não perguntaria mais o significado de palavra nenhuma. Estava muito cansada das palavras, mas a srta. Smith me olhou e respondeu, mesmo assim.

"Vitória significa paz."

14

Alguns dias depois, a professora que tinha nos acompanhado no trem veio informar que as aulas na escola começariam. Não havia um prédio grande o bastante pra abrigar as crianças evacuadas, de modo que os evacuados teriam que usar a escola da vila. Os alunos regulares teriam aulas com as suas professoras das oito ao meio-dia, e os evacuados seguiriam de uma às cinco da tarde, com as professoras evacuadas.

A professora ensinou à srta. Smith o caminho da escola.

"Nos vemos na segunda-feira à tarde", disse ao Jamie, levantando-se pra sair.

Nós estávamos todos sentados na sala, nas cadeiras roxas macias e no sofá. A srta. Smith tinha feito chá. Ela abriu um sorriso intrigado para a professora e completou: "A Ada também, claro".

Não sei qual foi a cara que eu fiz, mas o Jamie e a professora ficaram de queixo caído. A professora fechou a boca primeiro.

"A Ada não está na nossa lista. Avisei isso à senhorita quando dei o endereço da mãe deles. Só temos o Jamie listado."

"A Ada não pode ir na rua", disse o meu irmão.

"Isso é besteira", respondi, enfurecida. "Era só em Londres e você sabe disso."

"Mas não pra *escola*."

Eu nunca tinha ido. Nunca tinha pensado em ir. Mas por que não? Poderia ir de muletas, não era tão longe assim.

A srta. Smith falou que a lista não tinha importância. Que a listagem sem dúvida era imprecisa e que, além disso, muitas crianças já haviam retornado a Londres. Tinha que ter um lugar para mim.

"Lugar tem", respondeu a professora, devagar, "mas será que é apropriado?" Ela se levantou e apanhou um livro na estante da srta. Smith. "Aqui", disse, abrindo o livro e mostrando-o a mim, "leia um pouco pra nós."

Eu olhei a página. As fileiras de símbolos dançavam e se embaralhavam diante dos meus olhos. Olhei pra cima. A professora assentiu. A srta. Smith se aproximou e me abraçou. Tentei me desvencilhar, mas ela apertou forte.

"Está vendo?", concluiu a professora, baixinho. "Ela não é educável."

Eu não sabia o que significava educável. Não sabia se eu era ou não educável.

"A Ada só nunca recebeu ensino", respondeu a srta. Smith. "Está longe de ser burra. Merece uma chance."

A professora balançou a cabeça.

"Não seria justo com os outros."

Quando ela se foi, a porta bateu de leve. A srta. Smith agarrou os meus ombros com as duas mãos.

"Não chore. Não chore, ela está errada, eu sei que você é capaz de aprender. Não chore."

Por que eu choraria? Nunca tinha chorado. No entanto, quando me desvencilhei da srta. Smith, lágrimas brotaram nos meus olhos e correram pelo meu rosto. Por que eu estava chorando? Queria socar alguma coisa, atirar algo no chão, gritar. Queria galopar com o Manteiga e nunca mais parar. Queria correr, mas não podia, não com o meu pé torto, feio, horrível. Enterrei a cabeça numa das almofadas chiques do sofá e não pude evitar. Chorei.

Estava tão cansada de viver sozinha.

A srta. Smith sentou-se ao meu lado. Tocou nas minhas costas. Contorci o corpo para me afastar.

"Não se preocupe", ela disse, quase como se eu tivesse alguma importância. "Eles estão errados. A gente vai dar um jeito. Eu sei que você não é burra", ela prosseguiu. "Gente burra não poderia cuidar do irmão do jeito que você cuida. Gente burra não tem a metade da sua coragem. Nem metade da sua força."
Burra. Retardada. Educável. Zelosa. Eram só palavras. Eu estava tão cansada de palavras sem sentido.

Naquela noite, depois do banho, a srta. Smith veio até o nosso quarto antes de dormirmos. Parecia nervosa.
"Trouxe uma coisa. Este era o meu livro preferido quando eu era pequena. Meu pai lia pra mim na hora de dormir. Pensei em começar a ler pra vocês."
Virei a cabeça. Mais palavras.
"Por quê, senhorita?", perguntou o Jamie.
"Queria que parassem de me chamar de *senhorita*", ela disse, aproximando a cadeira do lado do Jamie. "Eu me chamo Susan. Podem me chamar de Susan. Quero ler pra vocês porque acho que vão gostar."
"Por que nós vamos gostar?", falou o Jamie.
A srta. Smith não respondeu.
"Este livro se chama *Os Robinsons Suíços*. Escutem." Ela pigarreou e começou. "Tínhamos passado muitos dias abalados por uma tormenta. Por seis vezes a escuridão encerrou-se sobre um cenário terrível e turbulento..."
Enfiei a cabeça no travesseiro. A voz dela parecia uma mosca zumbindo na janela. Dormi.

De manhã, porém, aquelas primeiras palavras não saíam da minha cabeça, e eu não aguentei.
"Senhorita?", perguntei, durante o café da manhã. "O que é 'abalados por uma tormenta'?"
A srta. Smith me olhou por sobre a xícara de chá.

"Presos numa tempestade. Vento, chuva, relâmpagos, e se você está num barco, no mar, fica sendo jogado pra lá e pra cá. Fica abalado, inseguro, por conta da tempestade."

Olhei pro Jamie.

"É a gente", concluí. "Jogados pra todo lado. Estamos abalados por uma tormenta." Ele concordou.

Virei-me de volta para a srta. Smith.

"O que é 'educável'?"

Ela pigarreou.

"Capaz de receber educação. Capaz de aprender. Você é plenamente capaz de aprender, Ada. Você é educável. Eu sei que é. Aquela professora está errada."

Um avião zuniu no céu. O Jamie deu um salto. Agora víamos e ouvíamos aviões o tempo todo, por conta da pista de pouso, mas o Jamie nunca se cansava de observá-los. Também fui me levantando pra sair.

"Ada", disse a srta. Smith, "se quiser, posso começar a ensinar você a ler agora de manhã."

Eu fugi do assunto.

"Não, obrigada." Usei as boas maneiras que ela tinha me ensinado. "Quero ir ver os aviões."

Ela balançou a cabeça.

"Isso não é verdade."

"Quero ir falar com o Manteiga."

A srta. Smith inclinou-se pra frente.

"Você é perfeitamente capaz de aprender. Não dê ouvidos a quem não conhece você. Escute o que sabe. Escute a si mesma."

O que eu sabia, aprendera olhando por uma única janela. Eu não sabia de nada. As palavras que ela usava: *capaz*, *abalados por uma tormenta*. Até pequenas, *mar*. O que era um mar? Os barcos desciam pelo Tâmisa. Um mar era a mesma coisa que um rio? Eu não sabia de nada, nada.

"Preciso ver o pônei", eu disse.

Ela suspirou.

"Você que sabe", respondeu, e deu meia-volta.

Eu tinha encontrado uma escova no depósito e passei a escovar todo o pelo dourado do Manteiga. Voavam poeira e fiapos de pelos. Eu via que ele gostava.

"Bom, não é? Manda a coceira embora."

Eu mesma já não me coçava como antes. A loção fedida fez sumir as manchas ásperas da pele, e a minha cabeça estava melhor, agora que a srta. Smith escovava o meu cabelo todas as manhãs. Fazia uma trancinha que ia descendo pelas minhas costas, para que ficasse mais arrumado, não caísse na minha cara com o vento nem embaraçasse à noite. Ela me escovava que nem eu escovava o Manteiga, o que era estranho, por mais que eu pensasse sobre isso.

"Olha!", gritou o Jamie, apontando para o céu. "Um diferente!" Ele correu pelo pasto, tentando conseguir ver melhor o avião.

Dei duas voltas no pasto com o Manteiga, depois ele me obrigou a descer.

Na hora do almoço, a srta. Smith disse que levaria o Jamie à escola naquele primeiro dia.

"Você vai ficar bem sozinha, Ada? Pode vir se quiser."

Balancei a cabeça. Não me aproximaria da escola. E acabou sendo a maior sorte. No minuto em que a srta. Smith saiu com o Jamie, eu pulei de volta no Manteiga, e por isso estava lá quando o cavalo novo saltou no nosso quintal.

15

Aconteceu assim. Eu estava guiando o Manteiga em círculos, praticando as viradas. Ouvi um som de cascos vindo da estrada e parei pra olhar, mas não consegui enxergar nada por detrás das árvores. Um avião decolou na pista de pouso e guinchou bem acima das nossas cabeças, e, no mesmo instante, alguém a cavalo surgiu à vista. O Manteiga não se incomodou com o avião — agora via dezenas de aviões decolarem todos os dias —, mas o outro cavalo, um grandão castanho, se assustou e deu um pinote. O cavaleiro puxou as rédeas com força para evitar que o animal corresse, mas ele tornou a virar o corpo, deu um salto pra frente, saiu da estrada e entrou no acostamento, quase batendo o peito no murinho de pedras do nosso quintal. O cavaleiro foi jogado com força pra fora da sela, e o cavalo, frenético, deu um pulo repentino e saltou o muro. O cavaleiro deu cambalhotas pro lado e desapareceu.

O cavalo galopou direto até o Manteiga, as rédeas voando, os estribos soltos batendo nas laterais. O pônei se agitou e deu um giro, me jogando longe, e juntos eles correram pro outro lado do pasto. Ficaram um tempo galopando, os idiotas, mas não prestei atenção. Corri até o cavaleiro o mais depressa que o meu pé ruim permitiu. E reconheci: era a garotinha de cara de ferro. A que tinha me provocado.

Ela estava caída no acostamento, com a cara enfiada na grama lamacenta. Eu pulei o murinho com dificuldade enquanto ela, piscando os olhos, rolava o corpo. Abriu os olhos e soltou uma série de xingamentos que eram muito comuns nas docas lá onde eu morava e também na minha travessa. Terminou com "odeio essa bosta de cavalo desgraçado".

Bosta não era uma coisa que a srta. Smith nos deixaria falar, nem eu, nem o Jamie. Era um palavrão, uma palavra feia.

"Odeio ele", ela repetiu, me encarando.

"Está muito machucada?"

Ela começou a se sentar, então caiu pra trás, deixando a cabeça desabar. "Estou me sentindo tonta. E com muita dor no ombro. Aposto que quebrei a clavícula." Ela tocou um ponto abaixo do pescoço e se encolheu. "A minha mãe quebrou a dela no ano passado, caçando. É fácil de acontecer. Cadê a porcaria do cavalo?"

Olhei por sobre o muro.

"Pastando, com o pônei. Como se nada tivesse acontecido."

Ela ergueu o corpo aos poucos até se sentar.

"Não me espanta. Odeio esse cavalo. É do meu irmão." Começou a se levantar, deu um gritinho e sentou-se de volta com um baque. Sua pele ficou pálida, depois meio cinza, um tom interessante.

"É melhor ficar parada", recomendei. Fui buscar o cavalo. A pata da frente estava embolada nas rédeas, mas, tirando isso, ele estava ótimo, e ficou bem quietinho enquanto eu desembolava. Era maior que o Manteiga e bem mais bonito — pelagem linda e brilhosa, pernas compridas e elegantes. Cheirou minhas mãos como o Manteiga fazia. "Não tenho petisco", avisei.

Comecei a caminhar com ele até a garota, mas meu pé doía, e, além disso, o cavalo era tão bonito. Puxei as rédeas por sobre a sua cabeça, calcei o pé bom no estribo e o montei.

A sela era firme e confortável comparada às costas nuas do Manteiga, largas e escorregadias. Eu não podia calçar o pé ruim no estribo, mas gostava da sensação dele no pé bom. Juntei as rédeas, e o cavalo arqueou o pescoço com delicadeza.

Quando bati nele com o tornozelo, ele quase disparou. Erro meu. O cavalo claramente respondia a comandos bem mais sutis que o Manteiga. Eu o fiz recuar, encostando a perna de maneira bem suave. Ele seguiu a passadas compridas, altivas e meio altas.

A garota já estava de pé, apoiada ao muro.

"Dê a volta no portão com ele."

Tive uma ideia melhor. O cavalo havia entrado saltando; podia sair da mesma maneira. Eu o chutei para que ele avançasse. Ele deu uns passos vigorosos, depois acertou um trote ágil e gentil. *Ah*, pensei, com a respiração presa na garganta, *é essa a sensação de andar depressa e não sentir dor.* Puxei as rédeas e apontei o cavalo pro murinho. Ele não hesitou. Seguiu em frente e pro alto, num salto suave. *Voou*. Segurei-lhe a crina com as duas mãos e voei junto. Aterrissamos do outro lado. Dei uma gargalhada alta.

"Exibida", disse a garota, que também ria. "Sorte a sua que não apareceu outro avião."

"Sorte a minha. Você já consegue cavalgar?"

Ela experimentou mover o braço e se encolheu.

"Nunca que eu vou conseguir segurar ele. Não com uma só mão. E a minha cabeça está doendo muito. Posso montar na sua garupa?"

Deslizei um pouco pra frente. A sela era bem grande. Tirei o pé do estribo e ajudei a menina a subir.

"Pode ficar com as coisas dos pés."

Ela passou o braço bom pela minha cintura.

"Chamam-se estribos", expliquei, enfiando os pés neles. "É só voltar por onde eu vim. E sem correr, por favor, a minha cabeça parece que foi esmagada. Se você trotar, vai ser o meu fim."

Ela se chamava Margaret. A mãe dela liderava o Serviço Voluntário Feminino, motivo pelo qual era a responsável pelos evacuados.

"Mas não é só isso", contou a Margaret. "Ela vive fazendo trabalho de guerra. Está tentando se manter ocupada pra não ter tempo de se preocupar com o Jonathan. Quer vencer a guerra sozinha, antes que ele se meta na luta." O Jonathan, irmão da Margaret, estava aprendendo a pilotar aviões numa outra pista de pouso, bem distante. Tinha saído de Oxford pra isso, ela explicou.

"Você fala que nem os nossos evacuados", ela disse. "O mesmo sotaque engraçado."

"Pra mim é você que fala engraçado."

Ela riu. "Pode ser. Mas você sabe montar, e os nossos evacuados, quer dizer, os que estão morando com a gente, eles todos morrem de medo de cavalo. Onde você aprendeu a montar lá em Londres?"

"Não aprendi. Estou aprendendo sozinha aqui."

"Bem, você é muito boa."

"Num cavalo chique como esse, qualquer um seria. O nosso pônei me derruba meia dúzia de vezes por dia."

"Pôneis são cobras. Víboras traiçoeiras. Você precisa ver o que o meu apronta."

O cavalo em que estávamos era o caçador do irmão dela, e a mãe a estava obrigando a levá-lo para se exercitar.

"Só até eu voltar pra escola", explicou. "O que deveria ter sido semana passada, só que estão transferindo a escola, evacuando, eu acho, e vai demorar a começar. Eu odeio esse cavalo, odeio, e ele me odeia. Com qualquer pessoa, ele é um cordeirinho. A mamãe não acredita em mim, e ele piora quando está sozinho, e não se deixa conduzir pela minha égua, então eu fico presa brigando com ele, sozinha, uma hora por dia. Todo o pessoal do estábulo se alistou, e o Grimes está entulhado de trabalho, e não tem ninguém pra ir comigo."

Todo aquele falatório, do qual só entendi metade, de repente pareceu cansar Margaret. Ela desabou sobre o meu ombro.

"Tudo bem?", perguntei.

"Na verdade, não. Estou passando mal."

O cavalo deu um balanceio autoritário e dobrou uma curva. Eu esperava que ele soubesse onde estava indo. Parecia saber, e, além do mais, a Margaret não estava indicando nada diferente.

De repente, ela ficou molenga. Desejei estar sentada atrás, para poder estabilizá-la.

"Maggie?", perguntei. Havia uma Margaret na nossa travessa, e todo mundo a chamava de Maggie. "Maggie, aguenta firme."

Segurei a sua mão na minha cintura. Ela largou a cabeça em cima de mim, gemendo sozinha. Eu me esforçava para manter o cavalo estável e ao mesmo tempo rápido. Não sabia que distância teríamos que percorrer.

"A mamãe gosta mais do Jonathan do que de mim", disse a Maggie, mais alto. "Na verdade, ela não gosta de meninas. Faz tudo por ele, mas comigo está sempre irritada."

"A minha mãe também gosta mais do meu irmão. Ela me odeia, por causa do meu pé ruim."

Pude senti-la se abaixar pra olhar pro meu pé ruim. Fiquei feliz por ele estar enfaixado. Ela se balançou, sem equilíbrio.

"Cuidado", falei.

"Hum", ela grunhiu.

"Um carro de cerveja passou por cima dele."

"Ah. Ora, que motivo mais bobo para odiar você."

O cavalo avançava a passos largos. A cabeça da Maggie ia batendo no meu ombro.

"Não foi um carro de cerveja", eu disse, depois de uma pausa. "É pé torto." Fora essa a palavra usada pelo médico.

"Ah, pé torto". Ela tinha a voz arrastada. "Já ouvi falar. A gente teve um potro que nasceu com o pé torto."

O cavalo fez outra curva e foi descendo por um longo caminho de cascalho, ladeado por fileiras contínuas de árvores compridas. Agora andava mais depressa, balançando a cabeça. A Maggie gemeu.

"Vou vomitar."

"No cavalo, não."

"Hum", ela grunhiu, e vomitou, mas inclinou o corpo o bastante para que a maior parte não pegasse na sela. Então quase caiu. Eu a segurei. O cavalo sacudiu a cabeça, impaciente. "Ele sempre fica mais feliz na volta pra casa", resmungou a Maggie. "Patife nojento."
"O que é um potro?", perguntei.
"O quê? Ah, é um cavalo bebê. A gente teve um cavalo que nasceu com o pé torto. Era como o Grimes chamava." Ela voltou a ficar bem mole. "Estou me sentindo muito mal."
Tentei imaginar um cavalinho de casco torto. Os cascos do Manteiga eram compridos e curvos, mas não retorcidos. O que um cavalo faria se não pudesse andar? Não havia muletas para cavalos, havia?
"Então, ele morreu?", perguntei.
"O quê? Ah, o cavalo. O cavalo do pé torto. Não. O Grimes consertou. O Grimes e o ferrador."
As árvores se abriram, e, à nossa frente, surgiu uma imensa construção de pedras, como eu imaginava que fossem os armazéns das docas. Imensa como a estação de trem de Londres. Não podia estar certo. Fosse o que fosse aquele lugar, não era uma casa.
O cavalo sacudiu a cabeça em resposta às minhas tentativas de puxá-lo pra entrar. Em vez de rumar direto pra construção gigante, deu a volta pela lateral e foi até um espaço que eu mesma identifiquei como um estábulo.
Um velho se aproximou correndo, mas meio manco. *O Grimes*, pensei.
"O que foi que houve?", ele perguntou.
"A Maggie se machucou", falei. Ela se atirou nos braços do velho. Ele cambaleou, mas segurou firme. "Caiu e bateu a cabeça. E machucou o ombro também."
O Grimes assentiu.
"Pode ficar com o cavalo um instante? Vou entrar com ela."
"Claro", respondi, tentando falar que nem a Maggie. *O Grimes consertou um cavalo com pé torto. Consertou um pé torto. Como?*

Ele levou a menina embora. Desci do cavalo — um longo caminho até o chão — e olhei em volta. Havia baias feito as da casa da srta. Smith, só que em maior número, mais chiques, e a maioria ocupada. Os cavalos olhavam curiosos por sobre as portinholas do estábulo, de orelhas empinadas. Alguns faziam uns barulhinhos.

Levei o cavalo da Maggie até uma baia vazia. Ele enfiou a cabeça num balde d'água, depois numa pilha de feno. Removi a sela — não foi difícil, foi só tirar as tiras da parte de baixo — e larguei-a perto da porta, depois tirei a cabeçada. Fechei o cavalo na baia e levei o equipamento até o depósito, que não tive problemas em encontrar. Havia uma fileira de prateleiras com selas e outra com cabeçadas, e eu devolvi o que tinha nas mãos aos espaços livres. Dei uma passeada, olhei pros outros cavalos, então o Grimes retornou.

"Obrigado", ele disse. "Ela agora está na cama, e a madame já ligou pro doutor. Acho que não temos mais o que fazer. Ela está um pouco desorientada. Pode acontecer isso às vezes, quando se leva uma pancada na cabeça."

"No começo ela parecia bem. Foi piorando no caminho."

"Não me surpreende." Ele apontou pro meu pé. "O que foi que houve? Você se machucou também?"

Olhei pra baixo. Uma mancha de sangue vazava pelo curativo.

"Ah. De vez em quando isso acontece. Quando estou sem as muletas." Eu hesitei, depois acrescentei: "É pé torto".

O Grimes não se ofereceu pra consertar. Só assentiu.

"Vou levar você para casa de carro, então."

O Grimes foi muito bacana em me dar uma carona. Agradeceu-me por ajudar a "srta. Margaret". Eu disse que tinha ficado feliz em ajudar, ainda mais porque acabei cavalgando um cavalão tão grande e fino. Ele riu e deu uma batidinha na minha mão, o que foi estranho, mas eu não me incomodei. Entrei pela porta da frente radiante de tão feliz. Não estava nem um pouco preparada pra ira da srta. Smith.

16

Ela avançou na minha direção feito uma bruxa de cabelos loiros, os olhos faiscando.

"Onde é que você ESTAVA? Eu quase fui à polícia. O pônei está no pasto com a cabeçada, e você desaparecida. *São quase quatro da tarde.* Onde diabos estava com a cabeça?"

Ela veio até mim. Eu me desviei, os braços erguidos sobre a cabeça.

"Eu não vou bater em você!", ela urrou. "Mas bem que queria. Você merece uma surra por me deixar preocupada desse jeito."

Preocupada? Preocupada como eu ficava com o Jamie, em Londres? Deixei minhas mãos desabarem no colo — eu havia me sentado numa das cadeiras roxas — e a encarei, perplexa.

"Eu sei que você não gosta de estranhos", ela disse, mais calma. "Não podia imaginar um motivo pra você ir à cidade. Não achei que estivesse na pista de pouso, mas fui lá perguntar mesmo assim, e ninguém tinha visto nenhuma garota. É a primeira vez que eu deixo você sozinha. Não podia imaginar o que daria errado. Não tinha ideia de onde você estava."

"Eu achei que podia ir na rua", respondi. Meu pé doía como há dias não doía. Desde a minha chegada eu não caminhava tanto sem muletas. Tinha também um arranhão no braço, que deixara um risquinho de sangue.

"Você não pode sair sem me avisar", explicou a srta. Smith. Parecia menos furiosa, mas ainda assim era imprevisível. "Você tem que me dizer onde vai."

Como eu poderia?

"Tive que ajudar a Maggie", respondi. Contei a ela sobre o cavalo, o avião que o assustou, a queda da menina.

A srta. Smith deu uma bufada. "Maggie? Quem é Maggie?"

Tentei explicar. Contei sobre o cavalão, a casa e o estábulo.

"A Ilustre Margaret Thorton?", indagou a srta. Smith, com os olhos arregalados. "Filha de lady Thorton?"

Dei de ombros.

"Acho que sim. Ela tem um irmão chamado Jonathan."

"A garota que estava com lady Thorton na semana passada, no mercado?"

Fiz que sim com a cabeça.

A srta. Smith sentou-se na outra cadeira.

"Quero a história completa."

Contei tudo, exceto a parte em que a Maggie falou os palavrões. A srta. Smith se empertigou. Estava carrancuda.

"Pois sim. Você levou a srta. Margaret de volta pra casa cavalgando o caçador premiado do Jonathan Thorton?"

"Isso", respondi.

"Não acredito em você."

Eu não sabia o que dizer. Eu contava mentiras, claro que contava. Mas não mentiria a respeito daquilo. Eu tinha feito muito bem em levar a Maggie e o cavalo de volta pra casa. O Grimes falou. Até tirou o chapéu pra mim, quando saí do carro.

"Se fosse mentira", retruquei, "eu não ia saber onde fica a casa dela."

"Ah, eu acredito que você tenha visto a casa", respondeu a srta. Smith num tom rígido. "Acredito que a srta. Margaret tenha passado por perto, que você tenha visto e ido atrás. Olhe o seu estado: pé sangrando de novo e tudo o mais. Acredito que tenha visto a garota, o cavalo e a casa. Só não acredito em nada do resto."

Eu abri a boca, depois fechei. Não sabia o que dizer.

"Vá pro seu quarto", disse a srta. Smith. "Vá se lavar no banheiro, depois vá pro quarto e fique lá. Não quero mais ver você hoje. Quando o Jamie voltar, eu mando ele subir com o jantar."

Horas depois, o meu irmão subiu, com um prato pra mim.

"Como foi a escola?", perguntei.

"Odiei", respondeu ele, de olhar abatido. "Não volto lá nunca mais."

Mais tarde, a srta. Smith subiu com aquele livro horrível. Sentou-se na cadeira, perto do Jamie, e abriu o livro sem olhar pra mim. Também a ignorei. O Jamie se encolheu debaixo das cobertas.

"O que é que acontece depois?", perguntou, como se desse importância à história.

"Você vai ver", respondeu a srta. Smith, com um sorriso. Abriu o livro e começou a ler.

Na manhã seguinte, na hora do café, o Jamie tornou a dizer que não ia voltar pra escola.

"É claro que vai voltar", retrucou a srta. Smith. "Você quer aprender a ler. Daí vai poder ler *Os Robinsons Suíços* sozinho."

"Prefiro que a senhorita leia para mim", ele disse num tom doce, com um olhar comprido. A srta. Smith sorriu. Passou pela minha cabeça que eu odiava os dois.

Naquela tarde, no pasto, só consegui fazer o Manteiga andar a passadas lentas. Tentei e tentei. Dei-lhe chutes e apertões com as pernas. Até arranquei o galho de uma árvore e açoitei o lombo dele. O Manteiga deu uma guinada pra frente e avançou, meio cambaleante, mas quase na mesma hora voltou a se arrastar. Ele não tinha culpa por não ser elegante feito o cavalo do Jonathan, mas eu tinha certeza de que ele podia melhorar se tentasse.

A srta. Smith abriu a porta dos fundos.

"Ada, venha aqui, por favor."

Pois sim. Fingi que não tinha ouvido e dei meia-volta com o Manteiga, para ficarmos de costas pra ela.

"Ada", ela tornou a chamar. "Tem visita para você."

A Maggie? O Grimes? *A Mãe?* Desci do Manteiga, removi a cabeçada — não levaria outra bronca por tê-lo deixado com ela —, manquei até as minhas muletas, apoiadas na parede, e rumei pra casa o mais rápido que pude.

A visita era lady Thorton. Estava sorrindo. Ficava diferente quando sorria.

"Ela veio agradecer", explicou a srta. Smith, com uma voz estranha e dura.

Parei na porta e encarei as duas, o pé direito escondido atrás do esquerdo. "Como é que ela está?", perguntei, pra quebrar o silêncio. "A Maggie, quer dizer."

A lady Thorton — a mãe da Maggie — deu uma batidinha no espaço ao lado dela no sofá. Eu me sentei, cruzei as mãos e deslizei o pé ruim até ficar atrás do bom.

"Está bem melhor hoje, obrigada", respondeu a mulher. "Acordou com dor de cabeça, mas já sabe quem é e onde está."

"Ela parecia bem quando se levantou da queda. Foi piorando no caminho."

A lady Thorton assentiu. "Pancadas na cabeça podem ser assim mesmo. Ela disse que não se lembra muito do que aconteceu. Lembra que você estava lá, mas só. O Grimes, do estábulo, me contou que você a levou pra casa."

Olhei a srta. Smith. Seu rosto ainda estava duro feito uma tábua. "A srta. Smith não acreditou", expliquei, inclinando a cabeça pra ela, "que eu montei no cavalo e tudo o mais."

A lady Thorton abriu uma caixa que havia perto dos seus pés. "Eu mesma não teria acreditado sem uma testemunha. Não é um cavalo fácil."

"Ele gostou de mim", respondi sem pensar, mas percebi que era verdade. O cavalo do Jonathan tinha mesmo gostado de mim.

Ela fez uma cara de cansaço.

"Então você é a terceira pessoa de quem esse animal já gostou na vida, além do Grimes e do meu filho." Balançou a cabeça uma única vez, com veemência, e seu rosto reassumiu a expressão inicial. A cara de ferro. "Trouxe umas roupas pra você e pro seu irmão. As do seu irmão são das famílias da cidade. As suas são basicamente da minha filha. Coisas que já não cabem nela. Aqui."

Ela colocou no meu colo uma calça amarela e um par de botas que iam até o tornozelo. Eu as encarei. A calça era de um tecido grosso e resistente; a parte das coxas era bufante, e a dos joelhos, mais estreita e com uns botões. Eu reconheci: a Maggie estava usando uma igualzinha na véspera.

"De montaria", falei. Nunca na vida tinha usado calça. Ficaria mais fácil subir no Manteiga.

A lady Thorton assentiu.

"Pois é. Tenho certeza de que a srta. Smith está ajudando você, mas não acho que ela poderia fornecer as roupas adequadas."

"Não ajudei", explicou a srta. Smith, baixinho. "Ela fez tudo sozinha."

A lady Thorton me olhou de cima a baixo.

"A Margaret vai ter que passar uns dias na cama. Só vai poder voltar a cavalgar depois de retornar à escola. Mas, se você tiver alguma dúvida sobre cavalos, pode ir quando quiser ao nosso estábulo e perguntar ao Grimes. Sei que ele vai ajudar."

Percebi que ela oferecia a ajuda de outra pessoa.

"O Manteiga não quer correr", expliquei. "Não sei o que fazer."

Com uma risadinha e uma batidinha no meu joelho, ela se levantou.

"Persistência. Os pôneis são teimosos até entenderem quem é que manda. Aproveite as novidades."

A srta. Smith levou a lady Thorton até a porta. Quando retornou, sentou-se no lugar dela.

"Me desculpe", disse, depois de um instante de pausa. "Não foi a minha intenção chamar você de mentirosa."

Claro que foi. Dei de ombros. "Eu sou uma mentirosa."

"Eu sei." Ela começou a esvaziar a caixa de roupas. Shorts para o Jamie, suéteres, camisetas. Então se endireitou. "Não. Está errado. Eu não sei com certeza. Nós duas sabemos que você mente às vezes, mas não posso afirmar que isso faz de você uma mentirosa. Está entendendo o que quero dizer?"

Blusas, suéteres, saias para mim. Um vestido vermelho de manga rendada. Casacos de inverno.

Toquei no casaco da menina. O casaco da Maggie.

"Eu ainda vou estar aqui no inverno?"

"Não sei. Você entendeu o que acabei de dizer? A diferença entre mentir e ser mentirosa?"

Dei de ombros. A srta. Smith insistiu.

"Se alguém precisa mentir, ou se acha que precisa, para preservar a própria segurança... não acho que isso faz da pessoa uma mentirosa. Foi isso o que achei que tinha feito ontem. Eu estava errada."

Eu não queria falar a respeito.

"Por que a escola da Maggie é longe?", perguntei. "Por que ela não vai para a escola do Jamie?"

"As pessoas ricas põem os filhos em internatos. A Margaret não vai ter que sair da escola aos catorze anos para trabalhar, que nem a maioria das crianças. Vai estudar até os dezesseis ou dezessete anos. Se até lá a guerra já tiver acabado, ela provavelmente vai pra uma escola de boas maneiras. Pode ser até que entre numa universidade."

"Que tipo de escola a senhorita frequentou?"

"Um internato. Não porque a minha família era rica. Não era. Eu era inteligente e o meu pai era do clero, e algumas escolas oferecem bolsas de estudo às filhas inteligentes dos clérigos."

"O que é um clérigo?"

"Você sabe... um pároco. Um homem que dirige uma igreja."

O "você sabe" me refreou de outras perguntas.

"Igreja é onde ficam os sinos."

"Isso", confirmou a srta. Smith. "Só que agora elas não vão mais poder soar os sinos. Só em caso de invasão, como alerta."

Eu alisei a calça. Amanhã iria usá-la. A bota esquerda também.

"Ada?", disse a srta. Smith. "Eu queria ter acreditado em você."

Olhei de soslaio pra ela e dei de ombros outra vez.

17

Quando o Jamie voltou pra casa, ficou óbvio que estivera chorando, mas ele não quis dizer por quê. Molhou a cama durante a noite e acordou péssimo. Do lado de fora, nuvens cinzentas cuspiam chuva.

"Não posso ir pra escola com chuva", disse o Jamie.

"Claro que pode", retrucou a srta. Smith. Ela estava com uma cara horrível, o cabelo todo desgrenhado e rodelas escuras debaixo dos olhos. Segurou a caneca de chá com as duas mãos e olhou bem lá dentro.

"Eu não vou!", disse o Jamie.

"Não comece", respondeu a srta. Smith.

Nós nos sentamos pra tomar café da manhã, e um avião explodiu na pista de pouso.

Caiu, eu acho. Não explodiu no ar, explodiu porque caiu. O tanque de gás estourou. Ficamos sabendo disso depois. Parecia uma bomba explodindo — uma bomba no pasto do Manteiga. Nós três pulamos, derrubando louças e cadeiras. Corri até a porta para ver o Manteiga, mas a srta. Smith me agarrou com o Jamie e nos puxou pra debaixo da mesa. Depois de um instante, ao ver que nada mais tinha acontecido, ela se levantou e foi olhar pela janela.

"Ah... é um avião."

Sob a massa de fumaça negra do outro lado da estrada, vimos as chamas alaranjadas e os fragmentos de metal retorcido. O Jamie gritou. Ele teria corrido até a pista de pouso, mas a srta. Smith o conteve.

"Nada de civis, agora não. Está vendo? Estão apagando o fogo." Víamos militares, homens e mulheres, pequeninos à distância, trabalhando rápido ao redor do avião em chamas.

"Quem era o piloto?", perguntou o Jamie. "E as pessoas dentro do avião?"

"A gente não conhece", respondeu a srta. Smith, afagando-lhe os cabelos.

"Eu conhecia", disse o Jamie.

Eu não sabia ao certo como o Jamie podia conhecê-los. Agora, a pista de pouso estava protegida por uma enorme cerca e a entrada era proibida — o que não impedia o Jamie de entrar, é claro —, mas não disse nada. Não o acusaria de mentiroso, não por conta de algum aviador morto.

"Que tipo de avião será que era?", perguntou a srta. Smith.

"Um Lysander", respondeu o Jamie. "Um avião de transporte. Podia ter dez pessoas a bordo." Nós o encaramos. "Pelo barulho, parecia. Antes de cair."

Eu estava tão acostumada com o som dos aviões que já nem prestava atenção. Os diferentes tipos de aeronave não pareciam diferentes pra mim.

O Jamie se aninhou nos braços da srta. Smith. Ela o abraçou forte e o embalou com doçura, pra frente e pra trás. Fiquei quieta, absorvendo o que via: o Jamie buscando conforto em alguém que não era eu.

Mais tarde naquela semana, fomos às compras na cidade. Cruzamos com a lady Thorton, e ela contou que a Maggie — a quem chamava de Margaret, óbvio — já havia partido pra escola e só voltaria no Natal. Lamentei não tornar a vê-la. Queria conversar com ela sem a pancada na cabeça. Queria saber se ela iria gostar de mim quando não estivesse passando mal.

O Jamie continuou odiando a escola. Matou aula duas vezes. Então a professora escreveu um bilhete para a srta. Smith, e a srta. Smith começou a levá-lo à escola todos os dias. Depois de entrar no prédio, ele ficava preso.

Eu conhecia bem a sensação de aprisionamento. Passara o verão inteiro presa no nosso apartamento. Passara a vida inteira presa no nosso apartamento. Mas não conseguia entender por que o Jamie odiava a escola. A maioria das crianças da nossa antiga vizinhança estava lá, incluindo todos os amigos dele, menos o Billy White. Na hora do recreio podiam correr e brincar no pátio. Além do mais, dali a pouco tempo ele saberia ler e escrever, e então a srta. Smith não precisaria mais ler *Os Robinsons Suíços* pra gente à noite. O Jamie conseguiria ler sozinho.

"Não quero falar disso", ele dizia quando perguntávamos. "Desculpe", dizia quando molhava a cama, o que agora acontecia todas as noites. "Quero ir pra casa", ele repetia.

"Você ia ficar com saudade da srta. Smith", eu respondia, de malcriação.

"Não ia, não. Eu teria a Mãe."

Eu imaginava que a Mãe pudesse ter amolecido em relação à gente, ou pelo menos em relação ao Jamie. Ela com certeza sentia saudades nossas, pelo menos um pouco.

"Lá em casa também tem escola", eu disse.

Ele dava de ombros.

"A Mãe não ia me obrigar a ir." Eu sabia que provavelmente era verdade.

Enquanto isso, víamos a srta. Smith aflitíssima com o silêncio da Mãe, que não respondera a nenhuma das suas cartas.

"Sua mãe sabe ler?", ela me perguntou.

Dei de ombros. Como eu poderia saber?

"Sem dúvida deve haver um agente social, um pároco, alguém em condições de ler pra ela e redigir uma resposta."

Provavelmente sim, mas a Mãe jamais pediria.

"Que importância isso tem?", perguntei. Afinal, a Mãe sabia onde estávamos e podia ir nos buscar quando bem entendesse. "A senhorita quer que ela venha nos levar pra casa?"

A srta. Smith me deu uma olhada estranha.

"Não quero. Você sabe como isso é importante."
Eu não sabia.
Às vezes, eu sentia muita raiva de tudo o que não sabia.

A srta. Smith comprou uma montanha de material preto para o blecaute. Estávamos sob ordens de blecaute desde o primeiro dia da evacuação, antes mesmo de a guerra começar. Isso significava que ninguém, fosse casa, prédio, loja, até mesmo ônibus ou carros, podia exibir qualquer tipo de luz depois do anoitecer. Dessa forma, se os alemães viessem nos bombardear à noite, não teriam como localizar as cidades e os vilarejos. Era mais difícil acertar um lugar escuro que um iluminado.

No primeiro mês, a srta. Smith não se deu ao trabalho de cobrir as janelas — simplesmente não acendia as luzes à noite. O Jamie e eu íamos dormir antes de escurecer, então não nos importávamos, e para a srta. Smith não fazia diferença ficar sentada pensando numa casa com luz ou sem. Agora, no entanto, o sol começou a se pôr mais cedo, então ela fez cortinas de blecaute para as janelas de cima e revestiu de tecido toda a extensão dos caixilhos das janelas de baixo.

Passamos um sábado acordados até tarde montando o blecaute, depois acendemos todas as luzes. O Jamie e eu contornamos a casa, procurando saídas de luz e gritando para a srta. Smith quando encontrávamos alguma. Ela foi ajustando as cortinas até não haver mais nenhuma saída.

Depois ela preparou chocolate quente.

"Muito bem", disse. "Tenho certeza de que a gente pode se acostumar a viver nessa escuridão." Ela parecia quase feliz, quase contente.

Perguntei-me como seria se o Jamie e eu realmente ficássemos ali o inverno inteiro. Eu odiava o inverno no apartamento, era tão frio. A srta. Smith tinha uma lareira na sala. Dava pra queimar carvão.

"Desde que a Becky morreu eu não usava a máquina de costura", ela continuou. "Foi bom costurar alguma coisa, mesmo que tenham sido essas cortinas horrorosas. Acho que vou fazer umas coisas pra vocês dois."

A srta. Smith nos fizera experimentar todas as roupas que a lady Thorton tinha trazido, e devolvemos as que não tinham ficado boas. Ela também havia jogado fora as roupas com as quais viéramos de Londres. Mesmo assim eu tinha três blusas, duas saias, dois suéteres, um vestido, um casaco e uma calça de montaria: mais roupas do que tivera em toda a minha vida. Não imaginava precisar de mais nada.

"Roupões", disse a srta. Smith, como se lesse meus pensamentos. "Pro inverno. Algo quentinho pra você cavalgar. Talvez alguma coisa bonita? O vestido vermelho é bem bonito, mas não é a cor que cai melhor em você." Ela me olhou de um jeito que me trouxe a sensação do peixe na tábua. "Azul, talvez. Ou um belo verde-garrafa. Verde é uma cor que combina com o seu tom de pele. De veludo? Eu adorava o vestido de veludo que tinha quando criança."

"Odeio veludo", respondi.

Ela riu.

"Você não faz ideia do que é veludo, não sabe nem se está usando uma calcinha de veludo. Ada, isso é a maior lorota. Por quê?"

"Não quero a senhorita fazendo coisas pra mim."

Ela fechou o sorriso.

"Por que não?"

Dei de ombros. Tinha mais do que precisava. Na verdade, mais do que me deixava confortável. Eu ainda era a menina no espelho da estação de trem, a menina idiota trancafiada atrás da janela. A retardada. Usar os refugos da Maggie estava de bom tamanho, mas eu tinha consciência dos meus limites.

O Jamie se aproximou.

"A senhorita faz um veludo pra mim?"

O sorriso da srta. Smith retornou.

"Não faço, não. Pra você, vou fazer algo masculino e robusto."

O Jamie assentiu.

"Que nem no livro."
No livro, os imbecis dos Robinson suíços estavam sempre descobrindo e bolando coisas. Era feito mágica, isso sim. O pai achava uma pena não ter trigo pro pão, e de repente eles davam de cara com um trigal inteiro. Ou topavam com um porco selvagem correndo pela floresta bem na hora que sentiam vontade de comer bacon. Construíram um moinho pra moer o trigo e fazer farinha, e um defumadouro para o porco, com pregos e madeira que simplesmente calhavam de ter à mão. O Jamie adorava; toda noite pedia mais. Eu estava cansada daqueles idiotas vivendo numa ilha com tudo o que desejavam. Se nunca mais ouvisse uma palavra, não daria a mínima.

"A senhorita não vai ter tempo de fazer nada pra gente", falei. "A gente não vai ficar aqui tanto tempo assim."

A srta. Smith fez uma pausa.

"A guerra não parece estar caminhando muito depressa."

"Sei." Cada vez mais crianças evacuadas retornavam a Londres, mas não nós. Não ainda. "A senhorita vai ficar contente em se livrar da gente. A senhorita nem queria a gente, pra começar."

A srta. Smith suspirou.

"Ada, será que não dá pra gente ter uma noite feliz? Não podemos tomar chocolate quente juntos e ficar contentes? Eu sei que disse que não queria evacuados, mas já expliquei que não tinha nada a ver com vocês. Eu não *rejeitei* vocês."

Todo mundo tinha rejeitado. Eu coloquei a minha caneca na mesa.

"Odeio chocolate quente", resmunguei, e fui para a cama.

Foi a srta. Smith, e não eu, quem viu a marca no pulso do Jamie.

18

Estávamos jantando. O Jamie esticou o braço pra pegar outro pedaço de pão, e a srta. Smith o agarrou.

"O que é isso?", perguntou ela.

Quando ela puxou a manga da camisa do Jamie, vi a marca vermelha e profunda no pulso dele. Isso me fez lembrar do dia em que o amarrei no nosso apartamento, só que era pior: a pele tinha sido esfolada até sangrar. Estava horrível.

O Jamie mais que depressa recolheu o braço.

"Nada", respondeu, baixando a manga de volta.

"Não é 'nada'. O que foi que aconteceu?"

Ele não quis contar.

"Alguém machucou você?", perguntei. "Alguém amarrou você? Algum menino da escola?"

O Jamie encarou o prato. Deu de ombros.

"Ah, pelo amor de Deus", disse a srta. Smith. "Fale! Não pode deixar os outros maltratarem você. Diga o que houve de errado, pra que a gente possa ajudar."

Ele não quis falar, nem mais tarde, deitado na cama comigo.

"Você tem que me contar", eu disse, tentando convencê-lo. "Eu cuido de você, lembra?"

Ele se recusou a falar.

No almoço do dia seguinte, a srta. Smith me surpreendeu.

"Ada, quer ir comigo levar o Jamie pra escola? A gente pode fazer umas compras no caminho de volta." Eu estava preocupada demais com o Jamie, então concordei, mesmo suspeitando que ela tivesse planos em relação ao veludo.

A srta. Smith entrou com o Jamie no prédio da escola, como achava que fazia sempre. Fiquei do lado de fora.

"Vamos tomar um chá", ela disse ao voltar, "e daqui a meia hora a gente volta."

Fomos a uma casa de chá, que era um lugar cheio de mesas onde se compravam coisas pra comer e beber. Que nem um bar, só que sem cerveja e mais limpo.

"Senhorita", sussurrei, ao me sentar, "por que as mesas têm cobertor?"

"São toalhas de mesa. Para deixá-las mais bonitas."

Ora, pensei. *Que coisa, vestir as mesas. Que coisa gastar tecido pra vestir as mesas.*

Uma dona se aproximou, e a srta. Smith pediu bolinhos e um bule de chá. Lembrei-me de pôr o guardanapo no colo e agradecer à dona quando ela trouxe o chá. Ela sorriu.

"Que educadinha! É evacuada?"

Eu não sabia como a dona sabia, e aquilo não me agradou.

"É o seu sotaque", explicou a srta. Smith. "Você fala diferente do pessoal aqui do interior."

Eu falava diferente do pessoal chique, isso sim. Sabia disso, e também não gostava. Estava me esforçando ao máximo pra me integrar àquele lugar.

Quando terminamos o chá, retornamos pra escola. A srta. Smith foi logo entrando, sem dizer nada. Marchou até o saguão e abriu a porta da primeira sala de aula. Nem bateu. Quando a alcancei, ela estava paralisada. Olhei pra dentro e vi o que ela via.

A turma inteira, incluindo o Jamie, estava nas escrivaninhas, com lápis e papel. O Jamie estava com a mão esquerda amarrada à cadeira.

Amarrada, mesmo com a marca de sangue que já estava se formando no seu punho.

Quando eu o amarrei, pelo menos soltei na mesma hora.

"O que significa isso?", perguntou a srta. Smith, e algumas menininhas deram um salto. O Jamie viu a gente. O rosto dele ficou vermelho.

A srta. Smith foi até ele e desamarrou o pulso. O Jamie se encolheu. Encolheu-se como se esperasse uma surra, como eu às vezes me encolhia.

"Jamie, me perdoe, eu devia ter vindo antes", disse a srta. Smith, abraçando-o. O Jamie chegou pertinho dela. Começou a chorar.

Eu, durante toda a cena, fiquei congelada na porta. A maioria dos alunos ficou congelada nas suas mesinhas. Os únicos sons foram o choro do Jamie e os murmúrios da srta. Smith, que eu não conseguia entender.

A professora se mexeu de maneira brusca. Avançou furiosa até a srta. Smith.

"Agradeço se não interferir! Toda vez que eu viro as costas, ele começar a usar essa mão. Não vou aceitar! Se me obedecesse, não precisaria ser amarrado."

A srta. Smith ficou firme. Tinha os olhos faiscantes.

"Por que ele não pode usar essa mão?"

A professora deixou escapar um som sofrido. Eu não a reconhecia, embora imaginasse que tivesse vindo no nosso trem. Era uma mulher mais velha, de cabelos grisalhos trançados ao redor da cabeça, óculos de aro redondo e uma saia bem justa. Ao gemer, formou com a boca um círculo perfeito, tal qual os seus óculos. Parecia um peixe.

"É a mão *esquerda*. Todo mundo sabe que essa é a marca do demônio. Ele quer escrever com a mão esquerda, não com a direita. Estou treinando o menino do jeito que deve ser."

"Nunca ouvi tamanha tolice", vociferou a srta. Smith. "Ele é canhoto, só isso."

"É a marca do demônio."

A srta. Smith respirou fundo.

"Quando estudei em Oxford, meu professor de Teologia, o dr. Henry Leighton Goudge, era canhoto. *Não* é a marca do demônio. O próprio dr. Goudge me explicou que esse temor em relação aos canhotos nada mais é que uma superstição boba e um preconceito infundado. Não há nada na Bíblia contra o uso da mão esquerda. Podemos escrever a ele e perguntar se a senhora quiser. Enquanto isso, se a senhora não permitir que o Jamie use a mão que ele preferir, eu vou tomar providências em relação aos ferimentos que o menino recebeu."

Eu odiava quando ela usava palavras tão grandiosas, não conseguia acompanhar.

"Quando foi que a senhora esteve em Oxford?", indagou a professora do Jamie, desconfiada.

"Eu me formei em 1931."

A professora pareceu desconcertada, mas não recuou por completo.

"A senhora não tem permissão de entrar na minha sala de aula sem bater. Não é permitido."

"Não vou voltar a fazer isso, desde que não haja motivo." A srta. Smith abraçou o Jamie, então se levantou. "Vou pedir que o Jamie me conte tudo. Não quero vê-lo ridicularizado, menosprezado ou punido de qualquer forma que seja por usar a mão esquerda."

A professora deu uma fungada. A srta. Smith me orientou a ir embora com ela. Eu queria esperar no saguão pra ter certeza de que a professora não voltaria a amarrar o Jamie na mesma hora, mas a srta. Smith disse que tínhamos que sair.

"Abalei um pouco o orgulho dela. Vamos deixar que ela o recupere."

Eu não entendia por quê.

"Eu podia ter avisado que ele odeia ser amarrado", disse a ela. Mas na verdade não entendia por que motivo a professora o havia amarrado, então expressei a minha dúvida.

A srta. Smith suspirou.

"Ada, com que mão você come? Quando segura o garfo."

Ergui a mão direita.

"Essa aqui."

"Por quê? Por que não usa as duas?"

"Essa aqui é melhor."

"Pois é. O Jamie come com a outra mão, a esquerda. Sempre. Essa é a mão que é melhor pra ele."

Eu achava que sim, mas nunca tinha reparado. Nunca dera importância. "E daí?"

"E daí que ele agora está aprendendo a escrever, e é muito mais difícil escrever com a mão diferente da que usamos pra comer. Vou te mostrar quando chegarmos em casa." Ela abriu a porta principal da escola e nós saímos. Um vento frio remexia umas folhas mortas nos degraus. "Na Bíblia, as pessoas boas ficam à direita de Deus, e as ruins ficam à esquerda, antes de serem atiradas no inferno. Então algumas... pessoas..."

"*Indiotas*", completei.

"Isso." Ela sorriu. "Alguns idiotas acham que a condição de canhoto vem do inferno. Não vem. Vem do cérebro."

"Que nem o homem de quem a senhorita falou."

"Hã? Ah, o dr. Goudge. Isso, ele é professor régio de Teologia na Universidade de Oxford. Onde eu estudei."

"E ele é canhoto que nem o Jamie?"

A srta. Smith deu uma bufada.

"Não faço ideia. Nunca fiz aula de Teologia. Nem cheguei a conhecer o sujeito."

Ela tinha mentido. Eu a olhei de esguelha.

"Então a senhorita não estudou em Oxford", falei, fosse lá o que aquilo significasse.

"Claro que estudei. Cursei Matemática."

Fomos andando pela estrada.

"Pé torto é assim?", perguntei.

"Como ser canhoto? De certa forma. Você nasce desse jeito."

"Não, quer dizer, é que nem o que a professora falou? A... marca do demônio." Isso explicaria tudo, imaginei.

"Ada, claro que não! Como pode pensar uma coisa dessas?"

Eu dei de ombros.

"Achei que de repente fosse por isso que a Mãe me odiasse."

A srta. Smith tocou no meu ombro. Sua voz saiu fraca.

"Ela não... tenho certeza de que não..." Ela parou de caminhar e se virou pra mim. "Eu não sei o que dizer", confessou, depois de uma pausa. "Não quero mentir pra você, e não sei a verdade."

Talvez fosse a coisa mais honesta que alguém já tinha me dito na vida.

"Se a sua mãe realmente odeia você", continuou a srta. Smith, "ela está muito errada em sentir isso."

Afastei aquela ideia. Não tinha importância, tinha?

Umas folhas deslizaram ligeiras nas pontinhas das minhas muletas. Meu pé ruim balançou no ar. Recomecei a descer a rua, e depois de um instante a srta. Smith veio atrás.

"Vai cavalgar o Manteiga quando chegar em casa?"

"Acho que sim. Ainda não consigo fazer ele trotar."

"Persistência. É o que a lady Thorton diz."

Eu tinha perguntado. Persistência era não desistir de tentar.

19

No dia seguinte, antes da escola do Jamie, a srta. Smith foi conosco até os correios pra requerer as nossas carteiras de identidade. Coisa da guerra. Todos tínhamos de carregar a identidade pra todo canto, pois, se os alemães invadissem, o governo pediria para ver nossas carteiras de identidade e saberia quem era alemão e quem era inglês.

Havia outra maneira de saber, porque os alemães falavam uma língua diferente. Foi o que a srta. Smith explicou. Enquanto aguardávamos na fila, ela contou que as pessoas do mundo inteiro falavam línguas diferentes, não só da forma como eu falava diferente da Maggie, mas com palavras totalmente diferentes. O Jamie quis ouvir palavras diferentes, então a srta. Smith falou umas pra gente. Explicou que era latim, a única outra língua que ela sabia falar.

"Mas é uma língua morta", ela disse. "Ninguém mais fala latim."

Era óbvio que aquilo era mentira, já que ela mesma estava falando, mas não disse nada.

"Se a gente matar todos os alemães", disse o Jamie, "a língua deles vai morrer. Bum!" Fingiu atirar num alemão.

A srta. Smith franziu os lábios, mas não o repreendeu, pois agora éramos os primeiros da fila. Em vez disso, informou ao homem do balcão seu nome e aniversário, e disse que não era casada nem tinha emprego.

Então ela nos empurrou pra frente.

"Ada Smith e James Smith. Estão morando comigo."

O homem do balcão sorriu. "Sobrinha e sobrinho, hein? Deve ser ótimo ter a família hospedada em casa. Dá pra ver a semelhança, não há dúvida. A menina tem os seus olhos."

"Não. São evacuados. O sobrenome é coincidência. Não sei a data de nascimento deles. Não estava nos papéis, e as crianças não sabem me dizer."

O homem franziu a testa. "Rapaz e moça grandes desse jeito, e não sabem o dia que nasceram? São retardados?"

Enfiei o pé direito atrás do esquerdo e encarei o chão.

"É claro que não", respondeu a srta. Smith. "Que comentário mais ignorante."

O homem não se abalou com o tom dela.

"Bom, está tudo muito bem, mas o que é que eu ponho no formulário? O governo exige uma data de nascimento. Não tem nenhum campo de 'não sei informar'."

"Ponha 5 de abril de 1929 pra Ada." Depois de me perguntar o que eu me lembrava do Jamie quando bebê, a srta. Smith já havia concluído que eu devia ter uns dez anos. "Pro Jamie, ponha 15 de fevereiro." Ela olhou pra nós. "De 1933. Temos quase certeza de que ele tem seis anos."

O homem ergueu a sobrancelha, mas fez o que ela mandou.

"O que é que significa tudo isso?", perguntei, quando voltávamos para casa.

"O aniversário é o dia em que a gente ganha presentes", respondeu o Jamie, num tom tristonho, "e que o nosso chá vem com bolo. E na escola você usa o chapéu de aniversário."

Eu me lembrava das perguntas da srta. Smith sobre as nossas datas de nascimento, assim que a gente chegou, mas nunca tinha ouvido falar em chapéu de aniversário. Acontece que era coisa da escola. Na escola do Jamie, a professora anotava os aniversários num calendário grandão, então o aniversariante do dia usava um chapéu e recebia atenção de todo mundo.

Quando o Jamie disse que não sabia a data do próprio aniversário, a turma riu dele. Isso ele não tinha contado pra gente.

"Mas agora a gente tem aniversário", ele disse, alegre. "O que a senhorita falou pro homem. Vou contar pra professora hoje à tarde, daí ela vai anotar no calendário." Ele sorriu pra srta. Smith. "Qual dia que foi?"

"Quinze de fevereiro de 1933."

"Não é o seu aniversário de verdade", falei.

"Mas é quase", respondeu a srta. Smith. "Quinze de fevereiro era o aniversário do meu pai. O Jamie pode usar."

"O seu pai morreu?"

"Não. Pelo menos, não que eu saiba. Acho que os meus irmãos me avisariam. Não tem problema o Jamie dividir. O ano só tem 365 dias, e tem muito mais gente que isso no mundo. Muita gente faz aniversário no mesmo dia."

"Mas não é o aniversário de verdade."

"Não, não é." A srta. Smith se agachou, para me olhar nos olhos. "Quando eu descobrir a data de nascimento verdadeira de vocês, mudo as carteiras de identidade, está bem? Prometo."

"Tudo bem." Não me incomodava uma mentira temporária. "Como é que a senhorita vai descobrir?"

Ela estreitou as narinas. "A sua mãe sabe. Quando responder às minhas cartas, ela vai dizer."

Então ainda podia demorar muito. Eu duvidava que algum dia fosse à escola e usasse um chapéu de aniversário, mas mesmo assim... "Vai ter bolo com chá no dia do meu aniversário? No dia que a senhorita falou pro homem?"

"Vai", respondeu a srta. Smith. Seu olhar foi varrido por uma tristeza súbita, mas tão depressa, que eu jamais teria visto se não estivesse olhando pra ela naquele instante. *Tristeza?*, pensei. *Como eu sabia que era tristeza? E por que a srta. Smith estava triste?*

"Era o aniversário da Becky", ela disse. "Vai ser bom ter um motivo pra voltar a comemorar."

"Que mentira", respondi. Eu não estava com raiva, mas sabia que era mentira.

"Ah." A srta. Smith forçou uma risada. "É e não é uma mentira. Vai ser difícil pra mim, mas quero muito voltar a ser feliz."

20

O Stephen White e o coronel me convidaram pra tomar chá. Mandaram um convite de verdade, por escrito, pelo correio, e a srta. Smith me entregou sem abrir. Eu olhei e olhei os rabiscos no papel, mas não consegui entender nada. Nem o Jamie, por mais que se esforçasse.

"As letras são onduladas", ele disse. "Não é que nem nos livros."

Então eu tive que pedir à srta. Smith, o que me deixou com raiva. Ela leu em voz alta — chá, Stephen e o coronel, sábado, 7 de outubro —, e eu fui ficando com mais e mais raiva por não ter conseguido ler as palavras sozinha. A srta. Smith me olhou e soltou uma gargalhada.

"Ada, que carranca! A culpa disso é sua. Eu vou ficar feliz em ensinar você."

Era fácil pra ela rir. E se eu tentasse e descobrisse que era incapaz de aprender?

"Vou escrever uma resposta pra você", disse a srta. Smith. "Você quer ir, não quer?"

"Não", respondi. Não queria que ela tivesse que escrever pra mim.

"Por que não? Vai ter coisa gostosa pra comer, tenho certeza, e o Stephen é seu amigo. O coronel é velho, mas é bonzinho, e conta umas histórias bacanas."

"Não! O Stephen não é meu amigo."

A srta. Smith sentou-se e olhou pra mim.

"Você contou que ele carregou você até a estação de trem. Isso me parece coisa de amigo."

Talvez.

"Que nem você carregou a Margaret Thorton quando ela se machucou", a senhorita continuou. "Você foi amiga dela do mesmo jeito que o Stephen foi seu amigo."

Eu realmente queria considerar a Maggie minha amiga. Achei que não me importaria em considerar o Stephen também, só que era mais difícil ser amigo de quem ajudava a gente do que de quem a gente ajudava.

"Eu sei que você sabe se comportar direitinho", prosseguiu a srta. Smith. "Você se comportou quando saímos para tomar chá, no outro dia. E eu levaria você até a casa do coronel, e voltaria depois para buscar. Você não ficaria lá por muito tempo. Talvez uma hora. Ganharia um lanchinho, uma xícara de chá, bateria um papo. E só."

Eu fechei a cara. "Por que a senhorita quer que eu vá?"

Ela suspirou, com uma bufada igual às do Manteiga.

"Eu não quero. Não me interessa o que você faz. Só achei que você ia gostar de estar com alguém da sua idade pra variar um pouco, e fiquei feliz por você ter recebido o convite."

Engoli em seco. Não me sentia feliz. Sentia outra coisa. Medo? Eu não sabia.

"Não quero ir. A senhorita não precisa escrever nada."

"Preciso escrever a recusa do convite. Seja como for, você tem que responder."

Eu não sabia disso, claro. Fiquei chutando a perna da cadeira com meu pé bom enquanto ela foi apanhar papel e caneta. Escreveu qualquer coisa, depois empurrou pra mim.

"Aqui diz: 'A srta. Smith lamenta não ser possível aceitar o seu amável convite para o dia 7 de outubro'. É assim que se diz não de forma educada. E pare de chutar a cadeira."

Eu chutei com mais força. Não queria saber se estava sendo educada ou não.

"Não preciso do coronel encarando o meu pé."

"Como ele poderia?", perguntou a srta. Smith. Agarrou o meu pé bom e segurou firme. "Mandei parar. E o coronel não ficaria encarando você de modo algum. Ele não enxerga nada. É cego."

No tal dia 7 estava chovendo, forte e frio. Não pude ir cavalgar. A srta. Smith deu ao Jamie uma tesoura e uma revista com fotografias de aviões, e ele ficou todo contente recortando os aviões e pondo-os pra voar no tapete. Eu não tinha nada pra fazer. "Não teria dado mesmo para ir naquele chá idiota."
A srta. Smith ergueu os olhos da máquina de costura. Havia encontrado umas toalhas antigas e as estava transformando em roupões pra nós dois. Roupões eram como casacos que a gente colocava por cima do pijama, no inverno, antes de ir deitar. Ainda não estava frio como no inverno, mas já estava frio o bastante pra que a srta. Smith acendesse a lareira da sala. A lareira e o fogão da cozinha aqueciam a casa.
"A gente podia ter usado o meu guarda-chuva grande", respondeu a srta. Smith. "Daria sim pra você ter ido."
"Posso ir agora?"
A srta. Smith balançou a cabeça.
"Depois que a gente responde, não dá pra mudar de ideia. É falta de educação."
"Não estou ligando pra educação!"
"Talvez não", ela respondeu num tom irritado, "mas o coronel liga, e um convite pra um chá tem tudo a ver com educação."
Bati com a muleta no chão. Acertei um dos aviões de papel do Jamie, esmagando-o sobre o carpete. Ele gritou. Eu não liguei.
A srta. Smith se levantou. "Qual é o problema?"
"Estou com dor na barriga!"
"Você está com raiva. Mas não pode descontar no Jamie. Peça desculpas e veja se consegue consertar o avião."
"Eu não quero pedir desculpas."

A srta. Smith fechou os olhos com força.

"Pois peça mesmo assim."

"Não!"

"Jamie, venha aqui." A srta. Smith sentou-se no sofá e abriu os braços, e o meu irmão subiu no colo dela. Desde aquele abraço na sala de aula, ele vivia cheio de meiguices com ela. Eu não aguentava. "A sua irmã está passando por um problema. Ela não teve a intenção de estragar o seu avião."

Eu queria dizer que tive, sim, só que seria mentira. Nunca era a minha intenção fazer mal ao Jamie. Só que, às vezes, ele ficava no meio do caminho. Mas olhá-lo aninhado no colo da srta. Smith me dava vontade de gritar. Ninguém fazia aquilo por mim.

Então a srta. Smith deu uma batidinha no espaço ao lado dela.

"Sente aqui. Sério, Ada. Sente."

Então ela me abraçou e me puxou pra perto.

Ela fez isso.

Fiquei quase no colo dela.

"Você é tão dura... parece que estou confortando um pedaço de pau."

Foi tão estranho sentir o toque dela. Eu fiquei tensa, claro. Mas a minha cabeça não escapuliu. Fiquei sentada no sofá, abraçada à srta. Smith, o Jamie respirando baixinho no meu ombro. Olhei o fogo crepitando na lareira e permaneci ali, naquela sala, e ninguém se mexeu durante meia hora. O Jamie caiu no sono, e a srta. Smith e eu simplesmente ficamos sentadas, sem dizer nada, até chegar a hora de subir o blecaute e fazer o chá.

21

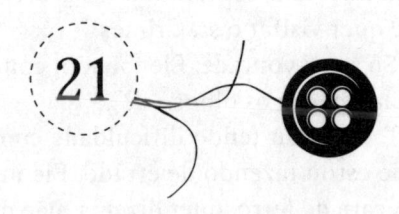

O Manteiga se recusava a fazer qualquer coisa além de andar. Eu era bacana com ele. Me esforçava para não açoitar o pônei, mesmo quando sua lerdeza me irritava. Levava guloseimas, escovava ele todos os dias, e, às vezes, durante os nossos passeios, soltava as rédeas e o deixava circular pelo pasto à vontade. Quando me postava no portão lateral e chamava o seu nome, ele vinha direto, todas as vezes, e ficava quietinho enquanto eu o escovava e ajeitava a cabeçada. Eu sabia que ele gostava muito de mim. Mas ele não corria, não importava o que eu fizesse. Não corria, e eu sabia que sem correr, nós nunca conseguiríamos saltar.

Eu temia que a lady Thorton não tivesse falado sério quando me autorizou a pedir ajuda ao sr. Grimes, mas enfim decidi correr o risco.

"Vou visitar o sr. Grimes", falei certo dia, durante o almoço. Estava frio; eu me alegrava em estar usando um dos suéteres velhos da Maggie.

A srta. Smith me deu uma olhada. "Como e por quê?"

"Vou cavalgando o Manteiga."

Ela me encarou.

"Eu cavalgo ele bastante", expliquei. "A gente se dá bem. Ele é um pônei muito bonzinho. Não vai se incomodar de me levar até lá."

"Ada, eu posso ser negligente, mas não sou cega. Sei muito bem o quanto você cavalga aquele pônei."

"Sim, senhorita."

"Já falei mil vezes pra me chamar de Susan. Sua recusa em fazer isso está começando a parecer uma afronta. Por que você quer visitar o sr. Grimes?"

"Só senti vontade. Ele foi bom comigo. *Susan*."

Ela revirou os olhos. "E?"

"E eu estou tendo dificuldade com o Manteiga, e não sei o que estou fazendo de errado. Ele mal se mexe. A senhorita com cara de ferro, quer dizer, a mãe da Maggie..."

"A lady Thorton."

"É. Isso. Ela disse que eu podia pedir ajuda ao sr. Grimes, se precisasse."

A srta. Smith espetou o garfo num pedaço de cenoura. Pôs na boca e mastigou devagar.

"Não parece coisa do Manteiga. Quando eu o cavalgava, ele era bastante vivaz, e não envelheceu tanto assim." Apanhou outro pedaço de cenoura, mastigou e engoliu. "Tudo bem, pode ir. Lembra o caminho até lá?"

Eu fiz que sim. Era fácil, só duas curvas, depois uma cerca chique e os portões de ferro da entrada. Não tinha erro.

"Já que vai cavalgá-lo na rua, melhor colocar uma sela", disse a srta. Smith. "Pode tirar o estribo da direita, para não ficar batendo na lateral dele." Ela sabia que eu não tinha condições de usar o estribo direito. Ia doer muito.

"A dele é a pequena?", perguntei. Havia três selas no depósito, penduradas em prateleiras e cobertas com um pano. Duas eram do mesmo tamanho, e uma era menor.

"Isso. Eu mostro."

"Tudo bem. Não preciso de você."

Ela me olhou por um bom tempo.

"Eu nunca sei o que fazer por vocês dois", ela disse, por fim. "Deveria ter ido à escola do Jamie antes. Provavelmente deveria supervisionar mais você. Mas você ia odiar, não ia?"

Não achei que fosse o tipo de pergunta que precisasse de resposta. Levantei-me, raspei as sobras do prato na lixeira, depois enchi a pia de água e sabão pra lavar a louça.

"Você vai pelo menos vir falar comigo se tiver problemas? Vai pedir ajuda, se precisar?"
Não olhei pra ela. "Não vou precisar de ajuda."
Atrás de mim, a srta. Smith suspirou. "Você que sabe."

A sela era estranha, mas eu coloquei ela no Manteiga. Comecei a subir, e a sela deslizou inteira pro lado. Eu removi, ajeitei e tornei a prender a cilha — que tinha se soltado, não entendi por quê. Da segunda vez, subi e a sela ficou firme. Cruzei o portão e avancei lentamente pela rua.

A pista de pouso já não exibia qualquer traço da explosão ou do avião incendiado. O Jamie contou que três pessoas tinham morrido, mas ele não as conhecia. Na última semana foram erguidos mais galpões na pista de pouso, além de uma torre comprida que ninguém sabia pra que servia. Os aviões ficavam estacionados em fileiras do outro lado e um deles se aproximava da pista, tocava o chão por um instante, depois tornava a levantar voo. Ficava dando voltas e mais voltas. O Manteiga mal levantava a orelha. Pra ele, os aviões aterrissando e decolando já eram tão corriqueiros quanto as árvores.

No meio do caminho, o pônei empacou, querendo dar meia-volta e voltar pra casa. Eu o forcei a seguir adiante. Então ele ficou teimoso, mordendo o bridão e chicoteando as orelhas, como se me xingasse na língua dos cavalos. Estava mais lerdo que nunca, e eu senti saudade do cavalo do Jonathan. Um mês antes estava toda animada com o Manteiga, e agora queria algo mais.

Dois meses antes, não conhecia nem as árvores.

Enfim chegamos à casa da Maggie e demos a volta até o estábulo. O sr. Grimes estava no pátio, dando banho num cavalão cinza com um balde d'água.

"Oi", ele disse ao me ver.

"Oi", respondi, subitamente encabulada. O sr. Grimes não tinha me convidado pra visitar — só a mãe da Maggie —, e talvez não fosse gostar. Desci do Manteiga e pus o pé direito atrás do esquerdo.

Ele me olhou de cima a baixo.

"Espere aqui." Pôs o cavalo do qual cuidava numa baia. "Agora", disse, vindo na minha direção, "me explique o que está fazendo cavalgando este pobre animal pela rua."

"Eu preciso de ajuda. Não consigo fazer ele andar."

"Imaginei que não." Aproximou-se das patas dianteiras do Manteiga. "Faz anos que ninguém apara o casco dele, não é? Aposto que desde que aquela outra morreu. A tal da srta. Becky." Ele se afastou e voltou carregado de ferramentas de metal. "Segure o pônei firme." Virou um dos cascos do Manteiga de cabeça pra baixo, e então, com uma espécie de alicate, *arrancou o casco fora.*

Eu gritei. O Manteiga se assustou. O sr. Grimes se levantou, soltando o pé do Manteiga. Ainda havia sobrado um pedaço de casco, eu vi. Mas a parte cortada ficou caída no chão, toda curvada, com um aspecto horroroso.

"Por acaso ele parece estar sentindo dor?", perguntou o sr. Grimes.

Não parecia. Eu não estava acreditando. O Manteiga estava bem tranquilo.

"Os cascos dos pôneis são como as nossas unhas", ele explicou. Apanhou outra ferramenta e lixou o casco aparado do Manteiga. "Eles crescem e precisam ser cortados."

A srta. Smith cismava em cortar as nossas unhas. Havia cortado no dia seguinte à nossa chegada, as dos pés também, e toda semana nos pegava pra cortar de novo. Com cortador, não roendo as lascas quebradas como eu estava habituada a fazer. Era estranho, mas o sr. Grimes tinha razão. Não doía.

"Esses cascos estão tão grandes que machucam ele", prosseguiu o sr. Grimes, segurando o outro pé dianteiro do Manteiga. "Provavelmente ele sente dor só de andar, e não teria condições de correr sem tropeçar. Ele está sendo cuidadoso. Isso já deve fazer uma grande diferença."

Fiquei arrasada. Eu estava, sem saber, machucando o Manteiga.

"Algumas pessoas não deveriam ter pôneis", disse o sr. Grimes, como se ecoasse os meus pensamentos. Então me encarou. "Não é de você que estou falando. Você veio de Londres, tem pouca idade e tudo o mais. Como poderia saber? Mas aquela srta. Smith, ela simplesmente largou o pônei no pasto depois de vender os caçadores da Becky, e até onde sei nunca mais deu atenção a ele."

"Ela falou que os pôneis ficam bem só comendo grama."

"Ah, é verdade, mas não é só disso que eles precisam. Se alguém desse de comer a você, mas não limpasse o seu corpo, não cuidasse da sua saúde nem demonstrasse o menor amor, como é que você se sentiria?"

"Alimentada."

O sr. Grimes deu uma risada.

"Isso lá é verdade." Depois de terminar, disse: "Volte com ele daqui a umas quatro semanas, pra eu aparar outra vez. Normalmente eu diria de seis em seis semanas, mas ele vai dar um pouquinho mais de trabalho até voltar ao normal. O ferreiro da cidade é quem costuma fazer isso, mas ele se alistou na semana passada".

Eu assenti. Procurei na cabeça as palavras certas a dizer. Encontrei.

"Muito obrigada, sr. Grimes."

Ele apertou os olhos, mas não sorriu. Puxou o chapéu, revelando a cabeça quase careca, e coçou atrás de uma das orelhas.

"É só Grimes. Sr. Grimes, isso seria se eu fosse o mordomo ou qualquer coisa importante. Mas, se a gente vai ser amigo, pode me chamar de Fred."

"Fred." Estendi a mão, como o coronel havia feito. O Fred me cumprimentou.

"E você?"

"Ada. Ada Smith, mas pode me chamar só de Ada."

O Fred me ensinou tudo a respeito do pônei. Cortou a crina comprida e embaraçada do Manteiga ("Em geral a gente desembaraça, não corta, mas com essa bagunça não tem jeito") e me mostrou como começar a desembaraçar o rabo. Ensinou-me a limpar a sela e a cabeçada, como hidratá-las, esfregando bastante um pano com umas gotinhas de óleo.

"Faça isso sempre. E, se vir qualquer outra sela na casa da srta. Smith, hidrate também. Se ficarem largadas por muito tempo, vão estragar."

Então ele me disse que precisava voltar ao trabalho.

"Muita coisa pra fazer nesses dias. Tivemos que retornar com os caçadores pro pasto. Muito trabalho pra um homem só botá-los pra se exercitar, massageá-los direitinho e tudo, e de todo modo nem tem caça por conta da guerra. Mas, mesmo assim, cuidar de treze cavalos já é coisa demais pra mim."

"Eu posso ajudar."

"Ah, eu ficaria agradecido", ele disse. Já tínhamos deixado o Manteiga numa baia vazia enquanto eu cuidava da sela. Ajudei a dar cereal, feno e água aos cavalos, de pé ruim e tudo, e ele não disse uma palavra sobre a minha manqueira nem supôs que eu não fosse conseguir me virar. Quando terminamos, selei o Manteiga e coloquei a cabeçada nele. O Fred me ajudou a subir na sela.

"A Maggie falou que os cavalos podem ter pé torto", eu falei. "E contou que você conseguia consertar." Tentei não soar esperançosa.

"É. Nos cavalos a gente conserta com sapatos especiais. Mas não é que nem pé torto de gente. Acho que não. É isso o que você tem?"

Eu fiz que sim.

"Não posso ajudar você nisso", disse o Fred. "Mas ajudo de outras formas, sempre que quiser. Pode voltar."

Eu fui até a rua. Virei à esquerda, pois disso eu tinha certeza, mas depois não sei bem o que aconteceu. Deveria ter sido fácil retornar à casa da srta. Smith. Mas, em vez disso, me perdi.

22

Ver o mar foi como ver a grama pela primeira vez.

Passei um tempo perdida, vagando por caminhos desconhecidos. Quando me dei conta de que não sabia onde estava, tentei refazer o trajeto de volta à casa da Maggie, mas fui parar num lugar completamente diferente. Tentei deixar o Manteiga conduzir o caminho, mas toda vez que soltava a rédea, ele baixava a cabeça e começava a pastar. Era um inútil mesmo. Segui em frente, à procura de algo familiar. Enfim topei com uma colina extensa e comprida e decidi subi-la, achando que talvez pudesse localizar a casa da srta. Smith, ou pelo menos o vilarejo, lá de cima.

Em vez disso vi, estirado à distância, um carpete infinito em tons de azul e cinza, salpicado de pontinhos brancos cintilantes. Nuvens pairavam sobre ele. O carpete era plano e imóvel, feito a grama, mas se estendia até o infinito, até muito além do alcance da minha vista. Senti-me perdida e assustada. Fiquei ali, olhando, olhando. O que seria aquilo?

Por fim, desviei o olhar do carpete, e lá estava o vilarejo — reconheci a torre da igreja. Tão perto daquela imensidão azul-cinzenta. Como eu não conhecia aquilo? Desci a encosta, raspando a grama alta e bruta, mas direcionando o Manteiga para o campanário. Então, encontramos uma estrada e seguimos por ela. Logo eu estava cavalgando na rua principal. A cidade estava quieta, as lojas todas fechadas. O céu ficava cada vez mais escuro, e obviamente nenhuma luz se acendia. Acima de mim, ouvi o som de um avião.

Já em casa, a srta. Smith e o Jamie correram até a porta ao avistarem o Manteiga subindo comigo a alameda.

"Não foi a minha intenção", expliquei. "Eu me perdi."

"Achei que tivesse caído do pônei", respondeu a srta. Smith, "e estava morta numa vala qualquer."

O Jamie ficou pálido.

"Eu não teria morrido", falei. Fui até os fundos cuidar do Manteiga. O Jamie me ajudou.

"Como foi a escola?", perguntei a ele.

O meu irmão deu de ombros.

"A professora deixou você usar a mão esquerda?"

"Só porque a Susan mandou. Ela ainda acha que eu tenho a marca do demônio." Voltamos pra casa de mãos dadas. "Quando você não estava aqui, a Susan não falou que estava morta numa vala. Ela disse que você com certeza estava se divertindo e que era pra eu não me preocupar." Ele fez uma pausa. "Mas ela estava preocupada. Deu pra ver."

Eu soltei uma bufada.

"Ela não precisa se preocupar. Nem você."

O jantar estava pronto. Comecei a comer com tanta fome que por alguns minutos não pensei em mais nada. Então disse: "Vi uma coisa estranha lá do alto da colina. Bem longe. Que nem grama, estendida por um trechão, e plana, só que diferente: azul e cinza. Quando o sol batia, a coisa brilhava".

"É o mar", respondeu a srta. Smith. "O canal da Mancha. Eu já tinha contado que estávamos perto."

Eu a encarei. Queria dizer que ela não tinha me contado nada. Queria dizer que ela tinha aleijado meu pônei por falta de cuidado. Queria dizer que ela devia ter nos mostrado o mar, devia ter nos levado até lá.

Queria dizer que ela não tinha nada que se preocupar conosco. Não precisava se dar ao trabalho. Eu podia cuidar do Jamie e de mim mesma. Sempre fora assim.

Queria dizer muitas coisas, mas, como sempre, não conhecia as palavras pra expressar os meus pensamentos. Baixei a cabeça e voltei a comer.

"O Grimes ajudou você?", perguntou a srta. Smith.

"Sim", respondi, num tom rude, com a boca cheia de comida.

"Por que o Manteiga não queria trotar?"

Engoli. Respirei fundo.

"Porque você aleijou ele."

A srta. Smith olhou pra cima, com um olhar cortante.

"Como assim?"

Eu não queria falar, mas por fim ela conseguiu arrancar de mim toda a história. A srta. Smith suspirou.

"Bom, me desculpe. Foi ignorância, não uma negligência de propósito. Mas isso não é desculpa, é?" Ela estendeu a mão pra fazer carinho no meu braço, mas eu me esquivei. "Entendo por que está brava comigo. Eu também estaria."

Depois do jantar, ela me levou até o pasto. Me fez mostrar os pés do Manteiga e contar como estavam antes. Me fez contar o que mais o Grimes havia me ensinado, depois foi até o depósito e olhou todo o equipamento.

"É horrível termos que enfrentar as nossas próprias falhas", ela disse. "O Manteiga se sentiu melhor depois de ter os pés consertados?"

"Não estão consertados. Ainda vai levar semanas e semanas. E eu não sei como ele se sentiu. Eu me *perdi*."

Ela assentiu.

"Você deve ter ficado com medo. Com medo e com raiva."

"Claro que não", respondi, embora tivesse ficado, sim, pelo menos até ver o mar. "Claro que não fiquei com medo."

"Com raiva", disse a Susan, me abraçando.

"Não", retruquei, entre os dentes cerrados. Mas eu tinha ficado. Ah, como tinha ficado.

23

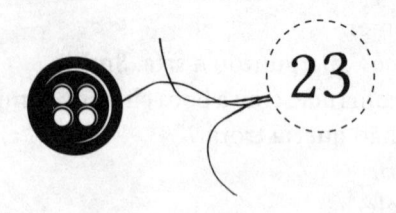

O *Royal Oak* afundou.

Era um encouraçado da Marinha Real britânica. Foi torpedeado por um submarino alemão enquanto ancorava próximo à costa da Escócia, e 833 dos quase 1.200 homens a bordo foram mortos. Ouvimos no rádio, que escutávamos quase toda noite.

No sábado seguinte, a Susan resolveu nos levar ao cinema. Era a primeira vez que o Jamie e eu íamos ao cinema. Nós nos sentamos nas poltronas felpudas, feito as cadeiras roxas de casa, e num piscar de olhos a parede à nossa frente se transformou numa imensa fotografia em movimento. Uma música tocou, e uma voz de homem começou a falar sobre a guerra.

Eu estava achando que veríamos uma história, não coisas da guerra. Além dos cartazes idiotas e dos sacos de areia empilhados perto de alguns cruzamentos da estrada, mal dava pra saber que estávamos em guerra. Não ocorrera nenhum bombardeio. Mas lá estava a imagem de um imenso navio, tombado de lado, soprando uma fumaça preta pelos buracos do casco. A imagem era tão grande, tão horrível, e tudo piorou quando a voz solene que contava sobre o *Royal Oak* contou que mais de cem dos mortos eram jovens rapazes. Olhei pro Jamie, sentado do outro lado da Susan.

"Quero ir pra casa", sussurrei.

"Psiu", fez a Susan. "O cinejornal vai acabar num minuto. Aí vem a história."

"Quero ir pra casa!", reclamei, mais alto.

"Não começa", disse a Susan.

"Não começa", ecoou o Jamie.

Não comecei. Mas tapei os ouvidos e fechei os olhos, e fiquei dessa forma até a Susan me cutucar pra avisar que o filme estava começando. Mesmo assim não consegui parar de pensar no navio afundado e nos garotos mortos.

As imagens me fizeram ter pesadelos. O Jamie molhou a cama, mas ele ainda fazia isso toda noite. Sonhei com fogo e fumaça, comigo amarrada à minha cadeirinha, à cadeirinha do nosso antigo apartamento. Não conseguia andar nem me mexer. Eu gritei. O Jamie acordou e chorou, e a Susan veio correndo.

"Então, foi um pouco opressivo demais?", perguntou ela na manhã seguinte. Parecia cansada e irritada, mas em geral acordava irritada.

Evitei o olhar dela. Não sabia o que queria dizer *opressivo*.

"Um pouco demais?", perguntou a Susan.

Claro que tinha sido demais. Oitocentos e trinta e três homens era demais.

A Susan suspirou.

"Na próxima ida ao cinema, a gente espera no saguão até o cinejornal terminar. O rádio ainda pode?"

Eu assenti. O rádio não tinha imagens.

O Jamie contou à Susan que a professora ainda considerava que ele tinha o demônio no corpo, e, por conta disso, tivemos que começar a ir à igreja aos domingos.

"É claro que você não tem o demônio no corpo", ela disse, "mas assim é menos um assunto pros fofoqueiros de plantão. Além do mais, ando meio culpada por negligenciar a educação religiosa de vocês."

Ela nos obrigou a ir, mas *não foi*. Foi só da primeira vez, para nos ensinar tudo. Tínhamos que ficar sentados no banco da igreja quietinhos, a não ser na hora de cantar músicas e dizer algumas palavras, mas, de todo modo, a gente continuou em silêncio, porque não conhecíamos nem as músicas, nem as palavras. Um homem lá na frente leu umas histórias, depois falou um tempão, e o Jamie arrumou encrenca por ficar chutando o assento. Era como se chamavam os bancos. Assentos. O Jamie achou a palavra engraçada. Passou a semana seguinte inteira tapando o nariz e dizendo "me assento!" toda vez que ia se sentar.

No segundo domingo, a Susan nos levou até a igreja, depois foi dar uma volta na cidade e voltou pra nos buscar. Contou que ela e a igreja viviam em desacordo.

"Você falou que o seu pai trabalhava na igreja", eu disse, carrancuda, no caminho de volta pra casa. A moça do nosso lado tinha passado quase a missa inteira encarando a gente, e eu não tinha gostado nada daquilo.

A srta. Smith pareceu relutante. "É. Meu pai deixou bem claro que não acredita na minha salvação."

"O que é isso? *Salvação?*", perguntou o Jamie.

"No meu caso, salvação significa mudar os meus hábitos malignos e reconquistar a coroa celestial. Significa que os meus pais não gostam de mim. E sim, meu pai ainda é vivo. Minha mãe já morreu."

"Ah." O Jamie atirou longe uma pedra, que acertou um poste meio quarteirão adiante. "A nossa mãe também não gosta da gente. Ainda mais a Ada. Ela odeia a Ada. A Ada não tem salvação."

Eu me encolhi.

"Talvez agora eu tenha. Talvez agora que consigo andar."

"Só de muleta. Você ainda tem o pé feio."

"Jamie!", reclamou a Susan. "Peça desculpas!"

"Mas ela tem!"

"O pé dela não é feio. Que coisa horrível de se dizer! E Ada, você não fez nada de errado. Não tem culpa pelo seu pé. Você não precisa de salvação."

Fui observando as pontinhas das muletas enquanto descíamos a rua. Muletas, pé bom, muletas, pé bom. Pé feio suspenso no ar. Sempre ali, independente do que fosse dito.

24

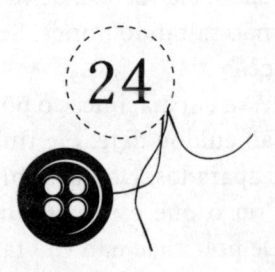

O Manteiga galopou. Primeiro trotou, mas se mexeu tanto que eu precisei me agarrar à crina pra não cair. Então continuei com os pontapés, e ele começou a trotar cada vez mais rápido, até que de repente estabilizou-se numa espécie de galope. Dali em diante, quando lhe aplicava os pontapés, ele disparava ainda mais, até os meus olhos lacrimejarem e o vento assoprar nos meus ouvidos. Isso era galopar. Era a melhor coisa.

Tentei pular a mureta de pedras do pasto do Manteiga. Galopei por toda a extensão do pasto o mais depressa possível, em direção ao murinho. Ele chegou mais perto, mais perto, então cravou os pés no chão. Ele parou. Mas eu continuei. Voei por cima das orelhas dele. Por pouco não dei de cara no muro.

A Susan correu até o pasto. Eu não sabia que ela estava me observando.

"Pare com isso, sua idiota", ela disse.

Eu a encarei. O Manteiga bufava, jogando a cabeça pra trás, e eu imaginei que fosse melhor fazer logo outra tentativa, antes que ele perdesse a coragem.

"Você não tem a menor ideia do que está fazendo", prosseguiu a Susan. "Vá pedir ao Fred Grimes que lhe ensine alguma coisa antes que acabe se matando. Que ideia pôr o coitado do pônei pra saltar uma mureta de quase um metro, sendo que ele praticamente nunca deu um salto na vida!"

"Não?" Eu achava que todos os cavalos sabiam saltar. O cavalo do Jonathan não tinha dado problema.

"Não." Ela acariciou a pontinha do nariz do Manteiga. "Se não tomar cuidado, ele vai se machucar. E vai se assustar, e daí pode acabar não saltando nunca. Sem falar no que pode acontecer com você."

Ela que não falasse em machucar o pônei. Quase o deixara aleijado porque não cuidou dele. Ele tinha melhorado assim que teve os cascos aparados. No dia seguinte mesmo.

"Pois bem, eu sei o que está pensando", ela disse. "Mas agora sei do que ele precisa, e não vou fazer mal ao Manteiga outra vez. E você também sabe do que precisa, porque eu estou dizendo. Vá ver o Fred Grimes."

Então fui visitar o Fred, no estábulo atrás da casa da Maggie. Ele concordou em me observar e orientar duas vezes por semana, depois do almoço. Em troca, eu passaria o restante da tarde trabalhando com ele. A Susan desenhou um mapa e me mostrou o caminho até lá, pra que eu não me perdesse mais. Amarrei as muletas na parte de trás da sela, pra poder usá-la nas tarefas.

O Fred me ensinou a moderar os pontapés. Me ensinou a ativar o cânter com uma perna só, para não chacoalhar demais com o trote. Tentou me ensinar o trote elevado — subir e descer o corpo junto à andadura do cavalo, sem sacolejar —, mas era difícil com um estribo só. Ensinou-me mais sobre condução, e quando ficou satisfeito com o meu progresso, arrumou umas estacas baixas no campo, pra que eu passasse por cima. Seria um longo caminho até saltarmos o murinho de pedras. O Fred mandou que eu não tentasse nada com o Manteiga até que ele dissesse que eu estava pronta.

O coronel do Stephen White voltou a me convidar pro chá. Eu recusei. "Garota idiota", resmungou a Susan.

Enquanto isso, a guerra tornou-se um sem-fim de panfletos do governo enviados pelo correio. Como usar uma máscara de gás. Por que carregar uma máscara de gás. Como não ser atropelado durante o blecaute (podíamos usar lanternas, se o vidro fosse coberto com lenço de papel; os meios-fios tinham que estar pintados de branco, pra que os motoristas dos carros conseguissem enxergar). Por que entregar ao governo as caçarolas e panelas que tivéssemos sobrando (eles queriam fazer aviões. A Susan se recusou a dar. Disse que tinha o número exato de panelas necessárias. O Jamie ficou tão aborrecido que ela acabou cedendo e entregou-lhe uma frigideira velha e nojenta pra doação).

Não havia bombardeios. O que havia eram submarinos alemães rodeando toda a Inglaterra, tentando explodir qualquer navio que entrasse ou saísse dos portos.

Isso era um problemão, explicou a Susan, porque a Inglaterra não cultivava comida suficiente. A maioria do alimento que o povo inglês consumia vinha de outros países, de navio. Já havia menos comida nas lojas, e a que havia estava mais cara, embora a Susan dissesse que isso também acontecia, em parte, por causa do fim do verão. Não veríamos tantas frutas e vegetais frescos até a primavera seguinte.

Ninguém no mundo tinha mais interesse em frutas e vegetais do que a Susan. Toda hora tínhamos que comer coisas esquisitas. Couve-de-bruxelas. Nabo. Alho-poró. Pêssego, que eu amava, mas também ameixa seca, que eu odiava. As ameixas secas vinham em latas, e desciam meio nojentas pela goela.

A cada semana sem bombardeios, mais evacuados retornavam a Londres. Até os que estavam morando com a lady Thorton foram embora. Ela fazia o maior estardalhaço quando ia à cidade, mas não conseguia impedir os pais de mandarem buscar os seus filhos.

"Londres vai ser bombardeada", ela insistia.

A Mãe nunca escrevia, por isso a Susan continuou tendo que nos aguentar. Quando eu disse isso, ela me deu uma olhada estranha.

"A sua mãe é esperta de deixar vocês dois aqui, em segurança. Mas eu queria que ela respondesse às minhas cartas. Não consigo entender esse silêncio."

No início de novembro tantas crianças já haviam retornado a Londres que a professora do Jamie acabou indo embora também. A turma dele foi incorporada à outra turma do primário. A professora nova não acreditava que ele tivesse o demônio no corpo. Ela mesma disse. Não dava a menor bola pro fato de o Jamie escrever com a mão esquerda.

Ele ainda molhava a cama.

Àquela altura, eu achava que já tinha virado um hábito ruim. A Susan protegia o colchão com um lençol de plástico, mas estava cansada de limpar os lençóis comuns. Eu estava cansada de acordar molhada e fedida. Não dizíamos nada disso ao Jamie. Eu sabia que ele sentia vergonha.

A lady Thorton queria que a Susan se unisse ao Serviço Voluntário Feminino, o SVF. Veio pro chá e contou à Susan que precisava de ajuda.

"Ninguém precisa da minha ajuda", respondeu ela. "Além do mais, estou ocupada cuidando dessas crianças."

A lady Thorton me deu uma olhadela. O Jamie estava na escola, mas eu, que brincava no pasto, tinha entrado pra tomar chá. Não era um dos dias de ajudar o Fred. "Esta aqui não parece precisar de muitos cuidados", observou a lady Thorton.

"A senhora nem imagina."

Eu fiquei aborrecida. Não precisava dela. Além do mais, ela ainda passava boa parte dos dias deitada, encarando o nada. "Não é como se você tivesse um emprego de verdade", respondi.

A Susan cravou os olhos em mim. A lady Thorton gargalhou alto. "Você pode ser útil", disse, apontando pra máquina de costura ainda montada no canto da sala, "fazendo uns casacos de dormir para os soldados. Fazendo de tudo, na verdade."

A Susan balançou a cabeça. "Nenhuma de vocês gosta de mim. Nenhuma mulher desta cidade nunca gostou de mim."

A lady Thorton apertou os lábios. Colocou a xícara de chá na mesa. "Isso não é verdade."

"Não seja condescendente", disse a Susan, de cara atravessada. "A Becky se dava bem com o seu grupo por causa dos cavalos, só isso."

"Você nunca deu chance a ninguém. Quase todo o vilarejo foi ao funeral."

"Ah, sim, foram ao funeral! Bando de bisbilhoteiros!"

"Acho que você podia fazer um esforço. Ia se surpreender. E... é bom ser vista colaborando com os esforços de guerra, não acha? Não é hora de ser isolacionista."

Eu estivera escutando com atenção.

"O que isso quer dizer?", perguntei.

"Isolacionista", respondeu a lady Thorton, "é uma pessoa que não apoia a guerra. Alguém que prefere se distanciar, que não se importa com nada."

"Mas ela não se importa *mesmo*", respondi.

Pela expressão da Susan, foi como se eu tivesse dado um tapa nela. "Como é que você pode dizer isso? É claro que eu me importo!"

Eu dei de ombros.

"Dar três refeições por dia a vocês é não me importar?", ela perguntou. "Não, não vire a cara. Olhe pra mim, Ada. Quando eu confrontei a professora do Jamie, eu não estava me importando com ele?"

Quem diria que ela ficaria tão aborrecida? Tentei desviar o olhar, mas ela puxou o meu queixo e me forçou a encará-la. "Não estava?", insistiu.

Eu não queria responder, mas sabia que ela só me soltaria se eu respondesse. "Talvez", falei, por fim.

Ela me soltou e tornou a encarar a lady Thorton, que parecia se divertir. "Vou participar", disse.

Assim que a lady Thorton foi embora, a Susan me repreendeu.

"Que história foi aquela de reclamar que eu não tenho emprego de verdade? Que tipo de emprego espera que eu tenha?"

Eu dei de ombros. Ficava espantada em ver como ela continuava comprando comida sem trabalhar, mesmo sendo paga pra nos hospedar. "A Mãe trabalha no bar", respondi.

"Bom, eu não vou fazer isso. Tentei arrumar um emprego logo que me mudei pra cá com a Becky. Ninguém me aceitou. Com ou sem diploma de Oxford. Todos os cargos pros quais eu era qualificada estavam reservados aos homens. Uma mulher não pode roubar o emprego de um homem, não é?"

Não entendi por que estávamos tendo aquela conversa.

"Ah!", ela continuou. "Eu, no SVF! Com aquelas benfeitoras desditosas! Que disparate."

"Por que é que os soldados precisam de casaco de dormir?", perguntei. Eu nem sabia direito o que era um casaco de dormir.

"Vai saber. É pros soldados feridos, acho. Os que vão parar no hospital."

Eu não tinha ouvido falar de nenhum soldado ferido.

"Os que explodem no oceano caem na água e morrem."

"Suponho que sim." A Susan estremeceu. "Mas tem batalha de tudo quanto é tipo. Alguns soldados feridos sobrevivem."

Alguns dias depois, a Susan recebeu o uniforme da SVF. Vestiu-se pra primeira reunião. Ficou bonita. Estava de meia-calça e sapato alto de couro. "Pare de me encarar", ela disse, enquanto puxava as luvas. "Você podia vir comigo. Membro júnior. Ou talvez pra representar os evacuados."

Balancei a cabeça. Pensava em tentar usar a máquina de costura enquanto ela estivesse fora. Ou em cozinhar alguma coisa. O tempo estava horrível; eu não queria cavalgar. "Por que é que você está com medo?", perguntei.

Ela fez uma careta. "Um bando de donas de casa antiquadas! Eu não me encaixo. Nunca me encaixei."

"Você tem uniforme."

Ela fez outra careta. "Verdade. Mas não é o exterior que conta, não pra aquelas lá. Ah, que seja." Ela saiu para a reunião.

Eu fiquei em casa. E quebrei a máquina de costura.

25

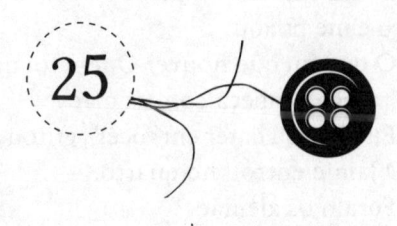

Não era a minha intenção. Eu tinha observado a Susan usando e parecia fácil, e só fui tentar costurar dois pedaços de tecido, pra começar. Mas a parte de baixo da máquina engoliu o tecido, e a agulha passou por cima mesmo assim. Do nada surgiu um monte de linha, formando um bololô, daí a máquina fez um barulho horrível e a agulha quebrou ao meio.

Tirei o pé do pedal. Olhei o bolo de linha e tecido, o toco quebrado da agulha. Que encrenca. Desde que terminara de fazer os nossos roupões, a Susan vinha costurando diariamente. Fizera um vestido pra ela, shorts novos pro Jamie. Amava aquela máquina de costura.

Eu não conseguia pensar no que fazer. Meu estômago ficou embrulhado. Subi correndo as escadas e me escondi no terceiro quarto, o que ainda tinha um monte de coisas da Becky. Rastejei pra debaixo da cama, bem no cantinho. Minha mente apagou. Comecei a tremer.

Bem mais tarde, ouvi a Susan entrar pela porta da frente. Ouvi-a chamando o meu nome, ouvi o Jamie subindo as escadas. Ele abriu a porta do nosso quarto.

"Aqui em cima ela não está!", gritou.

"Tem que estar." Era a voz da Susan. "As muletas estão do lado da escada."

Os dois chamaram o meu nome incessantemente. O Jamie correu pra fora. Correu de volta pra dentro. A noite caiu. Por fim, a cara da Susan brotou por sob a beirada da cama.

"Sua tonta! Por que está se escondendo?"

Eu me encolhi na parede oposta. A Susan agarrou o meu braço e me puxou.

"O que foi que houve? Quem foi que assustou você?"

Protegi a cabeça com as mãos.

"Eu não vou bater em você!", gritou a Susan. "Pare com isso!"

O Jamie entrou no quarto.

"Foram os alemães?"

"É claro que não foram os alemães", respondeu a Susan. "Ada. Ada!" Ela agarrou os meus pulsos com toda a força e baixou os meus braços. *"O que foi que aconteceu?"*

"Você vai me mandar embora. Você vai me mandar embora." Durante todo o tempo que passara debaixo da cama, o meu pânico só havia aumentado. Eu perderia o Manteiga. A liberdade. *O Jamie.*

"Eu não vou mandar você embora. Mas tem que me dizer neste instante o que foi que houve." Ela segurou o meu queixo. "Olhe pra mim. Agora me conte."

Eu olhei, mas só por um segundo. Dei um tranco e afastei o rosto.

"Eu quebrei a sua máquina de costura", falei, por fim, de uma vez só.

A Susan suspirou.

"Olhe pra mim." Puxou o meu queixo outra vez. "Você tentou usar a minha máquina de costura?"

Fiz que sim. Desvencilhei-me. Encarei o chão.

Ela levantou o meu rosto.

"E quebrou?"

Fiz que sim de novo. Encará-la nos olhos era quase impossível.

"Tudo bem", ela disse. "Seja lá como foi, não tem problema."

Eu não acreditava nela. Não estava tudo bem.

"Você fez uma coisa errada", ela explicou. "Tinha que ter me pedido primeiro. Mas não precisa ficar com tanto medo. Eu não vou machucar você porque cometeu um erro. Vamos lá ver o tamanho do estrago."

Ela me fez descer até a sala de estar. A lareira estava acesa, e o ambiente estava quentinho. No fim das contas, eu tinha quebrado só a agulha, não a máquina inteira. As agulhas às vezes sofriam desgaste, explicou a Susan, e era mesmo necessário trocá-las. Ela tinha uma agulha extra, então trocou a quebrada. Depois, removeu o bololô de tecido e linha.

"Está tudo bem, de verdade. Quer ver onde foi que errou?"

Eu balancei a cabeça. Minha barriga doía tanto. Mesmo assim, a Susan me puxou pra perto e me mostrou como funcionava a máquina, como eu tinha que firmar a agulha no lugar antes de começar a costurar.

"Amanhã você pode treinar."

"Não, obrigada."

Ela me puxou mais pra perto, abraçando-me com um braço só.

"Por que se escondeu? Por que se enfiou debaixo da cama?"

O Jamie estivera o tempo todo andando pra lá e pra cá.

"A Mãe coloca ela no armário sempre que ela faz malcriação."

"Mas por que *se pôr* de castigo, Ada? Não precisava disso."

Pra poder ficar. Prapoderficarprapoderficarprapoderficar.

"Eu não vou trancá-la em lugar nenhum, não importa o que você faça, está bem?"

"Tá." Minha barriga doía demais. Minha voz saiu bastante retraída. Eu mal conseguia manter a mente ali presente, com a Susan e o Jamie. "Eu sei que vou ter que ir embora. Por favor, o Jamie pode ir também?"

"Ada!"

Ah, não. Ahnãoahnãoahnãoahnão. Eu morreria sem o Jamie.

"Eu não vou mandar você embora. Por que a mandaria embora? Você cometeu um erro. Um errinho bobo." Agora a Susan me envolvia com os dois braços. Tentei contorcer o corpo para me desvencilhar. Ela me apertou mais forte. "Você achou mesmo que eu ia mandar você embora?"

Eu assenti.

"Deixe eu contar uma coisa. Quando voltava da reunião, eu pensei: 'Pode ser que a Ada tenha feito um chá'. Fiquei imaginando que você teria acendido as luzes de casa e baixado o blecaute, e estava achando ótimo chegar em casa e ter alguém aqui. Eu odiava encontrar a casa vazia."

"Desculpe por não ter feito chá."

"Não é isso que estou falando. Estou tentando dizer que fico feliz em ter você aqui."

Eu não conseguia sair do estado de pânico. Levei quase a noite toda até conseguir respirar de verdade. A Susan me preparou um chá, e quando viu que eu não conseguia comer nada, não insistiu.

"Fico pensando se não deveria dar uma dose de conhaque pra você. Nunca vai conseguir dormir neste estado." Ela me preparou um banho quente e enrolou-me debaixo das cobertas. Estava certa: passei quase metade da noite acordada. Por fim consegui dormir, e ao acordar eu ainda estava lá, e o Jamie também. Podia ver o Manteiga pela janela dos fundos. A Susan fritava salsichas para o café da manhã, e eu já conseguia respirar outra vez.

Pouco tempo depois, o Jamie chegou da escola trazendo o gato mais feio que a Susan e eu já tínhamos visto. A pelagem imunda e opaca podia ter qualquer cor por debaixo de tanta sujeira. Um olho estava fechado, de tão inchado. Com o outro, o animal nos encarava.

"Vou ficar com ele", anunciou o Jamie, largando o gato no meio da cozinha. O bicho balançou o rabo e sibilou pra nós. "Ele se chama Bovril. Está com fome."

Bovril era uma bebida quente que a Susan preparava para nós quase toda noite. Era ruim, mas eu já estava acostumada. Não tinha absolutamente nada a ver com gatos.

"Não vai ficar, não", respondeu a Susan. "Ponha esse gato pra fora agora mesmo. Está infestado de pulgas."

"Vou ficar com ele", insistiu o Jamie. Apanhou o gato, que amoleceu nos seus braços. "É o meu onagro. O meu próprio onagro. Ele se chama Bovril." E foi subindo as escadas.

O onagro era um animal d'*Os Robinsons Suíços*. A Susan explicara que os onagros pareciam burros. A gente podia montar neles. Não eram nada parecidos com gatos.

"Não ouse levar esse bicho pro quarto!", gritou a Susan atrás dele.

"Não vou levar", respondeu o Jamie. "Só vou dar um banho nele."

"Jesus amado!", exclamou a Susan pra mim. "Vamos ter que chamar uma ambulância. Esse gato vai arranhar o menino até a morte."

Não arranhou. O Jamie deu banho no gato sarnento e afogou as pulgas dele. Desceu com o bicho enrolado numa das melhores toalhas da Susan. Deu-lhe um pouco da carne do seu jantar.

"Ele que comece a caçar a própria comida", recolheu a Susan. "Não vou cozinhar pra gato."

"Ele é um ótimo caçador", respondeu o Jamie, esfregando a cabeça do gato. "Não é, Bovril?"

Depois disso, o Jamie passou a dormir todas as noites enroscado no Bovril. Nunca mais molhou a cama. Ao fim da segunda semana, a Susan já estava oferecendo ao Bovril pires de leite com água.

"Vale a pena. Vai me poupar de ter que lavar aquele monte de lençóis."

26

Enganada pela Susan, eu escrevi.

O Jamie estava treinando as letras na mesa certa noite, depois de lavar a louça. Sentei-me no meu lugar e fiquei observando.

"Mostre à Ada por que você é canhoto", sugeriu a Susan.

O Jamie abriu um sorriso. Mudou o lápis da mão esquerda pra direita. Na mesma hora, o lápis começou a escorregar pelo papel. As letras, antes pequeninas e caprichadas, passaram a grandalhonas e tremidas.

"Está fingindo", eu disse, rindo do sorrisão dele.

"Não estou nada. Não consigo fazer com essa mão."

"Tente você", sugeriu a Susan. "Tente com a esquerda primeiro." Pegou uma folha de papel em branco e escreveu umas letras. "Copie."

Eu tentei, mas era *realmente* impossível. Mesmo firmando a folha de papel com a mão direita, a esquerda não tinha controle do lápis.

"Você com certeza é destra", disse a Susan. "Mude o lápis de mão, que vai ver."

Com a mão direita, foi fácil. Copiei as letras, que saíram quase iguais às da Susan.

"Muito bem", disse ela. "Você acabou de escrever o seu nome."

"Esse é o meu nome?"

O Jamie espiou por cima do meu ombro.

"Ada", ele confirmou, assentindo.

A Susan tomou o lápis de volta.

"E esse, *Jamie*. E esse aqui, *Susan*." Então entregou o lápis ao Jamie. "Continue a sua lição de casa. Ada, pode completar o carvão, por favor?"

Eu completei o carvão, mas antes, sem que a Susan visse, enfiei a folha de papel no bolso. Da próxima vez que ela saísse de casa, eu pegaria um lápis emprestado. E tentaria de novo.

Certa tarde em que fui ajudar o Fred, já quase no fim de novembro, ele veio me receber no pátio com um grande sorriso.

"Vem ver só o que encontrei." Eu desci do Manteiga, amarrei-o pela cabeça, soltei as muletas e acompanhei o Fred até a porta do depósito. Ele me mostrou uma sela diferente, apoiada num dos suportes. Tinha o assento normal e um estribo só, também normal, mas no cepilho havia duas saliências esquisitas em formato de gancho. "É uma sela lateral", disse ele. "Deve ter uns vinte, trinta anos. Talvez mais."

"E daí?"

"Olha só, vou mostrar pra você." O Fred apanhou a sela. Substituiu a que estava no Manteiga, então me sentou nela. Meu pé esquerdo encaixou no estribo, com a perna acomodada sob uma das saliências do cepilho. Minha perna direita ficou pendurada no lado sem estribo. "Agora você passa a perna direita pro outro lado e põe aqui." Eu encaixei a coxa na outra saliência em forma de gancho, de modo que a minha perna direita ficou posicionada bem em cima do ombro esquerdo do pônei. "É isso", disse o Fred. "Agora empurre o lado direito do quadril pra trás e se endireite na sela."

Era estranho, porém bem firme e confortável. À medida que o Manteiga foi ficando mais despachado, meu pé ruim tornou-se um problema maior. A questão não era eu deixar de lado o estribo direito, a não ser pelo fato de que tendia a cavalgar meio corcunda. O problema era que eu não usava o meu pé direito do jeito certo — até conseguia dar pontapés com ele, mas não estabelecia contato adequado com a lateral do animal. Meu tornozelo, da forma como era, não chegava até lá.

"Agora", disse o Fred, entregando-me uma vareta pesada, envolta em couro, "aqui está a sua perna direita."

"Minha *perna*?"

"Isso mesmo. O lado direito do Manteiga ficou vazio, está vendo? Então você segura uma ponta dessa vareta, e a outra ponta fica pertinho do pônei. Daí você passa os comandos pra ele com a vareta, exatamente como faria com a perna."

O Fred nos levou até o pátio onde eu costumava praticar. "Leva um tempinho pra se acostumar. Tanto ele quanto você." Ele ainda sorria de orelha a orelha. "Como está sentindo até agora?"

"Muito bem", respondi. O assento ainda sambava um pouco com as passadas do Manteiga, mas eu sentia as pernas firmes. "Não sabia que faziam selas pra aleijados." Fiquei pensando onde o Fred a teria encontrado, e a quem pertencia.

"Não, não é pra aleijados. Era assim que as donas finas cavalgavam. Lá na época em que se escarranchar em cima de um cavalo não era considerado coisa de dama. Mas, depois da guerra, as coisas mudaram: as mulheres de boa família começaram a montar com uma perna de cada lado, e logo todas passaram a fazer o mesmo."

"Qual guerra?" Porque a atual ainda não tinha terminado.

"A última que teve. Vinte anos atrás." O rosto do Fred se anuviou. "A Inglaterra perdeu mais de 3 milhões de homens."

"Então sobrou muita mulher. E também muita sela de homem", eu concluí.

"Acho que sim." Ele me fez contornar o campo, primeiro andando, depois trotando. Era bem mais fácil trotar na sela lateral — eu ainda chacoalhava, mas não ficava toda solta e sacolejando.

"Por hoje já está bom", disse o Fred. "Pode treinar o galope sozinha. Nada de saltar ainda."

Nada de saltar. Essa hora nunca chegava.

Depois de terminar as tarefas, eu voltava pra casa pela colina de onde se via o vilarejo. Chegando ao topo, parava e ficava um tempão observando o mar. Uns dias avistava navios, bem ao longe, e, vez ou outra, um barco de pesca mais próximo. Hoje tinha nada além de um brilho cintilante, pássaros em revoada e pequenas ondas brancas arrebentando na praia. A Susan explicou que na beira da água havia areia, e que em tempos de paz, aquele era um lugar maravilhoso para caminhar e apreciar o mar. Só que agora a praia estava toda cercada de arame farpado e cheia de minas, que eram bombas plantadas no chão para o caso de invasão. A Susan disse que a gente caminharia na praia quando a guerra acabasse.

A Susan achou que eu não deveria aceitar a sela lateral. Considerou um presente muito valioso. Foi, comigo e com a sela, falar com a lady Thorton, no escritório do svf.
"Essa velharia?", indagou a lady Thorton. "Deve ter sido de titia. Mamãe nunca cavalgou. É claro que a Ada pode ficar com ela, senão o Grimes não a teria dado. A Margaret não quer nem eu."

Recebi uma carta da Maggie, que estava na escola. A Susan deixou o envelope em cima da mesa certa tarde, e eu corri o dedo pela palavra que reconheci na frente: Ada. Ainda guardava o papel onde a Susan tinha escrito o meu nome, que copiara muitas e muitas vezes.
"Quer que eu leia pra você?", perguntou a Susan.
"Não." Abri o envelope e fiquei encarando os rabiscos na folha de papel que havia dentro. Por mais que encarasse, nada fazia sentido. À noite, tentei pedir ao Jamie que lesse.
"A letra é toda enrolada", ele disse. "Não consigo ler isso."
Ainda assim, não queria que a Susan me ajudasse. No fim das contas, levei pro Fred. Ele mascou o cachimbo e disse que a Maggie queria cavalgar comigo quando viesse pro Natal.

"Não vou estar aqui no Natal", expliquei. "Até lá a guerra já vai ter acabado."

O Fred balançou a cabeça.

"Acho que não. Só falta pouco mais de um mês pro Natal. Essa guerra não parece nem ter começado ainda."

"A Mãe vai mandar buscar a gente. Todos os outros evacuados estão voltando."

O Fred coçou atrás da orelha.

"Bom, tomara que não, não é verdade? Sei lá o que faria sem você, não sei mesmo." Ele abriu um sorriso, e para a minha surpresa, eu retribuí.

Eu sabia que não poderia ficar. Eu tinha tanta coisa boa — não vivia trancafiada num quarto, pra começar. Depois havia o Manteiga, as muletas, a casa quentinha mesmo com o frio lá fora. Roupas limpas. Banhos à noite. Três refeições por dia. A tigela do Bovril antes de dormir. A vista do mar do alto da colina —, mas tudo isso era temporário. Só até a Mãe chegar pra nos buscar. Eu não ousava me acostumar a nada.

Eu tentava pensar em tudo de bom que havia em casa. Lembrava-me do peixe com batatas que a Mãe trazia toda sexta à noite, crocante, quentinho, enrolado no jornal. Lembrava-me de que, às vezes, a Mãe cantava e ria, e uma vez até dançou com o Jamie em torno da mesa. Lembrava-me do Jamie pequenino, quando passava os dias em casa comigo. Lembrava-me da rachadura no teto, que parecia um homem de chapéu pontudo.

E, mesmo com a sensação de que a Mãe me odiava, ela tinha que me amar, não tinha? Tinha que me amar, pois era minha mãe, e a Susan era só uma pessoa obrigada a cuidar do Jamie e de mim por causa da guerra. Ela às vezes ainda dizia isso.

"Não pedi nenhum evacuado", ela disse quando o Bovril vomitou tripa de rato no carpete da sala. "Não preciso disso", ela disse, balançando a cabeça, quando o Jamie voltou pra casa com o suéter rasgado, imundo de terra dos pés à cabeça. "Nunca quis ter filhos", ela disse quando o Manteiga se assustou com um faisão, me jogou na estrada e correu pra casa com minhas muletas amarradas à sela. A Susan saiu pra me procurar, xingando, de muletas na mão, e quando me viu fechou a cara e disse que tinha sido por misericórdia que eu não havia morrido. "Nunca quis ter filhos."

"E eu nunca quis você", respondi.

"Não imagino por que não", ela disse, bufando. "Sou tão gentil e amorosa." O vento começara a soprar forte, e já era quase noite cheia. Eu tremia. Ao chegarmos em casa, a Susan enrolou um cobertor nos meus ombros. "Vá fazer um chá pra gente. Vou guardar aquele pônei imprestável". Ela adentrou a noite, toda empertigada, e eu a observei, e desejei a Mãe.

Queria que a Mãe fosse igual à Susan.

Não confiava que a Susan fosse diferente da Mãe.

27

A Susan nos levou de novo ao dr. Graham. "Não acredito que sejam as mesmas crianças", disse ele. O Jamie estava cinco centímetros mais alto, e eu, sete. Também havíamos ganhado peso, e eu estava mais forte por conta das cavalgadas e do trabalho com o Fred. Com as muletas eu podia caminhar pra sempre sem me cansar. Não tínhamos mais nenhuma ferida na cabeça, nem piolhos, nem cicatrizes nas pernas, nem nada. Éramos o retrato da saúde, ele disse. Então pegou meu pé ruim e deu-lhe uma torcedura. "Nada ainda?", perguntou à Susan.

Ela balançou a cabeça. "Eu a convidei para vir passar o Natal. Se ela vier, espero convencê-la."

"Quem?", perguntou o Jamie.

"Não interessa", respondeu a Susan.

Eu nem estava prestando atenção. Minha cabeça sempre voava pra um cantinho quando um estranho me tocava. A Susan deu um tapinha no meu ombro. "Está doendo?"

Fiz que não com a cabeça. Meu pé doía, sempre doía, mas as torções do dr. Graham não faziam piorar a dor. Eu só não gostava.

"Se você conseguir fazer isso aqui todos os dias", disse ele, remexendo o meu pé como se abrisse um pedaço de pano torcido, como se pudesse lhe dar um aspecto mais normal, "se ela ganhar um pouco mais de flexibilidade, pode ser útil depois."

"Sapatos especiais", eu soltei, recuperando o rumo das ideias. "O Fred disse que os cavalos com pé torto usam sapatos especiais."

O dr. Graham soltou o meu pé. "No seu estágio não é suficiente. Estou convencido de que o seu caso requer intervenção cirúrgica."

"Ah", respondi, sem a menor ideia do que ele estava falando.

"Ainda assim", continuou o doutor, "a massagem pode ajudar, e com certeza mal não faz."

O que ele queria era que a srta. Smith ficasse esfregando e puxando o meu pé todas as noites. Já tínhamos mudado a leitura d'*Os Robinsons Suíços*, depois do jantar, para a sala com o blecaute. Nós três nos encolhíamos em frente à lareira, que não aquecia direito os quartos no andar de cima. Agora a Susan sentava-se na beirada do sofá, mais perto da lâmpada, e eu do outro lado, com o pé estirado no colo dela. O Jamie e o gato se acomodavam no carpete, perto do fogo.

"Seu pé está tão gelado", disse ela na primeira noite. "Não está sentindo frio?"

Eu falei que sim. Ainda usava a atadura, mas ela ficava úmida, e o meu pé vivia quase congelando."Não me incomodo. Quando fica dormente, eu não consigo sentir."

A Susan me olhou, intrigada.

"Quando fica dormente, não dói", expliquei.

Ela se alarmou. "Esse pé pode congelar. Isso seria péssimo pra você. Precisamos de um plano melhor." Como ela sempre fazia, começou a inventar. Primeiro apanhou uma das suas próprias meias grossas, maiores que as minhas e mais fáceis de deslizar pelo meu tornozelo inflexível. Então veio com um par de pantufas velhas, mais agulha e linha, e, em pouco tempo, eu tinha uma espécie de sapato pra andar em casa, com sola de couro e revestimento de tricô. Não mantinha o pé totalmente seco, mas ajudava bastante. "Hummm", disse Susan, analisando o sapato. "Vamos continuar tentando."

Ela agora trabalhava o tempo todo na máquina de costura, três ou quatro horas por dia. Fazia casacos de dormir para os soldados com os tecidos fornecidos pelo svf. Pegou um antigo casaco de lã da Becky e transformou num casaco pro Jamie. Vasculhou uma pilha de roupas velhas, abriu as costuras, depois lavou, juntou os pedaços, recortou e costurou coisas completamente diferentes. "O governo chama de Emende e Remende", disse Susan. "Eu chamo de 'minha criação'. A minha mãe era uma excelente gestora."

"A sua mãe odeia você?", perguntei.

O rosto dela se anuviou. "Não. Ela morreu, lembra?"

"Ela odiava quando era viva?"

"Espero que não."

"Mas você disse que o seu pai não gosta de você."

"Não. Ele acha que a minha ida pra universidade foi uma ideia ruim."

"A sua mãe achava isso?"

"Não sei. Ela sempre fez tudo que o meu pai queria." A Susan parou de alfinetar os pedaços de tecido. "Isso não era bom. Ela vivia triste, mas fazia mesmo assim."

"Mas você não fazia o que o seu pai queria."

"É complicado. No início, ele ficou satisfeito quando eu consegui uma vaga em Oxford. Só depois veio me falar que não gostava da mudança que aquilo tinha feito em mim. Ele achava que todas as mulheres precisavam se casar, e eu não tinha me casado, e... é complicado. Só que eu não me arrependo das escolhas que fiz. Se fosse preciso, faria tudo de novo."

A Susan fez pro Jamie um short muito bacana para usar na igreja, a partir de uma antiga saia de tweed da Becky. Remodelou a jaqueta que fazia par com a saia e fez um casaquinho curto e robusto pras minhas cavalgadas.

Desde o dia em que quebrei a máquina de costura da Susan, eu me recusava a encostar nela, mas ela começou a me ensinar a costurar à mão. Disse que de todo modo era melhor começar a aprender assim. Ensinou-me a pregar botões, e eu preguei os botões de todos os casacos de dormir que ela fez, e do meu casaquinho, e também fiz a bainha dos shorts do Jamie.

Na reunião do SVF ela contou às outras mulheres que eu havia ajudado. Disse isso quando voltou pra casa.

Um dia, ela foi vasculhar o quarto e saiu carregada de novelos de lã. Apanhou uns palitos de madeira. Passou a lã pelos palitos e fez uns gorros quentinhos pra mim e pro Jamie, e cachecóis, e luvas pra aquecer nossas mãos.

Cada uma das minhas luvas parecia ter dois polegares. A Susan me mostrou que uma das partes deveria de fato se encaixar no meu polegar, e a outra, no mindinho. Ela havia costurado nas palmas uns retalhos bem finos de couro. "São luvas de montaria", disse ela, me olhando. "Viu?"

Eu vi. Logo que comecei a montar o Manteiga eu enroscava as rédeas nos punhos, mas o Fred insistiu para que eu acertasse a pegada, com o terceiro e o quarto dedos, não por cima do polegar. Com essas luvas, eu poderia segurar as rédeas do jeito certo, e as tiras de couro evitariam que a lã se desgastasse.

"Eu que inventei", disse a Susan. "Foi tudo ideia minha. Você gostou?"

Essa era uma daquelas situações em que eu sabia que resposta ela queria de mim, mas não queria dar. "Pode ser", respondi, e então, cedendo um pouco: "Obrigada".

"Sua chata", ela disse, com uma risada. "Um pouco de gratidão vai matar você?"

Talvez. Quem podia saber?

Certo sábado, o pároco veio nos visitar com um grupo de garotos e construiu um abrigo antiaéreo no quintal dos fundos. Os abrigos antiaéreos eram cabaninhas de aço supostamente capazes de nos proteger das bombas. O nosso não parecia seguro. Era pequeno, escuro e frágil. A metade inferior ficava enterrada no chão, e era preciso descer três degraus pra abrir a portinhola. Do lado de dentro só havia espaço pra dois bancos compridos, um de frente pro outro.

A Susan disse que não teríamos conseguido cavar o buraco sozinhos, nem trabalhando a semana inteira. Levou bebidas para o pároco e disse isso a ele. O pároco, com a camisa de manga toda suada, respondeu que ficava feliz em fazer aquilo. Estavam erguendo abrigos por todo o vilarejo. Era uma boa tarefa pros garotos.

Alguns dos meninos eram evacuados, e outros, não. Um deles era o Stephen White.

Ao me ver chegando, abriu um sorriso e apoiou a pá no chão.

"Então você não passa todos os dias ocupada?"

"Passo, sim", respondi. "Eu cavalgo. Ajudo o Fred Grimes. Eu faço coisas."

"Só perguntei porque você disse que estava muito ocupada pra ir tomar chá."

Ele afastou o cabelo com a mão suja, deixando um pouco de lama no rosto. Mesmo assim, que nem eu, tinha o aspecto melhor do que em Londres. Usava roupas limpas e bem ajustadas, e também havia crescido.

Algo naquele sorriso me fez confiar nele.

"Eu não saberia o que fazer no chá."

Ele deu de ombros. "Claro que saberia. Aposto que você toma chá toda noite."

"Mas aquele coronel..."

"Ele é um bom velhote, isso sim. Você ia gostar dele se o conhecesse melhor."

"Por que é que você não voltou pra casa com a sua família?" Eu vinha querendo perguntar isso a ele havia séculos.

O Stephen pareceu incomodado.

"O coronel não enxerga praticamente nada. Você viu. Ele não tem família e, quando cheguei aqui, ele estava muito fraco. Andava comendo um monte de comida estragada, só que também perdeu o paladar, daí não conseguia perceber, então ficava doente. E a casa estava um horror. Insetos pra todo lado, e ratos, e ele não conseguia ajeitar nada. Eu limpei tudo. A esposa do pároco me ensinou a cozinhar, só coisas fáceis, e ela também às vezes traz comida pra gente. Ela é legal. E eu leio pro coronel, ele gosta. Tem pilhas de livros." O Stephen tornou a apanhar a pá e começou a jogar terra no topo do abrigo. "A mamãe quer que eu volte pra casa. Eu queria. Sinto saudade de casa, de verdade, mas se eu for embora, o coronel vai morrer. Vai mesmo. Ele não tem ninguém."

O Stephen observou o jardim enlameado, a casa, o estábulo e o pasto do Manteiga.

"O lugar aqui é bem bonito."

"É."

"A sua mãe não vem buscar vocês?"

"Não. Ela não quer a gente."

Ele assentiu. "Tanto melhor. Ela não devia trancafiar você daquele jeito."

Quando o vento soprou mais forte, eu estremeci. "Era por causa do meu pé."

O Stephen sacudiu a cabeça. "O pé continua igual, não é? E agora você não vive presa. Venha tomar chá um dia desses. O coronel gosta de receber visitas."

Depois que todo mundo foi embora, fiquei parada diante da porta do abrigo. Não gostava dali. Era escuro, úmido e frio; cheirava que nem o armário debaixo da pia. Os meus braços se arrepiaram, e o meu estômago revirou. Não entrei.

A Susan estocou o abrigo com cobertores, garrafas d'água, velas e fósforos. Explicou que sirenes de alerta de ataque aéreo tocariam caso sofrêssemos bombardeio de aviões inimigos. Nós ouviríamos as sirenes e teríamos de correr até o abrigo pra nos proteger.

"E o Bovril?", perguntou o Jamie, ansioso.

O Bovril poderia ficar no abrigo. A Susan encontrou um cesto antigo com tampa e colocou dentro do abrigo. Se o Bovril sentisse medo, o James poderia fechá-lo dentro do cesto.

"Ele não vai sentir medo", disse o Jamie. "Ele *nunca* sente."

O Manteiga não caberia no abrigo.

28

Agora estava frio e escurecia mais cedo. A grama do pasto do Manteiga tinha descolorido, e ele começou a emagrecer. Quando mostrei isso à Susan, ela suspirou.

"É esse tanto de exercício que você está fazendo com ele. Ele antes tinha gordura suficiente pra passar o inverno sem pastar." Ela comprou feno, que empilhamos numa das baias vazias. Comprou também um saco de aveia. Todos os dias, eu dava ao Manteiga uns três ou quatro flocos de feno e um balde de grãos. Ele ainda morava do lado de fora. O Fred explicou que era mais saudável pra ele, além de menos trabalhoso pra nós.

Quando as folhas das árvores começaram a mudar de cor, fiquei assustada. A Susan jurou que aquilo acontecia todo ano. As folhas mudavam de cor e caíam, e as árvores passavam o inverno todo como se estivessem mortas, mas na verdade não morriam. Na primavera, novas folhas verdes tornavam a crescer.

A Susan parou de se surpreender com o tanto de coisas que a gente não sabia. Quando me ensinava a cozinhar ou costurar qualquer coisa, sempre começava bem do comecinho.

"Isto aqui é uma agulha. Olha só, uma das pontas tem um buraquinho, que é pra passar a linha, e a outra ponta é afiada, pra poder perfurar o tecido."

Ou: "Os ovos têm uma parte transparente, chamada de clara, e uma parte amarela, chamada de gema. A gente quebra o ovo dando uma pancadinha com ele na beirada da mesa, depois terminamos de abrir a casca com as mãos. Só que na tigela, assim".

A Susan dizia que o inverno a deixava triste e melancólica, como ela estava na época da nossa chegada. Neste inverno, no entanto, estava ocupada demais pra sentir tristeza. Tinha que fazer compras, cozinhar, limpar, lavar roupas — era bem detalhista na lavagem —, costurar e ir a reuniões. Mas, à medida que os dias encurtavam, ela realmente começava a parecer triste. Esforçava-se por nós, mas dava pra ver que era um sacrifício. Estava sempre cansada.

Eu tentava ser útil. Cozinhava e pregava botões. Ia com ela fazer compras. Aprendi a fazer bainha nos casacos de dormir. E ainda ajudava o Fred duas vezes por semana e cavalgava o Manteiga todos os dias.

Numa tarde chuvosa de quarta-feira, vi a Susan largada na cadeira. Eu já havia terminado de lavar a louça do almoço. O Jamie estava na escola. O fogo da lareira estava fraco, então pus mais carvão e dei uma mexidinha.

"Obrigada", murmurou ela.

A Susan parecia frágil e trêmula. Havia derrubado um pouco da batata do almoço na blusa e não tinha limpado, o que não era do seu feitio. Eu não queria que ela voltasse a passar o dia na cama. Sentei-me no sofá e olhei pra ela.

"Talvez você pudesse me ensinar a ler."

Ela me encarou, desinteressada.

"Agora?"

Eu dei de ombros.

Ela suspirou. "Ah, muito bem." Fomos até a mesa da cozinha, e ela apanhou papel e lápis. "Todas as palavras são escritas com apenas vinte e seis letras. Cada uma delas tem uma versão grande e uma pequena."

Ela escreveu as letras no papel e nomeou todas. Então repassou-as outra vez. Depois mandou que eu copiasse tudo em outra folha de papel e retornou à cadeira. Eu encarei o papel.

"Isso não é ler", reclamei. "Isso é desenhar."

"Escrever", ela corrigiu. "É como os botões e as bainhas. Você precisa aprender isso antes de poder costurar à máquina. Tem que aprender as letras antes de poder ler."

Podia até ser verdade, mas era muito chato. Quando falei isso, ela voltou a se levantar e escreveu algo na beirada inferior do papel.

"O que é isso?", perguntei.

"Ada é uma resmungona."

"Ada é uma resmungona", copiei, ao final do alfabeto. Gostei.

Depois, com a ajuda do Jamie, passei a deixar bilhetinhos pra Susan todos os dias. Susan é uma sapona (esse fez o Jamie rir). Manteiga é o melhor pônei do mundo. Jamie canta que nem um esquilo. Uns papéis eu guardava, pois eram úteis, e eu os colocava sobre a mesa da cozinha sempre que precisava deixar algum recado pra Susan. Ela gostava de saber onde a gente estava. Ada está no Fred. Ada está cavalgando o Manteiga. Jamie foi à pista de pouso.

O Jamie não devia ir, mas ia. Estavam todos tão acostumados a vê-lo passar sorrateiro por debaixo da cerca, que já nem se davam ao trabalho de enxotá-lo.

"Só que, quando eles me mandam sair, eu tenho que ir na mesma hora", explicava o meu irmão. "Se não me mandam embora, posso ficar conversando." Ele era fascinado pelos aviões. Fez amizade com os pilotos, que o deixavam entrar nos Spitfires estacionados na pista.

A Susan perguntou como costumávamos comemorar o Natal. Não soubemos o que responder. O Natal era um grande dia no bar, por isso a Mãe sempre trabalhava. Ganhava muita gorjeta, e em geral comíamos algo bacana, peixe com batatas ou bolo de carne.

"Vocês penduram meias?", perguntou a Susan.

O Jamie franziu a testa. "Pra quê?"

Havíamos ouvido falar em Papai Noel — era assunto corrente entre as outras crianças —, mas ele não vinha nos visitar.

"O que é que você costuma fazer?", perguntei.

Ao se recordar, ela suavizou a expressão.

"Quando a Becky era viva, fazíamos uma grande ceia de Natal pra alguns amigos. Ganso assado ou peru. De manhã trocávamos presentes. Sempre montávamos uma arvorezinha e decorávamos os peitoris das janelas com azevinho. Também preparávamos alguma delícia pro café da manhã, pãezinhos quentes, bacon e café, depois ficávamos de preguiça até a hora de começar a fazer a janta. No dia seguinte, a Becky saía pra caçar.

"Quando eu era pequena, a minha família toda passava o Natal no culto da meia-noite. O meu pai fazia a pregação. A igreja sempre ficava linda com a iluminação das velas. Então, eu ia dormir. Eram poucas horas de sono! E, no dia seguinte, acordava com a meia cheia de presentinhos ao pé da cama. Os presentes maiores ficavam no andar de baixo, sob a árvore. A minha mãe fazia uma refeição enorme, e vinham todos os tios, as tias e os primos..." A voz dela foi morrendo. "Vamos fazer alguma coisa bacana pro primeiro Natal de vocês aqui."

"A Mãe pode vir?", perguntou Jamie.

Susan acariciou a cabeça dele.

"Espero que venha. Eu convidei, mas não recebi resposta."

"Vou escrever pra ela", disse Jamie.

"Não precisa", falei. Parecia arriscado. Se a Mãe lembrasse que estávamos ali, será que viria nos buscar?

"A gente precisa conversar com ela sobre o seu pé", disse Susan.

"Bom, eu não vou escrever", respondi. Havia memorizado o alfabeto e estava começando a compreender o som das letras, de modo que já conseguia ler até palavras que nunca vira antes. E conseguia escrever um pouquinho. Mas não pra Mãe.

"Não precisa", disse Susan, me abraçando.

As lojas se abarrotaram das coisas mais incríveis: laranjas, nozes, todo tipo de doces e brinquedos. A Susan disse que o povo estava determinado a ter um Natal feliz, apesar da guerra. Ela mesma tinha encomendado um ganso, já que o Jamie e eu nunca tínhamos comido, e convidou alguns pilotos da pista de pouso pra cear conosco, pois o ganso era muito grande só pra nós três. Eu convidei o Fred, mas ele explicou que sempre passava o Natal na casa do irmão e não queria quebrar a tradição.

"Mas agradeço, de coração", acrescentou.

Então convidei a Maggie.

Já que o Jamie receberia os pilotos, fazia sentido que eu convidasse um amigo pra ceia de Natal. Além do Fred e talvez do Stephen, a Maggie era a minha única amiga.

Ela retornou da escola na semana anterior ao Natal. Cavalgamos juntas pela colina alta, onde o vento soprava forte e podíamos ver a praia com as barricadas. A Maggie estava diferente, mais rígida e reservada que no dia em que a levei pra casa. Estava elegante no seu pônei, com as suas luvas de couro e o bonezinho de veludo.

Ergui a mão pra proteger os olhos. Fora ideia minha subirmos a colina. "Sempre procuro espiões quando venho aqui", eu disse. "A gente tem que fazer isso, sabia?" Os homens do governo nos haviam instruído pelo rádio. Podia haver espiãs nazistas disfarçadas de freiras, enfermeiras, qualquer coisa.

"Eu sei", respondeu a Maggie, atravessada. "Não sou idiota." Então, acrescentou: "Por que você não me escreveu de volta? Eu pedi".

Eu não sabia que ela tinha me pedido. O Fred não havia lido essa parte. E, embora eu tivesse arriscado mais algumas tentativas de ler a carta sozinha, a caligrafia da Maggie era toda retorcida, com as letras grudadas umas nas outras. Eu não conseguia entender as palavras.

Senti vergonha de admitir.

"Tenho andado muito ocupada."

Fui fuzilada com um olhar de raiva e mágoa. De repente, compreendi que ela estivera à espera da minha resposta, ansiosa por uma carta. Não sabia que ela se sentia desse jeito em relação a mim.

Respirei fundo.

"Só estou aprendendo a escrever agora. E a ler. Por isso ainda não pude escrever de volta. Me desculpe. Vou tentar da próxima vez."

Em vez de ficar horrorizada com a minha ignorância, ela molificou a carranca. (Aprendi com a Susan essa palavra, que amei. *Molificar*. Às vezes, quando o Jamie estava irritado, precisava molificar a raiva.)

"Não pensei nisso", ela confessou. "Achei que você simplesmente não estava interessada. Mas a srta. Smith não teria ajudado? Ela poderia escrever pra você."

E teria escrito, se eu pedisse.

"Não quis pedir pra ela. Não gosto que ela me ajude."

"Por que não?"

"Não quero me acostumar. Ela é só uma pessoa com quem estamos passando um tempo. Ela não é de verdade, você sabe."

A Maggie me olhou de cima a baixo.

"Pois pra mim ela parece de verdade. Eu vi você no dia que saiu daquele trem. Parecia já estar enfrentando uma guerra. Depois, quando me ajudou, você já estava com uma aparência melhor. E agora! Sentada de ladinho no pônei, toda chique, sem aquela magreza de mostrar os ossos. Seu olhar está diferente também. Você antes parecia morta de medo."

Eu não queria falar sobre aquilo. Não havia espiões à vista, nem navios, e o Manteiga estava cansado de ficar parado naquele vento.

"Vamos apostar uma corrida até a cidade?", eu disse.

29

A Maggie ganhou, mas foi por pouco, e eu fiquei firme na sela o tempo todo, mesmo com o Manteiga galopando mais rápido do que nunca. Acompanhamos o pônei da Maggie por sobre dois troncos caídos: meus primeiros saltinhos. Quando paramos nos arredores da cidade, os dois animais ofegantes, a Maggie tinha o cabelo solto da trança e as bochechas vermelhas. E gargalhava. Tinha se esquecido da minha expressão de medo.

Eu sabia que a Susan não era real. Ou, ainda que às vezes fosse um pouquinho real, na melhor das hipóteses era temporária. Iria se livrar de nós tão logo a guerra terminasse ou a Mãe mudasse de ideia.

A Maggie não poderia vir à nossa ceia de Natal. Contou que gostaria, mas o irmão dela tiraria uns dias de folga do treinamento de aviação e estava sendo aguardado em casa, e o pai viria de onde quer que estivesse cumprindo serviço secreto de guerra, e todos passariam um Natal tradicional. Então, naturalmente, ela tinha que estar em casa.

"Vai ser um Natal horroroso. A mamãe vai ficar tentando não cair no choro por causa do Jonathan e por isso vai tratar todo mundo com rispidez. O papai vai estar todo nervoso por conta do Hitler e não vai ter outro assunto que não seja a guerra, ainda mais sem caça, e a mamãe *odeia* falar sobre a guerra. A cozinheira foi embora pra trabalhar numa fábrica, e a governanta é péssima cozinheira, e só nos sobrou uma criada e nenhum mordomo. Então eu vou passar a noite de Natal limpando tudo, a mamãe vai tentar ajudar na cozinha e vamos todos nos sentar naquela sala imensa e cheia de teias de aranha, comer uma comida horrível e fingir que estamos felizes, e nada, *nada* vai ser como antes.

"As pessoas ficam dizendo que não é uma guerra de verdade", prosseguiu Maggie. "Quase ninguém sendo bombardeado, quase ninguém lutando. Pra mim parece uma guerra. Uma guerra bem na minha família." Ela me olhou de esguelha. "Você provavelmente está feliz."

"Não estou feliz por você estar triste", respondi.

Ela balançou a cabeça.

"Ah, claro que não. Deixa disso." Havíamos retomado a cavalgada, mas desta vez por um caminho escolhido pela Maggie, mata adentro, na direção da praia. Tínhamos que permanecer longe do arame farpado, mas seguimos a estrada rente à praia e vimos as ondas arrebentando na costa. Eu me impressionava em ver como o mar mudava a cada dia.

A Susan arrumou um machado e nos fez acompanhá-la até o pasto de alguém e cortar uma arvorezinha. Não era que nem as que morriam no inverno. Em vez de folhas nos galhos, essa tinha umas pontas verdes. A Susan chamava de árvore perene.

Estava nevando, e o ar estava úmido e frio.

"Pra quê?", perguntei. A Susan e o Jamie arrastaram a árvore até a nossa casa; eu os acompanhei com as minhas muletas.

"A árvore de Natal nos faz lembrar que Deus é como uma árvore perene: não morre nunca, nem no inverno."

"Mas você disse que as outras árvores também não morrem", observou o Jamie.

"Bom... não, não morrem. Mas parecem mortas. E a árvore de Natal é uma boa tradição. Verde no inverno, luz na escuridão: isso tudo são metáforas pra Deus."

Eu não conhecia a palavra *metáfora*.

"O que é que o Natal tem a ver com Deus?", perguntei.

Bom, ficou bem claro que a minha pergunta tinha sido muito estranha. A Susan me olhou chocada, boquiaberta feito um peixe, e quando enfim fechou a boca, perguntou, num tom agudo: "Você não está aprendendo nada na igreja?".

Eu dei de ombros. Era difícil acompanhar a igreja. Às vezes, as histórias faziam sentido, mas na maioria das vezes não, e por mais bonzinho que fosse o pároco, eu quase nunca escutava o que ele dizia. Poderia até gostar das músicas, se conseguisse ler as letras com rapidez suficiente para acompanhar a cantoria.

Acontece que o Natal era o aniversário de Jesus. Jesus era o homem pendurado na cruz, lá na frente da igreja — essa parte eu já sabia. Então facilitou. Daí, porém, o Jamie indagou: "Como é que *sabiam* o dia do aniversário dele?".

"Bom... acho que não sabiam", respondeu a Susan. "Não com certeza."

O Jamie assentiu. "Que nem a Ada e eu."

"Isso. Mas a gente pôs uma data de aniversário de mentirinha nas suas carteiras de identidade, então dá para comemorar o aniversário de vocês. O Natal é assim também."

"O Natal era o dia do aniversário na identidade do Jesus?", perguntou o Jamie.

"Seu burro", respondi. "Jesus não estava vivendo em guerra."

"Não chame ele de burro", advertiu a Susan.

"Ele falou uma burrice."

"Pois falar uma burrice não transforma ninguém em burro. Sorte a nossa."

Levamos a árvore pra casa e a acomodamos na quina da sala de estar. A Susan pôs nos galhos uma corda com luzinhas elétricas. Foi até o quarto da Becky, no andar de cima, e desceu com uma caixona. Olhou pra dentro, piscou os olhos cheios de lágrimas, e tornou a fechar a caixa.

"Vamos fazer os nossos próprios enfeites", ela disse. "Não é bacana?"

Como eu saberia? Sabia que ela desejava que achássemos bacana, e não queria vê-la chorar. Eu ficava nervosa quando ela chorava.

"É?"

"Ah, Ada." Ela me abraçou com o braço livre. Respirei fundo e não me desvencilhei. "Esses são os enfeites que a Becky e eu colocávamos na árvore. Ainda não estou pronta pra tirar eles da caixa."

"Tudo bem."

"Tudo bem? Sério?"

Eu não sabia o que dizer. De alguma forma, o Natal estava me deixando apreensiva. Todo aquele falatório de união, felicidade, celebração... era assustador. Como se eu não devesse fazer parte daquilo. Como se não tivesse permissão. E a Susan *queria* que eu ficasse feliz, o que era ainda mais assustador.

Enfeites eram uns trecos bonitinhos que a gente pendurava na árvore de Natal. A Susan comprou papel colorido, tesoura e cola. Ensinou a gente a fazer flocos de neve e estrelas. Eu me esforcei pra que os meus ficassem bonitos feito os dela. O Jamie cortou o papel dele depressa, todo torto. Penduramos todos, tanto os tortos quanto os caprichados, e a árvore de fato ficou bem linda na quina da sala. O Bovril também achou. Passava o dia todo deitado sob ela, batendo as patinhas nos enfeites mais baixos. O Jamie fez uma bolinha com um pouco do papel que sobrou, e à noite ficava jogando para o Bovril buscar.

Eu odiava dividir a cama com um gato. Às vezes, acordava com um rabo na minha cara, e os lençóis viviam cheios de pelos. O Jamie insistia que só conseguia dormir enroscado no Bovril, e o Bovril, desgraçado, parecia sentir a mesma coisa.

Voltou a nevar. Quando cavalguei com o Manteiga até a casa da Maggie, a neve se juntou sob as patas dele e desarrumou a pontinha da sua cauda. O mundo inteiro estava branco e reluzente. A neve em Londres não ficava branca tanto tempo assim.

A Maggie vinha ajudando o Fred todos os dias desde que chegara em casa, e nos dias em que eu ia pra lá, nós três trabalhávamos juntos. O Fred já havia começado a treinar os saltos comigo, uns saltinhos, mas não hoje, por conta da neve alta.

"Você sabe que tem que comprar um presente de Natal pra Susan", disse a Maggie, quando pesávamos aveia na despensa do estábulo.

"Por quê?" Eu tinha ouvido falar de presentes. Não ganhava presentes. Não precisava dar. Disse isso a ela.

A Maggie revirou os olhos.

"É claro que você vai ganhar presentes. A Susan é boa com você. E não é todo mundo que tem essa sorte."

Eu assenti. Alguns dos evacuados, os que ainda restavam, não eram tratados muito bem. Não por culpa deles, mas porque haviam sido hospedados com velhos sebosos que não acolheriam nem o próprio Jesus. Pelo menos era isso o que o Jamie dizia. Ele conversava com outros evacuados na escola, e eles tinham inveja, inveja mesmo, por não terem sido escolhidos por último.

"Pois bem", disse a Maggie, "você tem que dar alguma coisa pra ela. É o certo a fazer."

"Não tenho dinheiro. Nem um pouco."

"Você não ganha mesada?"

"Não. Você ganha?"

"Ah", disse a Maggie. Ela mordeu o lábio inferior, pensativa. "Bom, você podia arrumar um trabalho, daí consegue tirar um dinheirinho. Eu acho. Ou podia fazer alguma coisa pra ela. A Susan ia gostar. A mamãe sempre gosta quando eu faço coisas pra ela."

A ideia era interessante. Pensei a respeito enquanto voltava pra casa. A Susan estava me ensinando a tricotar pros soldados, mas até então eu só conseguira fazer um paninho de rosto. Um paninho horroroso, com uma ponta maior do que a outra e pontos com calombos que em nada lembravam os da Susan. Ela dizia que não tinha importância, pois os soldados ficariam felizes em ter um paninho de rosto, fosse feio ou bonito. Também dizia que tricotar era como escrever, cavalgar ou qualquer outra coisa: quanto mais prática, melhor.

Se eu me apressasse, poderia dar certo. Dei meia-volta com o Manteiga e, apesar dos seus protestos, forcei-o a retornar pela neve até a casa da Maggie. O Fred ficou surpreso em me ver.

"Algum problema?", perguntou.

"Preciso de lã."

30

"Tudo bem", disse o Fred, como se a todo instante recebesse meninas a cavalo, no meio da neve, que precisavam de lã. Adentrou o estábulo e sumiu, e eu ouvi ele subindo a escada até os quartos do apartamento onde morava. Desceu trazendo uma bolsa de tecido estampada com flores coloridas.

"É a bolsa de tricô da minha senhora", disse, jogando-a para mim. "Está cheia de lã. De todo tipo. Pode ficar."

Eu não sabia que ele tinha uma senhora.

"É", disse ele, em resposta à minha pergunta não feita. "Morreu faz cinco anos. Era babá da srta. Margaret e do mestre Jonathan, e, antes disso, da mãe deles e dos irmãos."

Enfiei a volumosa bolsa debaixo da jaqueta, pra protegê-la da neve. O Manteiga jogou a cabeça, impaciente, e eu o deixei dar meia-volta.

"Espera." O Fred agarrou a rédea do Manteiga. "Quando alguém dá um presente a você", ele disse, com um sorriso gentil, "tem que falar 'obrigada'."

A Susan havia me ensinado, mas eu estava tão ocupada pensando na lã dentro do saco que havia me esquecido.

"Obrigada, Fred. Muito obrigada. Queria poder agradecer à sua senhora também."

"Ah." Ele balançou a cabeça. "Ela ficaria feliz por eu ter encontrado um bom lar pras coisas dela. Não há de quê, criança."

Já era quinta-feira e o Natal era na segunda, então não havia muito tempo. Ao chegar em casa, abri a bolsa sobre a cama. Havia cinco conjuntos de agulhas de tricô, da mais grossa à mais fina, e um punhado de varetas menores e fininhas, com as duas extremidades pontudas. Havia sobras de lã de todo tipo, enroladas em bolinhas, além de seis novelos inteiros de lã branca.

A lã branca seria a melhor. Havia um monte. Preparei o ponto de tricô na agulha e comecei a trabalhar.

Eu imaginava que a Susan fosse ficar desconfiada ao me ver passar a tarde inteira no quarto gelado. Tiro e queda.

"O que você está aprontando?", perguntou ela durante o jantar.

Vasculhei mentalmente as opções. Não estava dormindo. Não estava no banho. Não podia estar escutando rádio. Empacada na busca de uma justificativa plausível, soltei: "Nada".

Pra minha surpresa, ela abriu um sorriso.

"Ah, é? Então vamos fazer um trato. Você pode passar umas horas por dia fazendo nada lá em cima, durante o resto da semana, contanto que me dê essas mesmas horas fazendo nada aqui embaixo. Quando acabar, você dá um grito pra me avisar, então espera que eu autorize você a descer. Combinado?"

Só pude concordar. Nos dias que se seguiram, enquanto tricotava no andar de cima, eu, às vezes, ouvia o chiado da máquina de costura lá embaixo. Levava comigo uma garrafa de água quente e me enroscava num cobertor. Passei os dois dias seguintes inteiros tricotando com a lã branca e as sobras. O imprestável do Bovril começou a querer subir no meu colo e deitar em cima da garrafa d'água, até que eu o enxotei e tratei de fechar a porta.

A véspera de Natal caiu num domingo. Quando acordamos, o Jamie e eu vestimos as roupas que a Susan cismava em reservar para os domingos. O Jamie de camisa branca, shorts de tweed e boas meias escuras, eu no vestido vermelho que pertencera à Maggie. Descemos para o café da manhã, e a Susan balançou a cabeça.

"Desculpem, esqueci. Vão pôr a roupa do dia a dia. Nós vamos à igreja à noite. Todos nós, até eu. É noite de Natal."

Como era Natal, comemos bacon no café da manhã. Durante o dia, ajudei a fazer biscoitos. O Jamie assou castanhas pro molho do ganso. A Susan ligou o rádio e entoou junto as canções de Natal.

No meio da tarde, ela nos mandou tomar banho. No andar de baixo, de frente ao fogo, escovou o meu cabelo até secar e fez duas tranças, em vez de uma. Depois do jantar, mandou o Jamie subir e vestir as roupas da igreja. Mandou-me ficar sentada.

"Tenho uma surpresa."

No meu colo, ela deitou uma caixa grande, embrulhada com papel de presente. Dentro havia um vestido feito em tecido macio, verde-escuro. Tinha mangas bufantes e gola redonda, e a saia, de cintura bem marcada, era comprida e rodada.

Era tão lindo que eu não consegui tocar. Só olhei.

"Vem", disse a Susan. "Vamos experimentar."

Fiquei imóvel enquanto ela tirou o meu suéter e a minha blusa e passou o vestido verde pela minha cabeça. "Tire a saia", mandou, e eu tirei. Ela abotoou o vestido e deu um passo atrás. "Que bom", disse, sorrindo, os olhos ternos e gentis. "Ficou perfeito. Ada, você está linda."

Era mentira. Era mentira, e eu não podia suportar. A voz da Mãe ecoou na minha cabeça. *Sua porcaria horrorosa! Lixo, imunda! Ninguém quer você, com esse pé horrível!* Minhas mãos começaram a tremer. Porcaria. Lixo. Imunda. Eu servia pra usar os descartes da Maggie ou as roupas simples das lojas, mas não isso, não esse vestido lindo. Podia passar o dia inteiro ouvindo a Susan dizer que nunca quisera ter filhos. Mas não suportava ouvi-la me chamar de linda.

"O que foi que houve?", perguntou ela, perplexa. "É o seu presente de Natal. Fiz pra você. Veludo verde-garrafa, como eu falei."

Veludo verde-garrafa.

"Não posso usar isso", respondi. Puxei o corpete do vestido, tateando-o à procura dos botões. "Não posso usar isso. Não posso."

"Ada." A Susan agarrou as minhas mãos. Puxou-me até o sofá e me segurou com força, sentando-me ao seu lado. "*Ada*. O que você diria ao Jamie se eu desse a ele um presente bonito e ele falasse que não pode usar? Pense. O que você diria?"

As lágrimas corriam pelo meu rosto. Comecei a entrar em pânico. Lutei pra me desvencilhar.

"Eu não sou o Jamie! Sou diferente, eu tenho o pé feio, eu sou..." Travei a garganta na palavra *porcaria*.

"Ada. Ada." Eu mal ouvia a voz da Susan. De algum ponto nas minhas entranhas formou-se um berro, que irrompeu num mar de sons. Grito atrás de grito. O Jamie descendo seminu as escadas. A Susan segurando os meus braços, prendendo-me ao próprio corpo, contendo-me com força. Eu sendo invadida por incessantes ondas de pânico, que me sacudiram e abalaram quase a ponto de me afogar.

31

Não fomos à igreja. Acabamos no chão, diante do fogo, enrolados em cobertores que o Jamie arrastou pela escada. Nós três. Não sei por quanto tempo gritei e me debati. Não sei por quanto tempo a Susan me segurou. Eu a chutei, a arranhei, provavelmente a mordi, mas ela aguentou firme. Não sei o que o Jamie fez além de trazer os cobertores. A Susan me enrolou num deles, bem apertadinha, e o pânico começou a ceder.

"Isso", disse ela, baixinho. "Shh. Shh. Está tudo bem."

Não estava tudo bem. Nunca ficaria tudo bem. Mas eu estava exausta demais pra continuar gritando.

Quando acordei, os primeiros raios de sol do inverno invadiam a janela e iluminavam a arvorezinha de Natal. A lareira reluzia fracamente com uma camada de cinzas. O Jamie dormia, enrolado num cobertor, a cara do Bovril brotando por debaixo do seu queixo. A Susan roncava baixinho. Um braço estendido debaixo da orelha, o outro ainda apoiado em mim. O cabelo havia se soltado do coque e estava todo desgrenhado. Um sulco comprido e vermelho descia por uma das bochechas, onde eu a havia arranhado, e a blusa — sua melhor blusa — estava rasgada no ombro e com um botão dependurado por um fio. Parecia ter voltado da guerra.

Eu estava tão enroscada num cobertor cinzento, que só conseguia mexer a cabeça. Virei-a de um lado pro outro, olhando primeiro o Jamie, depois a Susan, depois a arvorezinha de Natal.

A Susan acordaria com raiva. Estaria furiosa com os meus gritos por conta do vestido, com a minha ingratidão, com os planos frustrados. Por minha causa não tínhamos ido à igreja.

Um bolo se formou no meu estômago. Ela estaria com raiva. Bateria em mim... não. Ela não bateria em mim. Nunca tinha batido, pelo menos não até agora. Não me batera nenhuma vez na noite anterior, nem quando eu a machuquei. Ela me abraçara e segurara firme.

Eu não sabia o que fazer. A Susan era temporária. Meu pé era permanente. Fiquei deitada, à luz fraca do sol, e quis chorar em vez de gritar. Mas eu quase nunca chorava. O que havia de errado comigo?

O Jamie se remexeu. Abriu os olhos e *sorriu*: aquele sorriso tão lindo. Por toda a vida eu recordaria a doçura daquele sorriso.

"Bom dia, Ada. Feliz Natal."

Eu não sabia o que a Susan tinha dito ou feito ao Jamie antes de ele cair no sono, mas ele agiu como se dormir no chão da sala fosse a coisa mais normal do mundo. Sentou-se, esfregou a barriga do Bovril, mandou o gato fazer as necessidades lá fora e completou a lareira com carvão.

O som do cesto de carvão acordou a Susan. Observei com cautela enquanto ela abria os olhos e tomava consciência de onde estava. Ela me viu e também sorriu.

Sorriu.

"Bom dia, Ada. Feliz Natal."

Eu quis enfiar a cabeça no cobertor e chorar e gritar, mas não fiz. Em lugar, respondi: "Não consigo levantar. Não consigo mexer os braços".

Ela se sentou e me soltou. "Eu não estava tentando prender você. Achei que essa contenção a deixaria mais tranquila."

"Eu sei. Deixou." Apontei o rasgo na sua blusa.

"É na costura. Dá pra consertar." Ela afastou do meu rosto os cabelos soltos. "Quer tomar café da manhã?"

Nós nos levantamos, subimos a escada, lavamos o rosto e fomos ao banheiro. Por sugestão da Susan, tiramos as roupas boas e vestimos os pijamas e os roupões. Quando tornamos a descer, havia uma pilha de lindos embrulhos debaixo da árvore.
Presentes.
"Parece que o Papai Noel passou por aqui", disse a Susan, toda empolgada.
Achei estranho o Papai Noel não ter aparecido a noite inteira, mas chegar justamente na hora em que trocávamos de roupa. Abri a boca pra argumentar, mas vi a expressão de entusiasmo do Jamie e mais que depressa me calei.
Os olhos do meu irmão cintilavam de alegria. "Ele veio mesmo! Pra gente! Ele veio! Mesmo com a Ada sendo má." Ele me lançou uma ligeira olhadela de culpa. "Quer dizer..."
"Tudo bem", respondi, abraçando-o. "Eu *fui* má." Perguntei a mim mesma se os presentes seriam todos pro Jamie. Seria possível que algum fosse pra mim?
"Não foi", disse a Susan. Ela me ajudou a descer os últimos degraus. "Não foi má, Ada. Triste. Com raiva. Assustada. Má, não."
Triste, com raiva e assustada *eram* má. Não era bom ser nada disso. No entanto, eu não podia responder. Não naquela manhã tão delicada.
Eu enfiara nos bolsos do roupão os presentes que havia feito. Não tinha papel de presente. Não sabia ao certo o que fazer.
"Café da manhã", disse a Susan. A chaleira havia sido posta pra esquentar, e a frigideira estava cheia de salsichas. Ela fritou ovos. Na mesa, estiradas sobre os nossos pratos, havia uma meia pra cada um. Estavam cheias de coisas. Cutuquei a minha. "Vocês tinham que ter pendurado as meias ontem à noite", disse a Susan. "Mas estou vendo que o Papai Noel encontrou elas mesmo assim. Deem uma olhada dentro enquanto eu termino de cozinhar."
Uma laranja. Um punhado de nozes. Doces cozidos. Duas fitas compridas de cabelo, uma verde e uma azul. No dedão, um xelim.

O Jamie ganhou as mesmas coisas, mas levou um apito no lugar das fitas de cabelo e mais uma bola de borracha.

Garotas radiantes, de fita no cabelo. Eu quis chorar de novo. Quis gritar.

O que havia de errado comigo?

Eu não podia estragar o Natal do Jamie. Alisei as fitas de cetim e fugi pra dentro da minha cabeça. Estava no Manteiga, no alto da colina, galopando, galopando...

"Ada." A Susan tocou meu ombro. "Volte."

Salsichas fritas no meu prato. Um ovo frito, com a gema da cor do sol. Torrada, e um chá quente e forte. O Jamie soprou o apito — que guincho alto. "Guarde isso lá pra fora", disse a Susan, afagando-lhe os cabelos.

Depois do café da manhã, fomos abrir os nossos presentes. O Jamie ganhou um carrinho motorizado e um conjunto de blocos de montar. Eu ganhei um novo cabresto para o Manteiga, um bloco de papel e um conjunto de lápis de cor. Cada um ganhou um livro. O meu se chamava *Alice no País das Maravilhas*. O do Jamie, *Peter Pan*.

A Susan não ganhou nada do Papai Noel. Disse ao Jamie que os adultos não ganhavam. Então tirei meus presentes do bolso. Para o Jamie tinha feito um cachecol listrado com todas as sobras de lã, de cores e tipos diferentes. Ele olhou e franziu a cara.

"Prefiro o que a Susan fez pra mim." A Susan o cutucou e ele disse "obrigado", o que me impediu de dar-lhe um tapão.

Então dei à Susan o cachecol dela, feito com a lã branca. O dela eu havia deixado por último, para que fosse o melhor. De fato, quanto mais eu tricotava, mais habilidade ganhava.

A Susan desdobrou-o sobre o joelho.

"Ada, que lindo. Era isso o que você estava fazendo?"

"Peguei a lã com o Fred", respondi, mais que depressa, pra que ela soubesse que eu não tinha roubado.

Ela me abraçou. "Eu adorei. Vou usar todos os dias."

Eu repeli o abraço. Era demais, toda aquela emoção. Quis me afastar. Até isso ela parecia compreender. "Vá vestir o seu culote e corra pra ver o pônei. O Jamie vai me ajudar a limpar tudo aqui, e vamos começar a preparar o jantar."

Os três pilotos do Jamie chegaram no meio da tarde. Exibiam os seus melhores uniformes e sorrisos idênticos e gentis. Deram a Susan uma garrafa de vinho, uma caixa de chocolates e um vaso de planta. A Susan falou que se sentia recebendo presentes dos três Reis Magos, e eles riram.

A casa cheirava a ganso assado. A lareira crepitava. O sol já se punha e a sala de estar estava iluminada e aconchegante, mesmo com o blecaute. Os pilotos se acomodaram juntinhos no sofá, um pouco constrangidos, então o Jamie começou a correr o carrinho novo pelos joelhos dos homens, rindo, fazendo gracejos e passando no meio deles, e logo um dos pilotos pôs-se a brincar com o Jamie no chão, erguendo torres com os blocos de montar e derrubando-as com o carro, e a Susan serviu taças de vinho aos outros dois, e todo mundo relaxou.

Eu não relaxei. Estava usando o vestido verde.

Fui vesti-lo depois do encontro com o Manteiga. Sabia que a Susan ficaria contente, e ela ficou. Escovou o meu cabelo, mas deixou-o solto e amarrou a fita verde nova na minha cabeça. "É a fita da Alice", ela disse. "A garota do seu livro, a Alice, ela usa o cabelo assim."

Eu me sentia uma impostora. Era pior que tentar falar igual à Maggie. Aqui estava eu, vestida igual à Maggie. Feito uma menina radiante de fita no cabelo. Feito uma menina amada pela sua família.

O Jamie segurou meu braço.

"Que bonita", sussurrou, com um olhar ansioso.

Respirei fundo. Eu tinha uma família que me amava, sim. O Jamie me amava.

A Susan nos chamou para a ceia. Havia uma bombinha de Natal em cada prato. Eram uns tubos de papel que eu nunca tinha visto antes. Cada pessoa puxava uma das pontas do tubo, então a bombinha se abria, com um som de explosão, e de dentro saíam brinquedinhos e coroas de papel. Todos nós ceamos com nossas coroas de papel. Os pilotos, a Susan e o Jamie riam e tagarelavam. Eu comi ganso e tentei aguentar firme.

"Que vestido lindo", disse um dos pilotos.

Um arrepio me percorreu por inteiro, como se a minha pele fosse pequena demais pro meu corpo, mas eu não me permitiria perder o controle outra vez. "Obrigada. É novo." Ele foi gentil em mencionar o meu vestido em vez do pé ruim. Repeti isso a mim mesma, incontáveis vezes, e me mantive calma.

Depois que todos foram embora, a Susan me sentou ao seu lado no sofá. "Foi difícil pra você", ela disse. Eu assenti. Ela me puxou pra perto e me abraçou com força, que nem na noite anterior, mas sem a minha gritaria. "Ligue o rádio, Jamie. Ada, vamos ver esse pé." Eu suspirei, acomodei-me no sofá e deitei o pé ruim no colo da Susan. Ela puxou a meia e começou a esfregá-lo e retorcê-lo, como fazia toda noite. Estávamos, ela disse, fazendo um pouquinho de progresso.

"Cadê o nosso livro?", perguntou o Jamie, indo buscá-lo. Estávamos pela segunda vez na metade d'*Os Robinsons Suíços*. Eu agora compreendia melhor a história, mas ainda não gostava. A família aterrissava naquela ilha perfeita, onde tudo de que precisavam surgia bem à sua frente. A Susan apontava que todos tinham que trabalhar juntos pra poder aproveitar as coisas boas. O Jamie simplesmente gostava das aventuras.

"Esse, não", retruquei. "Leia o meu." Fiz o Jamie apanhar *Alice no País das Maravilhas*. Entre a fita de cabelo da Alice e o tal *País das Maravilhas*, eu tinha dúvidas de que fosse gostar, mas seria melhor que repetir os Robinson.

E *foi* melhor. A Alice perseguia um coelho que usava roupas e um relógio de bolso. Ele descia pela toca, como os coelhos que eu via nos passeios com o Manteiga. A Alice ia atrás dele e caía num lugar ao qual não pertencia, um lugar onde nada fazia sentido.

Éramos nós, pensei. O Jamie e eu. Havíamos caído na toca de um coelho, na casa da Susan, onde nada mais fazia sentido.

32

Em janeiro, o racionamento começou. Era uma forma de dividir a comida entre todos, de modo que o povo rico, que nem a Susan, não saísse acabando com tudo e deixasse os pobres sem nada. O racionamento significava que poderia não haver manteiga ou carne nas lojas, e, se houvesse, era melhor que todos entrassem na fila depressa, antes que acabasse. Cada pessoa recebia um livreto informando a quantidade de comida a que tinha direito.

O Jamie ficou nervoso com isso. Eu também. A Susan sempre tinha nos alimentado muito bem, mas nós dois sabíamos que ela era rica, não importa o que ela dissesse. Eu havia me acostumado a comer direitinho.

Tentamos comer menos. Da primeira vez que o Jamie pediu para se retirar antes de terminar o jantar, a Susan lhe tocou a testa.

"Está doente?" Ele fez que não com a cabeça. "Então come. Sei que não está satisfeito."

"Vou guardar pra amanhã", ele respondeu.

Empurrei o meu prato. "Eu também."

A Susan foi firme em dizer que não guardaríamos o jantar. Explicou que o racionamento significava termos que comer diferentes tipos de comida, mais vegetais, menos carne, menos manteiga e menos doces. Não significava que não teria comida suficiente. Sempre haveria comida. Ela própria garantiria que sempre tivéssemos o suficiente pra comer.

"Mesmo se você precisar arrumar um emprego?", perguntei.

"Sim", ela respondeu, com firmeza. "Mesmo que eu precise fazer faxina."

As faxineiras eram o tipo mais baixo de empregadas. Algumas das garotas mais velhas da nossa antiga travessa eram faxineiras.

"Por quê?"

Ela me olhou, sem expressão.

"Por quê?", repeti. "Você não queria a gente. Você nem gosta da gente."

O Jamie não se mexia. A Susan bebericou o chá, como sempre fazia quando empacava.

"É claro que eu gosto de vocês. As minhas atitudes não demonstram que eu gosto?"

Eu dei de ombros.

"Eu nunca quis ter filhos", ela continuou, "porque a gente não pode ter filhos sem se casar, e eu nunca quis me casar. Quando a Becky morava aqui comigo, eu era a pessoa mais feliz do mundo. Não teria trocado aquilo por nada, nem por filhos.

"Eu estava muito triste no dia em que chegaram... mas não tinha a ver com vocês. Eu só estava triste. Não me considerava capaz de cuidar direito de vocês. Não me considerava capaz de cuidar de criança nenhuma."

"E nem queria. Ainda mais de nós."

"O que você quer com isso, hein, Ada? Quanto mais você melhora, pior fica."

Tornei a dar de ombros. Era assustadora a raiva que eu sentia. Da Susan, por ser temporária. Da Mãe, por não ligar pra nós. Do Fred, por usar todos os dias o cachecol que eu tricotara com a lã da esposa dele, como se aquilo fosse muito especial, sendo que eu mesma via que ele era todo esburacado, com vários pontos pulados e outros tantos embolados.

Da Maggie, por ter me emprestado *Alice Através do Espelho* quando contei que tinha gostado muito de *Alice no País das Maravilhas*. Como se todo mundo saísse por aí distribuindo livros, feito jornal velho. Como se eu fosse capaz de me sentar e ler com a mesma facilidade que ela. Como se a carta que enviei depois do seu retorno à escola, a carta que levei horas para escrever, cheia de rasuras e erros de grafia, fosse minimamente parecida com a carta que ela me escreveu de volta, à caneta, com a caligrafia redondinha.

Da guerra, por nos afastar da Mãe antes que ela percebesse que nos amava.

De mim, por ter ficado tão feliz em ir embora.

"Ada." A voz da Susan era lenta e pausada. "Neste momento você está aqui. Não vou mandar você nem o Jamie a lugar nenhum. Os dois vão ficar aqui. Vou cuidar de vocês. Vocês vão ter o que comer. Estão aprendendo a ler e escrever, e ano que vem você vai pra escola. Vamos conseguir autorização da sua mãe e fazer a operação pra consertar o seu pé. Vai ficar tudo bem. Relaxe."

Quando ela começou a falar, eu quase fugi pra aquele lugar da minha mente onde não sentia nada. Mas a Susan deu umas batidinhas no meu braço, mantendo-me presente, e deitou a mão de leve na minha cintura enquanto falava. Eu afastei as mãos, mas continuei a ouvi-la. Foi assim que escutei as palavras "operação pra consertar o seu pé".

Consertar o meu pé? De que diabos ela estava falando?

Três dias depois, cavalguei com o Manteiga até o topo da colina. Parei onde pudéssemos ver o mar escuro, violento e agitado. O vento açoitava a crina do Manteiga contra o meu pé ruim, apoiado na saliência da sela lateral, jogava o meu cabelo no rosto e me fazia lacrimejar. Mesmo sob o casaco quentinho, mesmo de chapéu e luvas, eu sentia frio.

Nenhum barco, em lugar algum. Nenhum sinal de espiões. Novas torres erguidas perto da praia, mais arame farpado, e uns homens que pareciam soldados marchando ao longo da costa. Soldados nossos — se fosse invasão alemã, a igreja já teria soado os sinos.

Desci a encosta devagar e segui pelo vilarejo. O açougueiro, parado na porta do açougue, me deu um meneio de cabeça. Uma das mulheres com quem cruzei me abriu um sorriso. Outra acenou. Todos me viam passar a cavalo todo dia. Se achavam que eu devia estar trancafiada, não diziam nada. Não pareciam sentir nojo de mim.

Já de volta, tirei a sela e sequei o Manteiga. Dei de comer a ele e escovei sua crina embaraçada. Limpei a sela e a rédea e guardei-as com cuidado. Tomei todo o tempo necessário.

Então entrei em casa, onde estava a Susan, e perguntei: "O que é *operação*?".

33

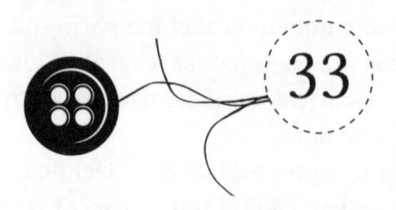

A Susan voltou comigo ao dr. Graham, pra que ele explicasse. Ele não examinou o meu pé de novo. Sentamo-nos os três no consultório. Ele falou, e eu escutei.

"Em primeiro lugar, compreenda que não podemos seguir em frente sem a autorização da sua mãe. Neste estágio, a cirurgia é considerada eletiva, e é por isso que estamos esperando a aprovação dela." Ele olhou a Susan. "Nada ainda?" Ela balançou a cabeça. "Bom, eu andei me informando a respeito do procedimento", continuou o dr. Graham. "Não seria eu o cirurgião, teria que ser um especialista. Escrevi a um colega que considero o melhor. Ele afirmou que você nunca vai ter um pé normal. Por favor, entenda isso. Poderia, se tivesse recebido tratamento mais cedo, mas agora é impossível. Seu tornozelo não vai funcionar normalmente. Mas podemos esperar um pé na posição correta, e que você possa caminhar com a superfície plantar para baixo." Ele me olhou. "É a sola do pé. O que deveria ser a sola do seu pé seria a parte que tocaria no chão."

Pensei a respeito. "E vai doer?"

"Você passaria a cirurgia desacordada. Nós lhe daríamos um remédio especial pra dormir, então você não sentiria nada. Depois disso, sim, com certeza vai doer. Você teria que passar bastante tempo no hospital, provavelmente vários meses. Seu pé ficaria engessado."

"Eu vou poder usar sapatos?"

Ele sorriu com os olhos, embora não com a boca. "Sim. Depois de cicatrizado, sim."

Pensei em algo mais. "Quem é que vai pagar?" Ficar no hospital custava um monte de dinheiro.

A Susan e o doutor trocaram olhares.

"Vamos lidar com esse problema quando o momento chegar", ele respondeu. "Tenho certeza de que poderíamos contar com a ajuda de instituições de caridade."

A Susan e eu voltamos pra casa em silêncio, sob o vento frio e tempestuoso.

"O que está pensando?", ela, enfim, perguntou.

"Ele disse que eu poderia ter o pé normal, se tivesse sido tratada antes."

"É. A maioria dos bebês que nascem com pé torto recebem tratamento imediato."

"E consertam tudinho?"

A Susan pôs a mão no meu ombro. "Sim. Tudinho."

Eu poderia ter passado a vida toda saindo do apartamento. Poderia ser igual ao Jamie, correndo rápido.

"Achei que você ficava escrevendo pra Mãe porque queria se livrar da gente", eu disse à Susan.

"Não me admira que estivesse com raiva."

Eu me sentia frágil. Não como na noite de Natal, quando explodi, mas como me senti na manhã seguinte, quando a única coisa que me manteve inteira foi o sorriso do Jamie. O sorriso do Jamie e o da Susan.

Em casa, sentei-me à mesa enquanto a Susan punha a chaleira pra ferver. "Quer ir cavalgar?", ela perguntou. Balancei a cabeça. Bebi o chá que ela pôs diante de mim. Puxei a trança pra frente do ombro e analisei a fita azul na pontinha. Então tirei o sapatinho que a Susan tinha feito, tirei a meia e olhei pro meu pé. O tornozelo esquisito em forma de u. Os dedinhos curvos para cima, não para baixo. Os calos duros onde a pele havia aberto e cicatrizado inúmeras vezes.

"Não é culpa sua", disse a Susan.

"Sempre achei que fosse. Achei que tivesse feito alguma coisa errada."

"Eu sei."

"É nojento."

"Nunca achei nojento."

Observei o rosto dela, pra ver se era mentira. Ela me encarou com firmeza.

"Se você estiver com muita raiva, vá lá fora e destrua qualquer coisa."

Eu não sentia raiva. Sentia tristeza. A tristeza era tanta, que eu me perdia nela. Porém, ao terminar o chá, apanhei papel e lápis e, na minha melhor caligrafia, escrevi uma carta.

Querida Mãe, escrevi, *por favor, me deixe ser consertada.*

34

Esperei pela resposta.

Duas vezes por dia, o carteiro enfiava cartas pela abertura da porta da frente. Duas vezes por dia, eu ia conferir. A Susan explicou que a minha carta levaria pelo menos dois dias pra chegar em Londres, depois mais dois dias até recebermos a resposta. Mas dez dias se passaram, e nada.

"Aposto que as cartas não estão chegando em Londres", disse o Jamie. "Por causa da guerra." Eu sabia, pelo olhar da Susan, que ela não acreditava naquilo.

No décimo primeiro dia, caiu aos meus pés uma carta que eu reconheci. A minha, com um rabisco em cima. *Devolução ao remetente. Destinatário mudou-se.*

"Ela se mudou", disse a Susan, virando o envelope fechado. "Agora mora em outro lugar."

A Susan disse que talvez a Mãe tivesse arrumado um emprego novo e se mudado pra mais perto do trabalho. Disse que talvez o governo tivesse confiscado o nosso apartamento. Disse que podia haver uma série de razões pra mudança da Mãe, que não significava que ela tinha nos abandonado, e que ela, a Susan, pediria informações ao SVF. Alguém em Londres com certeza saberia onde a Mãe havia ido.

"O que acontece com a gente?", perguntou o Jamie, de olhos arregalados.

"Vocês dois ficam comigo, exatamente como agora. A mãe de vocês sabe onde estão. Sabe que estão em segurança."

"O que acontece quando a guerra acabar?"

A Susan respirou fundo. "A sua mãe vai vir buscar vocês."

"E se ela não vier?", insistiu o Jamie.

"Não se preocupe. Eu vou garantir que alguém sempre cuide de vocês."

"Eu vou cuidar dele", retruquei, de repente furiosa. "Eu que cuidava dele antes, não a Mãe." Eu odiava... eu odiava... *ah*. Nem em pensamento conseguia dizer que odiava a Mãe. Nem agora. Se eu consertasse o pé, talvez ela mudasse. Talvez me amasse. Talvez.

"Você cuidou do Jamie muito bem", disse a Susan. "Mas teve muito trabalho, e não era a sua função. Então agora pode relaxar. Eu cuido de vocês. Não é preciso lutar tanto."

Ela não podia cuidar de mim. Falava em consertar o meu pé, mas não podia fazer isso, não a sério. Era tudo mentira. E eu queria tanto que consertassem o meu pé. Estava cansada de sentir dor. Queria ser uma pessoa normal. Queria caminhar sem as muletas, ir pra escola, usar sapato nos dois pés. Queria nunca mais voltar a viver trancada.

Eu odiava chorar, mas não pude evitar. Sentei-me no sofá e chorei de soluçar. A Susan me confortou.

"Eu sei. Eu sinto tanto. Eu sei." Fez cafuné no meu cabelo. "Se fosse uma cirurgia de emergência... se você quebrasse a perna ou estivesse correndo risco de vida, eu podia conceder a autorização. Mas é uma operação grande, e é eletiva, você é capaz de sobreviver sem ela. Eu não posso autorizar. Já perguntei ao SVF e consultei um advogado. Sem autorização da sua mãe, a gente não pode fazer. Eu sinto muito. Vamos continuar procurando por ela. Vamos encontrá-la."

"Eu não quero só *sobreviver*."

"Eu sei disso. Então você vai ter que aprender a viver sem consertar o pé. É difícil", ela disse, "mas é a verdade."

O inverno ficou mais rígido. A neve tomou os campos, de modo que era impossível pro Manteiga subir a nossa colina.

Estava tão frio, que até a cavalgada pra ver o Fred me deixava apreensiva. Eu agora ia todas as tardes dar de comer aos cavalos, pois o trabalho do inverno consumia muito o Fred. Parei de praticar sob orientação dele. O frio era demais. Eu colocava o Manteiga numa baia, cumpria as tarefas com o Fred o mais depressa possível, depois voltava pra casa. A água congelava nas sarjetas. Os cavalos comiam montanhas de feno.

"Está ficando muito pesado pra você", disse a Susan ao me ver chegar de mãos e pés dormentes, tremendo sem parar. "Se o Fred não está dando conta, a lady Thorton tem que contratar alguém pra ajudar, com ou sem guerra."

"Não está muito pesado pra mim", respondi. "Eu juro."

A Susan insistia pra que, no ano seguinte, eu passasse a frequentar a escola do vilarejo. Pegou um monte de livros emprestados da biblioteca e me fez ler todos. Se eu não conseguisse ler alguma palavra, devia perguntar a ela o que significava. Quanto mais eu lia, menos precisava perguntar. Ela também começou a me ensinar história e matemática.

E assim nossos dias se passavam. A Susan nos acordava no frio e no escuro. Tomávamos banho e nos vestíamos o mais rápido possível. Lá embaixo, o Jamie era responsável por aquecer a sala de estar, enquanto a Susan cuidava da pastagem. Eu saía para dar feno ao Manteiga. Depois do café da manhã, o Jamie lavava a louça sozinho, e a Susan e eu baixávamos o blecaute. Então fazíamos as tarefas de casa, nossas leituras e costuras. O Jamie brincava com o Bovril no tapete. Almoço, escola pro Jamie, compras pra Susan, tarefas com o Fred pra mim. Mais afazeres, depois jantar. A Susan lia em voz alta enquanto massageava meu pé ruim, depois íamos dormir sob a montanha de cobertores que ela empilhava na nossa cama.

A Susan ficou horrorizada ao ver brotarem as primeiras frieiras no meu pé ruim. Eu dei de ombros.

"Sempre tenho." Ela balançou a cabeça e foi consultar o Fred. Ele arrumou um pedaço de couro robusto, destinado ao conserto de rédeas, e, junto com a Susan, inventou uma espécie de bota. Eu metia o pé ruim lá dentro e abotoava a lateral. Era frouxa, então havia espaço pra meias extras. O Fred a azeitava, mas ela tornava a ressecar, mesmo na neve espessa e úmida. Isso evitou que as frieiras piorassem. Mas elas não sararam totalmente, o que estressou a Susan.

"Não sei por quê", argumentei. "Não é ruim."

"Deve doer", ela respondeu. Eu dei de ombros. Doía, e a coceira às vezes não me deixava dormir, mas não tinha nada a fazer sobre isso.

"Meu pé sempre dói. Sempre fico com frieira no inverno." Costumava ter nas mãos também.

"No próximo inverno, a gente vai impedir que comecem. Deve ter algum jeito."

Eu a encarei. "Vou estar aqui no próximo inverno?"

"Está começando a parecer que sim. Essa guerra não está indo a lugar nenhum." Ela comprou gordura de ganso na cidade e esfregou nas minhas feridas.

O coronel do Stephen voltou a me convidar pro chá, e, desta vez, eu fui. O inverno estava tão tedioso, que fiquei feliz em ter algo diferente pra fazer. Além disso, já não tinha tanto medo de tudo quanto antes.

O coronel usava várias camadas de cardigãs por cima do colete, apesar da sala quente. Ocupava com imponência a cabeceira da mesa de chá, repleta de sanduichinhos de presunto e bolinhos. "Minha querida", disse, num tom alegre, "guardamos a nossa ração de manteiga pra você."

Tinham guardado mesmo. Havia um pratinho inteiro de manteiga com geleia pra passar nos bolinhos.

"Obrigada", respondi.

"Pegue bastante", ele insistiu.

Peguei um pouquinho.

"Mais que isso", ele ordenou, como se pudesse me ver.

Eu ri. "Ela pegou bastante, não se preocupe", disse o Stephen. Depois disso, ficou fácil relaxar e comer.

O Stephen contou que havia um cartaz novo perto da estação de trem. Mostrava o Hitler escutando a conversa de uns ingleses. "'Conversas impensadas, vidas ceifadas'", citou o Stephen. "É isso o que diz no cinejornal."

A Susan nos havia levado para ver *O Mágico de Oz*, mas tinha deixado eu ficar no saguão durante o cinejornal. "O Jamie é todo preocupado com os espiões", eu disse, "mas não sei se eles existem mesmo. O governo é cheio de falatório. Quantos espiões vocês acham que tem por aí?"

"Centenas!", respondeu o coronel. "Estão em toda parte! Foram os espiões que afundaram o *Royal Oak*! Que outra maneira um submarino teria de adentrar Scapa Flow?"

Eu sabia que era isso o que o povo dizia. "Sim, mas..."

"Acha que não temos espiões neste exato instante na França e na própria Alemanha? Claro que temos! Faz sentido que tenham mandado espiões pra cá."

Contei a ele que sempre dava uma observada do alto da colina, de onde podia ver um bom trecho.

O coronel assentiu. "Fique mesmo de olho em todos os cantos. Eu digo ao Stephen, preste atenção em tudo. Nunca se sabe. Uma palavra em alemão, um movimento em falso..."

O Stephen, com um sorrisão, serviu-me mais um bolinho. Eu retribuí o sorriso. Apesar dos cartazes, cinejornais e espiões, era difícil estar numa sala quentinha, com a neve caindo lá fora, e acreditar que estávamos em guerra.

No entanto, só no mês de janeiro os U-boats alemães conseguiram afundar 65 embarcações. Quase todas eram navios de carga tentando adentrar a Inglaterra com comida e suprimentos.

Em fevereiro, os alemães afundaram mais 51 barcos. As lojas estavam vazias, os suprimentos de carvão, escassos, e o tempo se abatia sobre nós como um fardo frio e pesado. Íamos nos deitar mais cedo e dormíamos até tarde, só pra evitar aquela escuridão desgraçada. Até que, por fim, os dias começaram a ficar mais claros.

35

A Maggie veio pra casa na Páscoa. Ficou chocada com o tanto de tarefas que eu estava fazendo, e também com o estado dos estábulos e da casa. A dela, não a da Susan.

"Eu disse à mamãe que a gente tem que trancar a maioria dos quartos", ela bradou. Eu ouvira dizer que a Maggie tinha doze anos de idade. Excelente aluna na escola, embora estivesse com transferência prevista para o ano seguinte. Iria pra uma escola de meninas mais velhas. "Não dá pra tentar manter tudo como antes sem pessoal suficiente. E o Grimes precisa de ajuda, ou vai cair duro. Não que você não seja ótima", ela acrescentou, interrompendo os meus protestos, "mas isso é ridículo; você vai cair dura também. Ela ainda está pagando um jardineiro. Ele pode ajudar o Grimes, e a gente transforma o jardim numa horta. É o certo a se fazer, de todo modo."

Eu assenti. A Susan havia chamado o grupo de garotos do pároco pra escavar quase tudo o que restara do nosso quintal dos fundos e remover os arbustos da frente. Planejávamos uma grande horta, com batata, nabo, cenoura, couve-de-bruxelas e ervilha. A Susan já tinha plantado alface na terra que cobria o teto do nosso abrigo. O Jamie andava pedindo galinhas, já que os ovos começavam a rarear.

"A maioria dos evacuados da cidade foi embora", acrescentou a Maggie. "A mamãe falou. Ela está com a maior sensação de fracasso. Acha que vocês dois vão embora?"

Eu sacudi a cabeça. "A nossa mãe acha que estamos mais seguros aqui." Eu tinha escrito várias vezes à Maggie durante o inverno, mas não consegui contar sobre o desaparecimento da Mãe. Não queria que ela me visse como lixo, fácil de descartar. "Sexta-feira é a minha festa de aniversário. Você pode vir pro chá? A gente vai fingir que estou fazendo onze anos."

A Maggie já sabia dos aniversários de verdade e de mentira, mas ainda assim pareceu surpresa. "Achei que você já tinha onze anos. Parece ter mais de dez, mesmo sendo pequena."

Aquilo me deixou feliz. "Sério? Talvez eu deva avisar à Susan. Talvez a gente deva fingir que estou fazendo doze."

A Maggie ignorou. "Vou gostar de ir à festa. Lá em casa está horrível, você nem imagina. Nunca gostei da escola, mas agora em casa está pior ainda. A mamãe passa o tempo todo com medo."

Sempre que eu via a lady Thornton, ela estava se movimentando. Fazendo listas, azucrinando os voluntários, comandando o SVF. Quando mencionei isso, a Maggie armou uma careta.

"Pois é, é isso que ela faz em público. Em casa, ela meio que se afunda, desanima, fica lenta. Eu não sabia que ela estava assim. Quando me escreve, ela usa a face pública."

O Jonathan havia concluído o treinamento de piloto, contou a Maggie. Fora mandado pra a base de Stratford da Força Aérea Real, em algum lugar ao norte de Londres. "A mamãe não consegue superar isso. Os irmãos dela morreram na Primeira Guerra Mundial. Todos os três. Pilotos."

Estremeci. "Talvez o Jonathan devesse ter ido pra infantaria."

"Era isso o que o papai dizia, mas o Jonathan é igualzinho aos meus tios, doido por aviação. Sempre quis ser piloto, mesmo antes da guerra. A mamãe proibia terminantemente, mas ele se alistou mesmo assim. Tinha 21, então ela não pôde impedir.

"Se ele morrer, a mamãe morre também", prosseguiu a Maggie. "Ela teve dois outros meninos, depois do Jonathan e antes de mim. Todos os três receberam os nomes dos meus tios que morreram, mas os outros dois morreram de tifoide ainda bebezinhos. Então eu nasci. Menina, portanto inútil. Desde que o Jonathan nasceu, a mamãe temia essa guerra."

"Vou ficar de olho nela", falei. "Vou escrever pra você se a sua mãe, a sua mamãe, piorar. Se eu perceber que ela piorou."

A Maggie assentiu, muito grata. "Você não faz ideia de como é estar longe de casa e sentir tanto medo." Então me olhou, daquele jeito intenso e sério. "Ou talvez faça."

"Não é o meu aniversário de verdade", eu disse, na manhã do meu chá comemorativo.

"Não", concordou a Susan.

"Na verdade, eu ainda não tenho onze anos. Ou talvez já tenha." Ficava irritada ao pensar nisso, então preferia não pensar.

"Essas são as únicas opções."

"Posso ter catorze."

"Duvido. Já teria um pouco de busto, se tivesse catorze."

O Jamie cuspiu leite pelo nariz. Dei uma risada também, então comecei a aproveitar o meu dia.

A Susan havia forrado a mesa com uma toalha e posto num vaso as flores silvestres colhidas pelo Jamie. Economizara açúcar das nossas rações pra fazer um bolinho. Havia sanduíches bem fininhos de pasta de carne, rabanetes frescos, fatias de bolo cobertas com colheradinhas de creme inglês. A Susan me fez um vestido novo a partir de um antigo da Becky. Azul-claro, que nem o céu de primavera. Deu-me um livro chamado *O Vento nos Salgueiros*. Era velho, com a capa surrada e sem cor. Ao abrir, vi a caligrafia pontuda na folha de rosto: Susan Smith. Logo abaixo, em tinta mais recente, *Para Ada, com amor. Cinco de abril de 1940.*

Com amor.

"É um dos meus livros antigos", disse a Susan, com um pigarro. "Desculpe, não consegui encontrar um exemplar novo nas lojas."

Olhei pra cima. "Prefiro esse."

A Maggie me deu um poneizinho esculpido em madeira.

"É bobeira, era do nosso quarto de criança, mas vi ele outro dia e achei que parecia o Manteiga."

Parecia mesmo o Manteiga — o Manteiga no verão, de pelo lustroso, trotando pelo pasto gramado.

Naquela noite, acomodei o meu livro na prateleira que a Susan havia esvaziado pra nós e posto no nosso quarto. Apoiei o pônei no peitoril da janela, para poder vê-lo da cama. Pendurei meu vestido no guarda-roupas, ao lado de minhas outras roupas.

Eu tinha tanta coisa. Sentia tanta tristeza.

No início da semana seguinte, o Hitler invadiu a Noruega e a Dinamarca. Parecia que a Inglaterra havia perdido uma batalha, embora eu jamais tivesse ouvido falar em Noruega ou Dinamarca. A primavera avançou, e a Alemanha invadiu também a Holanda e a Bélgica. Winston Churchill tornou-se o novo primeiro-ministro do Reino Unido. A guerra, que já começava a parecer tão nebulosa e irreal quanto a lembrança do nosso apartamento em Londres, de repente voltou ao centro das atenções. A Susan sempre escutara o noticiário no rádio, toda noite, mas agora o Jamie e eu também ouvíamos. Ainda não havia bombas, nem em Londres, nem em lugar nenhum, mas os alemães estavam mais próximos do que nunca da Inglaterra. Todos achavam que seríamos os próximos a ser invadidos. A força aérea circundou nossa pista de pouso com fortalezas de concreto, como defesa.

O governo instituiu sete regras:
1) Não desperdiçar comida.
2) Não falar com estranhos.
3) Não compartilhar informações.
4) Sempre escutar e cumprir as instruções do governo.
5) Informar à polícia qualquer situação suspeita.
6) Não fomentar boatos.
7) Manter trancado qualquer objeto útil ao inimigo em caso de invasão.

"Como o quê?", perguntou o Jamie. "Armas?"

"Isso, como armas", respondeu a Susan. "A lady Thorton, por exemplo: o marido dela tem uma sala cheia de armas pra caçar pássaros. Ela vai ter que esconder essas armas.

"Aqui em casa não tem nada que o inimigo possa querer", prosseguiu a Susan. "Não temos nenhum objeto perigoso ou de valor.

"Não se preocupem", ela disse. "Mesmo que os alemães cheguem a invadir, não vão fazer nada com as crianças. Não fizeram maldade com as crianças na Noruega nem na Holanda."

De todo modo, aquilo não nos tranquilizava nem um pouco.

Segundo os rumores espalhados pelo vilarejo, a Holanda fora tomada de espiões alemães, infiltrados antes da invasão pra que tudo transcorresse de forma tranquila. Os espiões eram chamados de "quinta-colunas". Eu não sabia por quê. Novos cartazes foram colados na parede da estação, lembrando que a Inglaterra também poderia estar tomada por espiões. "Língua solta afunda navios", diziam os cartazes.

Vinte e seis navios haviam sido afundados em março. Em abril, dez. Menos do que antes, pois agora menos navios tentavam ultrapassar a barreira alemã.

O Jamie voltou a molhar a cama. A Susan foi com ele à pista de pouso, conversar com alguns soldados na esperança de que eles o tranquilizassem. Em vez disso, os homens disseram ao Jamie que *com certeza* havia espiões na Inglaterra. Disseram que as crianças costumavam ser muito mais atentas que os adultos, e que ele, o Jamie, tinha que ficar de olho em tudo, tal e qual um soldado. E mandaram que ele comunicasse de imediato qualquer situação estranha.

Eu não acreditava que a Susan imaginasse ver o Jamie transformado em detetive da Força Aérea Real, mas, de todo modo, ele parou de molhar a cama.

O governo solicitou a todos os reservistas que se unissem aos Voluntários da Defesa Local. O coronel do Stephen se irritou por não poder fazer parte. "Nenhum homem deveria ser inútil numa hora dessas", ele ralhou.

"O senhor não tem culpa por não enxergar", argumentei. A gente tinha encontrado os dois na biblioteca. A Susan fora apanhar mais livros pra mim, e o Stephen, procurar algo pra ler pro coronel.

"Que diferença isso faz? Continuo odiando me sentir inútil. O garoto também tentou se voluntariar e não foi aceito."

Encarei o Stephen, alarmada. "Quantos anos você tem?"

"Treze." Ele baixou a voz num sussurro. "Na verdade, eu não tentei me alistar, só falei que tentei. Pra ele não ficar decepcionado comigo. Cuidar dele me toma muito tempo. Quem ele acha que ia ficar na fila do mercado, se eu saísse pra virar recruta?"

A Defesa Local praticava com vassouras, pois não tinha rifles. O Stephen contou que o coronel havia doado as armas da época em que lutara na Guerra dos Bôeres. Tinham cinquenta anos e mil camadas de poeira.

"Não servem pra nada", disse o Stephen. "Mas ele se sentiu melhor."

Agora tínhamos que entrar na fila da comida todos os dias. A carne era racionada, e vários outros alimentos estavam rareando. Cebola era mais difícil de encontrar que ouro maciço. Ninguém tinha noção de que a cebola consumida na Inglaterra era importada, até que passamos a não poder importar mais, e semente de cebola levava um tempão pra crescer.

No meio de maio, o Hitler invadiu a França. O Exército britânico tinha mais de 370 mil homens alocados lá. Eles lutaram, e os franceses lutaram, mas os alemães os encurralaram cada vez mais. Então veio junho. E Dunquerque. Mais tarde, o povo chamou de milagre, mas, no nosso vilarejo, foi um verdadeiro desastre.

36

Acordamos com uma batida forte na porta. O Jamie me agarrou. "Invasão?", sussurrou.

Meu coração foi parar na boca. Deveríamos nos esconder? Eu estava prestes a empurrar o Jamie pra debaixo da cama, quando ouvi a lady Thorton gritar lá de baixo.

"Susan! Acorde, precisamos de você! Precisamos de todos!"

Enquanto a Susan enfiava o uniforme do SVF, desci as escadas com dificuldade. A lady Thorton estava diante da porta aberta, ofegante. Parecia ter vindo correndo, mas seu carro estava parado na calçada.

"O que aconteceu?", perguntei.

"Acabou de atracar um navio na cidade. Cheio de soldados. De Dunquerque. E foram metralhados ao cruzar o canal." Ela gritou pra escada. "Susan!"

"Já vou!" Susan desceu correndo, enfiando o cabelo sob o quepe do SVF. Parou na porta e tocou o meu rosto. "Vocês vão ficar bem? Vocês dois?"

"Vamos", respondi. Abracei o Jamie e observamos a lady Thorton dar marcha a ré no carro, erguendo um redemoinho de terra. "Não é invasão."

O Jamie me olhou. "Foram metralhados."

Haviam sido metralhados de cima, por um avião. Respirei fundo. "É."

Tínhamos escutado o rádio na noite anterior, temerosos. O Exército britânico havia recuado tanto, que acabou encurralado à margem do oceano, perto de um porto francês chamado Dunquerque. A água ali era tão baixa, que a Marinha Real não conseguia aproximar os seus navios para resgatar os soldados. O homem do rádio pedia a todos com barcos pequenos, capazes de alcançar a costa, que os cedessem à Marinha pro resgate dos homens.

Eu conhecia os barcos de pesca do nosso vilarejo. Tinham capacidade pra uns doze homens, talvez. Tentei imaginar 370 mil subindo nos barquinhos de doze em doze.

Não teria como. Jamais haveria barcos suficientes. Se os alemães estavam metralhando, todos morreriam.

"Vou fazer o café da manhã", falei, tentando alegrar a cara, pro bem do Jamie.

"Não estou com fome", ele respondeu.

"Vou fazer *salsicha*." Isso fez surgir um sorriso no rosto dele.

As salsichas estavam com um gosto estranho. Salsichas de guerra. Gosto de aveia, pensei, mas não disse. Perguntei-me com que tipo de carne haviam sido feitas.

Lavamos a louça e nos vestimos. Ouvíamos os aviões decolando na pista de pouso, um atrás do outro. Dezenas de aviões. Saímos pra olhar. Voavam em direção ao mar e não retornavam.

"Quero falar com os pilotos", disse o Jamie.

"Hoje não. Estão ocupados."

Ele assentiu. "Estão metralhando os alemães."

Observamos os aviões durante um tempinho. Eu queria ser útil, como a Susan. Sabia que podia fazer alguma coisa.

O Jamie me lançou um olhar comovente.

"A gente não pode ficar aqui parado."

"Não." De repente, tive um estalo sobre o que fazer. "Você vai lá no Fred", ordenei. "Vai ajudar ele pra mim. Eu vou pra cidade."

O Jamie começou a protestar, mas eu interrompi.

"Sou membra júnior do svf", falei, sem pensar. "A lady Thorton espera que eu cumpra o meu dever, feito um soldado. Espero que você cumpra o seu."

O Jamie arregalou os olhos. Concordou.

"Você fica com o Fred até a Susan ou eu aparecermos para te buscar", mandei. "Ele vai dar comida pra você, e se a gente não chegar, você dorme lá. Diga a ele que eu falei."

O Jamie assentiu. "Posso ir no Manteiga?"

"Claro." Ele já tinha cavalgado bastante o Manteiga no pasto. Ajudei-o a selar o pônei e colocar as rédeas.

Depois disso, vesti o meu vestido azul-celeste. Trancei o meu próprio cabelo. Enchi uma fronha com os retalhos que a Susan estava transformando em ataduras, apanhei minhas muletas e fui pra cidade.

Mais tarde, vi tudo no cinejornal. Depois de já ter prestado ajuda direta aos soldados de Dunquerque, não ficava mais impressionada. Mas o que aparecia nos cinejornais era mentira. Eles mostravam os soldados evacuados de Dunquerque cansados, porém felizes. Tinham os rostos sujos por sob os quepes de latão, mas seus olhos brilhavam. Sorriam, acenavam e erguiam os polegares pra câmera. Bravos lutadores ingleses, heroicos e gratos por estarem em casa.

Talvez houvesse soldados assim em algum lugar. Os do nosso vilarejo estavam feridos, mortos ou quase mortos, e alguns retornavam doentes do longo e terrível exílio, dos dias passados sem comida nem água.

Os homens daquele primeiro navio que estavam em condições de caminhar carregavam até a prefeitura os companheiros gravemente feridos. Era o lugar onde eu havia passado o dia da evacuação, esperando que alguém me escolhesse.

Quando cheguei à cidade, vi uma mulher no uniforme do svf entrar na prefeitura. Fui atrás dela e escancarei a porta.

Senti ânsia de vômito. O cheiro de sangue pairava pelo salão feito uma densa névoa de ferro. Pior que isso, no entanto — o que ninguém comenta, escreve ou mostra no cinejornal —, é que os homens perdem o controle das tripas ao sofrer ferimentos graves. E se sujam feito bebês. O fedor fez os meus olhos lacrimejarem e o meu estômago revirar.

O salão estava apinhado de homens feridos, deitados em macas. Vi o dr. Graham trabalhando junto ao corpo médico do Exército e o svf. Vi a lady Thorton com o rosto sujo de sangue. Vi a Susan, que olhou pra cima e me viu.

"Saia daqui", ordenou.

Eu já tinha visto o que algumas das mulheres faziam — removiam as calças grudadas nos soldados e limpavam-lhe as nádegas nuas. Não iam querer que eu ajudasse nisso. Assenti pra Susan e saí em disparada.

A rua estava repleta de homens, não tão feridos. O povo da cidade os conduzia até o bar, a biblioteca, qualquer prédio espaçoso. Os homens caíam, colapsavam, choravam.

"Senhorita", disse um deles, me encarando. Sentou-se na sarjeta, uma perna rígida à frente do corpo, ensopada de sangue. "Água?"

Fui até o bar. Estava cheio de soldados e gente do vilarejo. Se alguém notou a minha presença, não deu a menor bola. Larguei as minhas muletas e a fronha atrás do bar, apanhei uma jarra, enchi, catei uma caneca, fui mancando até a rua e dei água ao soldado. Ele bebeu até esvaziar a jarra.

Fui e voltei levando água. Por fim, a filha do taverneiro, que parecia ter a minha idade, chegou com um balde pesado. "Fique você aqui com a caneca", ela disse. "Eu levo e trago os baldes."

Soldados se aglomeraram à minha volta, fedidos, nojentos, imundos, os uniformes incrustados de suor e sangue. Beberam e beberam. Lábios rachados, olhos sombrios. Outro balde d'água, e mais outro. A filha do taverneiro trouxe mais canecas, que eu mergulhava nos baldes e passava adiante. Quando o fluxo de homens ainda capazes de caminhar acabou — depois eu soube que, quando conseguiam, eles iam até a estação de trem e rumavam pra uma base do Exército ao norte —, fui até o bar e tentei ajudar os soldados de lá. Estavam nas mesmas condições dos homens da prefeitura: sangue, sujeira, exaustão. Eu e a Daisy — esse era o nome da filha do taverneiro — percorremos as fileiras servindo bebidas; primeiro água, depois chá. Indo e voltando, indo e voltando.

Parecia impossível que todos aqueles homens tivessem chegado num navio só, por mais que fosse um navio grande. Quando mencionei isso à Daisy, um cidadão do vilarejo me interrompeu.

"Já estamos no terceiro ou quarto navio. Estão largando os homens em qualquer canto que dá pra atracar, daí voltam pra buscar mais."

Algum tempo depois de escurecer, a mãe da Daisy insistiu pra que fôssemos descansar na cozinha. Ela nos sentou a uma mesa comprida e empurrou pratos de comida à nossa frente. "Comam", ordenou.

A Daisy permanecia sentada, imóvel. Ao tentar me mexer pra pegar um garfo, vi cair um pingo no seu prato. Olhei pra cima. Ela estava chorando.

"Nada disso", disse a mãe dela. "Isso não ajuda em nada."

"Mas eles estão morrendo", ela respondeu.

"Não estão, não. Estão com um aspecto horrível, mas homens com cara muito pior conseguem sobreviver. Você ficaria surpresa. Comam e descansem, senão eu ponho as duas pra dormir."

Nós comemos. "Você acabou com o seu vestido", disse a Daisy.

Olhei pra baixo. Meu vestido azul-celeste estava coberto de borrões escuros e manchas de fuligem.

"É o meu preferido."

A Daisy assentiu. "É bonito."

Depois do descanso, voltamos a sair e passamos outra rodada de chá.

Um dos soldados me encarou, com os olhos muito brilhantes. "Senhorita?", ele chamou. "A senhorita poderia fazer o favor de escrever uma carta pra mim? Estou com as mãos meio dormentes."

"A Daisy escreve", respondi. Eu ainda era tão lenta e desajeitada pra escrever. Fui buscar a Daisy, folhas de papel e uma caneta. Quando retornamos, o homem estava com os olhos fechados.

Estava *morto*.

Ele tinha morrido bem ali, no chão do bar. Nem parecia ferido — não sangrava. Um dos outros soldados abriu a túnica dele, tentando ouvir seus batimentos, e não havia sangue algum. Mas ele estava morto. Os soldados pegaram um cobertor e cobriram-lhe a cabeça.

Eu não conseguia respirar. Morto, logo depois de falar comigo. Morto, e queria ter escrito uma carta. Fui invadida por uma onda de pesar. Minha cabeça começou a escapulir pra um lugar seguro, pro Manteiga, o Jamie ou sei lá onde, mas a Daisy agarrou a minha mão e apertou com força, e eu retornei.

"Agora é guerra de verdade", ela sussurrou. Fiz que sim com a cabeça. Um dos soldados pediu chá. A Daisy e eu fomos levar.

A maioria dos navios que atracaram no vilarejo na semana das evacuações de Dunquerque não estava tão ruim quanto os primeiros, mas todos traziam pelo menos alguns homens gravemente feridos. Os navios chegavam a todo momento; a prefeitura nunca ficava vazia. Os Spitfires da nossa pista de pouso decolavam e aterrissavam aos borbotões, dia e noite sem cessar, circulando pra conferir a máxima proteção possível aos barcos de transporte de tropas. Enquanto isso, a cidade inteira alimentava e cuidava dos soldados.

Naquele primeiro dia, antes da meia-noite, a Susan me encontrou no bar. A mãe da Daisy contou a ela o que estivéramos fazendo. A Susan relutou, mas permitiu que eu ficasse por lá. A mãe da Daisy me deixou dormir no bar com elas; o svf se revezava em turnos no centro de operações, mais adiante na mesma rua.

"Você é uma garotinha", disse a Susan. "Não devia ter que ver tudo isso."

"Já tenho idade. Estou ajudando." Quis contar sobre o soldado morto, mas temi que ela me obrigasse a ir embora.

Ela me deu uma olhada. "Verdade. Está mesmo."

Na manhã seguinte, a Susan usou o telefone do pub pra chamar a lady Thorton e falou com o Fred e o Jamie. Então seguimos com os trabalhos. Quando eu ou a Daisy ficávamos exaustas demais, íamos até a cozinha e cochilávamos no banco perto da porta. Ao acordar, voltávamos a ajudar. Todo mundo trabalhava. Era sorte que o Jamie estava com o Fred, em segurança. Sorte que havíamos posto o Bovril do lado de fora, onde pudesse caçar. A Susan e eu ficamos com os soldados. Era a nossa vez de enfrentar a guerra.

No final, 330 mil soldados ingleses foram salvos. Winston Churchill considerou aquela "a hora mais sublime" da Inglaterra. Já de volta pra casa, a salvo, com o Jamie, foi difícil ouvi-lo no rádio e pensar que houvera qualquer coisa de "sublime" nos navios abarrotados de homens à beira do desespero e da morte. Ao mesmo tempo, contudo, eu me sentia diferente. Dali em diante, eu me dividiria em "antes de Dunquerque" e "depois de Dunquerque". A Ada "depois de Dunquerque" era mais forte e tinha menos medo. Foi horrível, mas eu não desisti. Eu persisti. E venci a batalha.

37

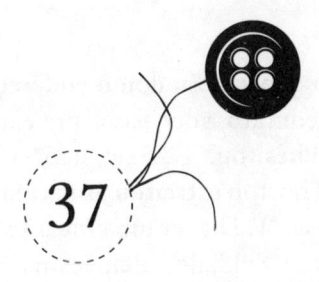

Muitos dias depois, ao acompanhar a Susan à cidade, parei no bar para ver a Daisy.

"Ah, querida", lamentou a mãe dela, aproximando o meu rosto do seu busto farto e beijando-me o cocuruto. "Mandei a menina embora." Pra Susan, acrescentou: "Era bom você mandar a sua também".

O vilarejo estava evacuando as próprias crianças.

Do outro lado do canal, a menos de cinquenta quilômetros de distância, o Exército do Hitler aguardava. Ele invadiu as ilhas do canal, Guernsey e Jersey, que pertenciam à Inglaterra.

As ilhas do canal se renderam.

Kent, que era a parte da Inglaterra onde estávamos, era o trecho mais próximo à ocupação alemã na França. Quando o Hitler invadisse, entraria por Kent.

A Susan não disse nada à mãe da Daisy, porém mais tarde pediu que o Jamie e eu não nos preocupássemos. Uma coisa era a nossa mãe desejar que fôssemos evacuados dali, mas, até que a Susan recebesse notícias dela, ninguém arredaria pé.

Poucos dias depois, a lady Thorton veio tentar forçar a nossa partida. Todos os outros evacuados e quase todas as crianças do vilarejo já haviam ido embora. O SVF, pelo que ela nos contou, nos providenciaria uma moradia segura.

"A mãe deles não vai saber onde estão", protestou a Susan.

"É claro que vai. Eu dou o endereço novo, e assim que ela entrar em contato, você passa pra ela."

A Susan hesitou. "Não sei, não."

A lady Thorton estreitou as narinas, como fazia quando ficava nervosa. "*Vai* haver uma invasão", afirmou, num tom firme e áspero. "Soldados alemães nas nossas ruas, nas nossas casas. Guerra diante de nós, com certeza. As crianças precisam estar o mais longe possível. A Margaret não volta pra casa agora no verão. Vai direto pra escola nova."

Senti uma pontada de tristeza. Esperava rever a Maggie em breve.

"Você tem que mandá-los embora", repetiu a lady Thorton.

Embaixo da tristeza, fui acometida por uma emoção ainda mais forte, que subiu em ondas, invadindo-me as entranhas num torvelinho. Eu não sabia o que era. Não sabia o que significava. Olhei pela janela e, num frenesi, tentei pensar no Manteiga.

"... coisas piores do que bombas", dizia a Susan.

A lady Thorton sacudia a cabeça. "Guerra não é hora pra sentimentalismo."

"Isso é sentimentalismo?", retrucou a Susan. Sua voz vinha de longe, de trás do murmurar que ressoava dentro de mim. Ela tocou o meu ombro. "Olhe pra esses dois. Olhe só a Ada. Se ela for parar com a pessoa errada, vai perder tudo o que já conquistou."

Eu balancei a cabeça, lutando pra permanecer ali, pra transpor o meu crescente pânico e ouvir o que as duas diziam. Mas a lady Thorton não respondeu. Quando arrisquei uma olhadela, ela encarava a Susan com uma expressão que eu não conseguia decifrar.

"Ela não é fácil", disse a Susan, "mas vou lutar por ela. Eu luto por ela. Alguém tem que lutar."

"Entendo", disse por fim a lady Thorton, baixinho. "Não sei ao certo se você está com a razão, mas entendo o que está dizendo. Agora, o garoto..."

"Não. Os dois morreriam se fossem separados."

Quando a lady Thorton saiu, a Susan nos acomodou ao seu lado no sofá. "Ouçam bem", ela disse. "Não vou mandar vocês embora."

Em seguida, ela falou durante um longo tempo. Depois de "não vou mandar vocês embora", não ouvi mais nada.

O nervosismo dentro de mim se apaziguou. Pude voltar a respirar.

"Como se sente em relação a isso?", perguntou a Susan.

Como eu me sentia? Não fazia ideia. Não sabia com que palavras explicar. *Tinha sufocado, agora posso respirar.*

Susan esperava pela minha resposta. Eu ainda me sentia tonta, arrebatada. Engoli. "Acho que prefiro ficar aqui."

"Que bom", respondeu Susan, "porque eu não vou dar outra opção."

A Susan acertara em dizer que as folhas verdes e a grama retornavam no verão. O tempo estava glorioso. O pasto estava na altura dos joelhos do Manteiga, e os vegetais vicejavam na nossa horta.

O Fred encontrou uma bicicleta velha num dos depósitos da casa dos Thorton e reformou-a pro Jamie. A escola havia fechado de vez, já que a maioria das crianças tinha ido embora. Assim, o Jamie ia todos os dias comigo ajudar o Fred. O antigo jardineiro se revelara um inútil no cuidado com os cavalos; morria de medo deles, portanto tendia a lhes dar umas palmadas. De todo modo, ele tinha sido convocado; o Fred estava sozinho outra vez. A lady Thorton havia vendido dois cavalos e abatido mais três, já sem condições de serem montados, mas ainda havia muito trabalho a ser feito. Os melhores pastos estavam tomados com as colheitas. O governo havia mandado lavradeiras pra substituir os homens alistados. As moças se mudaram pros antigos alojamentos dos cavalariços, mas só ajudavam na lavoura da propriedade, não com os cavalos.

"Cavalo hoje em dia já não tem importância", dizia o Fred.

O Jamie enfim foi banido por completo da pista de pouso. Estavam todos muito ocupados para recebê-lo. Os aviões decolavam às pencas, dia e noite. Podíamos ver lá no céu os pontinhos diminutos patrulhando o canal. Vigiando, à espera da invasão que estava por vir.

Eu lutava pra dormir nas noites longas e claras de verão. O Jamie e o Bovril roncavam alto, em uníssono. Certa noite, quando o barulho estava insuportável, desci sorrateiramente até a sala, um pouco mais escura. A Susan estava sentada no sofá, as pernas encolhidas sob o corpo, encarando o nada. Não era o semblante triste e profundo do ano anterior.

"Não consegue dormir?", ela perguntou, ao me ver.

Balancei a cabeça. A Susan fez que eu me sentasse ao seu lado no sofá. Cruzei a sala e parei diante dela, o pé bom e as pontinhas das muletas afundadas no tapete felpudo, os dedões de pé ruim quase sem tocar o chão.

"Todo mundo ainda acha que eu devia mandar vocês embora", disse a Susan.

Eu assenti. A lady Thorton repetia isso com frequência. Eu às vezes acompanhava a Susan nas reuniões do SVF, pra ajudar a costurar, e a lady Thorton soltava um pigarro toda vez que me via.

"Parte de mim concorda", prosseguiu a Susan. "Sei que a intenção é boa. Mas eu agora também entendo por que algumas mães de Londres foram buscar os seus filhos evacuados tão depressa. Algumas coisas a gente tem que enfrentar em família."

O Hitler estava em Paris. Poderia estar em Londres na semana seguinte.

"Por um tempo enorme", ela continuou, "achei que estava negligenciando vocês. Eu não cuidava de vocês do jeito que a minha mãe cuidava de mim e dos meus irmãos. Ela estava o tempo todo de olho em mim. Eu vivia limpa e arrumadinha. Ela passava os meus *cadarços*. Nunca deixaria vocês brincarem soltos do jeito que eu deixo.

"Mas agora, quando olho pra vocês, não acho que tenha saído tão mal. Acho que vocês não gostariam de ser criados como a minha mãe me criou. O que você acha, Ada?"

Sentei-me no sofá. "Eu nunca sei. Quando não penso, tudo fica muito claro na minha cabeça. Mas, quando começo a tentar pensar, me confundo toda." Reclinei-me no encosto do sofá.

"Entendo", respondeu a Susan. "Às vezes, também me sinto assim."

Encostei a cabeça nela, um tantinho só. Ela não se afastou. Encostei um pouquinho mais. Ela me abraçou, e eu me aninhei nela. Enquanto caía no sono, senti os seus lábios tocarem de levinho o meu cocuruto.

O primeiro ataque aéreo foi pior que a noite de Natal.

38

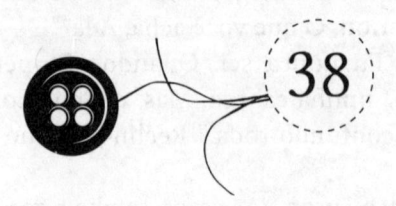

Chegou a segunda semana de julho. Fora um dia quente, então deixamos as janelas abertas e sem o blecaute. Pela primeira vez caí num sono profundo e sem sonhos.

Uóóóó-uóóóó! Uóóóó-uóóóó! Uóóóó-uóóóó! A sirene da pista de pouso soou, cada vez mais alto. Parecia dentro do nosso quarto. O Jamie deu um salto e disparou pra apanhar o Bovril, que se debateu e arranhou num esforço para se soltar. Agarrei as minhas muletas. A Susan veio correndo, a camisola esvoaçante.

"Rápido, rápido."

Eu não conseguia correr. Descer levava tempo. Minhas mãos tremiam. Eu não seria ligeira o bastante. Seria bombardeada.

O Jamie correu na frente, mas a Susan me esperou. "Está tudo bem. Não entre em pânico."

Cruzei a sala, saí pela porta dos fundos. O Jamie se enfiou no abrigo antiaéreo e enfiou o Bovril na cesta. O gato uivava. Parecia um bebê berrando de dor.

Fiquei parada na porta do abrigo. Ainda não havia entrado nenhuma vez. Eu odiava aquele abrigo, era assustador, tão parecido com o armário debaixo da pia lá de casa. O que tinha as baratas. As baratas que eu nunca conseguia ver nem deter.

"Ada", disse a Susan atrás de mim, "RÁPIDO."

Eu não conseguia. Não conseguia entrar. Não naquele abrigo úmido, que cheirava igual ao armário. Não naquela escuridão. Não naquela dor.

A sirene soou. "Ada, corre!", gritou o Jamie.

Uma explosão de avião. Bombas. Bombas de verdade, ali em Kent, as bombas alemãs que todos temiam. Ali, no armário debaixo da pia...

A Susan me levantou e desceu as escadas comigo no colo. O cheiro me arrebatou. Senti o armário apertado, as baratas. Ouvi a Mãe rindo enquanto eu gritava.

Eu gritei. Outra bomba. Mais berros. Do Jamie? Meus? Como saber? A lembrança do armário era real, parecia acontecer bem ali, naquele momento. Eu *via* o armário, sentia o meu corpo trancafiado lá dentro. Meu cérebro foi dominado pelo horror.

De repente, senti algo me apertar o corpo. Um cobertor de lã grossa. A Susan me enrolou bem firme, com muitas voltas, como fizera na noite de Natal.

"Shh", ela disse. "Shh." Deitou-me num dos bancos e posicionou-se meio sentada em cima de mim. Fiquei espremida entre as suas costas e a parede do abrigo. "Estamos todos aqui, estamos seguros." Ela pegou o Jamie no colo. "Está tudo bem, Jamie, ela só está assustada. Está tudo bem." O Jamie choramingava. "Estamos seguros", disse a Susan. "Está tudo bem."

A pressão do cobertor me tranquilizou. Fui gradualmente retornando ao abrigo, ao Jamie e à Susan. Parei de gritar. Meu coração já não batia tão forte. Senti o cheiro do cobertor de lã, molhado das minhas lágrimas, em vez do cheiro de umidade do abrigo-armário.

Ouvimos outro estrondo lá fora, mais ao longe, e o *tac-tac* das armas antiaéreas na pista de pouso.

"Estamos bem", disse a Susan, num tom cansado. "Estamos bem."

Duas horas depois, quando soaram as sirenes sinalizando o fim do ataque aéreo, a Susan e eu ainda estávamos bem acordadas. O Jamie adormecera no colo da Susan. Ela o levou de volta pra casa no colo. Eu fui andando ao seu lado, arrastando o cobertor feito uma capa. Deitamo-nos na sala de estar, cansadas demais pra subir até os quartos.

Na manhã seguinte, acordamos tarde. "Ada, vão ter outros bombardeios", disse a Susan. "A gente vai ter que entrar de novo no abrigo. É melhor você se acostumar."

Estremeci. Não conseguia pensar em repetir aquilo.

"O que foi que deixou você nervosa?", perguntou a Susan.

"O armário da mãe, o cheiro de lá..." Forcei a minha cabeça a escapulir depressa pra bem longe, antes que o pânico me dominasse. Imaginei-me cavalgando o Manteiga.

A Susan deu uma batidinha no meu queixo. "A gente pode mudar o cheiro."

Ela foi ao mercado e comprou ervas aromáticas. Alecrim, lavanda e sálvia. Pendurou tudo nas beiradas dos bancos do abrigo, de cabeça pra baixo, e o aroma invadiu o espacinho, mesmo depois de as ervas terem murchado e secado. Eu já não sentia cheiro de umidade. Ajudou. Mas ainda entrava em pânico. A Susan sempre me enrolava num cobertor. Até que, por fim, consegui parar de gritar e visualizar o armário. Ainda era horrível, mas eu já não deixava o Jamie assustado.

Isso foi importante, pois desde aquela primeira vez, passáramos a ir pro abrigo todas as noites. A Batalha da Grã-Bretanha havia começado.

O Hitler percebera que só poderia pousar com o seu Exército invasor depois de conquistar a Força Aérea Real britânica. Do contrário, nossos aviões bombardeariam os navios e as tropas dele durante a aterrissagem. Depois que abatesse os nossos aviões, seria fácil invadir a Inglaterra. Os alemães tinham muito mais aeronaves e pilotos que os ingleses. Os aviões, no entanto, eram de tipos diferentes, e os caças deles tinham menos autonomia que os nossos. Isso significava que só conseguiam chegar até a ponta sudeste da Inglaterra, depois precisavam voltar pra abastecer. Só era possível atirar nos aviões e bombardear as pistas de pouso de Kent.

As pistas de pouso eram o alvo principal. A cada avião destruído, fosse no ar ou no solo, os alemães se aproximavam mais da invasão; cada pista destruída era um lugar a menos pros nossos pilotos pousarem em segurança. A nossa pista de pouso foi atingida logo naquele primeiro dia; as bombas arruinaram dois galpões de depósito, abrindo na grama crateras do tamanho de pequenos tanques. Felizmente, todos os pilotos conseguiram se abrigar. Depois de soarem as sirenes sinalizando o fim do ataque aéreo, começaram a trabalhar a noite toda, jogando os entulhos nos buracos abertos. Pela manhã, os aviões já podiam aterrissar em segurança outra vez.

Era julho, e o mundo estava verde e gracioso. Eu cavalgava o Manteiga pelos pastos de grama ondulante até o alto da nossa colina, de onde via o mar azul cintilando sob o sol reluzente. Rosas selvagens cresciam nas sebes e envolviam o ar com o seu perfume. A brisa soprava, e eu me sentia plenamente feliz, à exceção de que agora a minha busca por espiões incluía também os aviões. Eles ainda não haviam surgido à luz do dia, mas eu sabia que podia acontecer.

A Susan não gostava que eu saísse pra cavalgar, mas também não queria proibir. Nossa casa ficava tão perto da pista de pouso, que eu imaginava que fosse mais seguro me afastar. Quando informei isso a ela, recebi como resposta uma carranca. "Eu devia era mandar você embora."

Já era bastante difícil enfrentar tudo com a Susan. Como eu poderia enfrentar tudo sem ela?

E se fôssemos mandados de volta pra casa?

Encarei as pontas dos meus sapatos. "Não posso deixar o Manteiga", respondi.

A Susan suspirou. "Você sobreviveu em Londres sem o pônei."

Ergui o olhar pra encará-la. Eu tinha sobrevivido. Talvez. Ainda poderia? Trancada no apartamento, não fazia ideia de tudo que estava perdendo.

"Eu sei", disse a Susan, baixinho. "É por isso que não quero deixar você ir."

"Tem coisas piores do que bombas", eu disse, recordando o que a ouvira dizer antes.

"Acho que sim", respondeu a Susan. "E Kent é um lugar grande, eles não podem bombardear todos os cantinhos." Mas olhou pela janela em direção à pista de pouso e apertou os olhos, cheia de preocupação.

39

Noite atrás de noite, tínhamos que voltar pro abrigo. Era impossível dormir com tantos tiros e explosões. A Susan tinha uma lanterna, mas precisava de pilhas, e era difícil encontrar pilhas. Em vez disso, ela acendia uma vela dentro de um vaso de plantas e, sob a penumbra, lia pra nós. *Peter Pan. O Jardim Secreto. O Vento nos Salgueiros.* Alguns livros ela apanhava na biblioteca; outros vinham da sua própria estante. O Jamie estava relendo *Os Robinsons Suíços* outra vez, sozinho.

"A gente é que nem eles", veio dizer certa noite, enquanto a vela bruxuleava entre as paredes finas do abrigo. "A gente está na nossa caverna, seguros e quentinhos."

Eu estremeci. Havia me enrolado num lençol, pois estava quente demais pro cobertor. Sentia-me quentinha, mas não segura. Nunca me sentia segura no abrigo.

"Mas está", disse a Susan. "Você se sente mais segura no seu quarto, mas, na verdade, está muito mais segura no abrigo."

Não interessava como eu me sentia. Sempre que soavam as sirenes, ela me fazia ir pro abrigo.

Uns homens vieram e removeram todas as placas das estradas nos arredores do vilarejo. Assim, quando o Hitler invadisse, não saberia onde estava.

Quando ele invadisse, teríamos que enterrar o nosso rádio. O Jamie já havia cavado um buraco pra ele no quintal. Quando o Hitler invadisse não poderíamos dizer ou fazer qualquer coisa que ajudasse o inimigo.

Se ele invadisse durante as minhas cavalgadas, eu teria que voltar pra casa imediatamente, o mais depressa possível e pelo caminho mais curto. Eu saberia que se trataria de uma invasão, e não de um ataque aéreo, pois todas as igrejas iriam badalar os seus sinos.

"E se os alemães levarem o Manteiga?", perguntei à Susan.

"Não vão levar", ela respondeu, mas eu tinha certeza de que era mentira.

"Bárbaros malditos", resmungou o Fred, quando fui ajudá-lo com as tarefas. "Se aparecerem aqui, eu cravo meu ancinho em todos, juro pra você." O Fred não estava contente. Os cavalos de montaria, os exímios caçadores dos Thorton, estavam todos fora, pastando, e o pasto estava bom, mas a forragem de feno havia virado trigo, e o Fred não sabia como alimentaria os cavalos no inverno. Além do mais, estava aborrecido com as lavradeiras hospedadas no celeiro. "Trabalham doze horas por dia, depois vão dançar. Bando de ligeirinhas. No meu tempo, as moças não eram assim."

Eu tinha simpatia pelas lavradeiras, mas sabia muito bem que era melhor ficar quieta.

Era possível se acostumar a qualquer coisa. Depois de poucas semanas, eu já não ficava em pânico ao entrar no abrigo. Parei de me preocupar com a invasão. Colocava o Jamie atrás de mim no Manteiga e vasculhávamos os pastos atrás de estilhaços de metralhadora, balas e bombas. Certa vez, cruzamos com um avião abatido num campo de lúpulo. Os soldados já haviam circundado o campo quando chegamos, e impediam que os civis se aproximassem. "Um Messerschmitt", disse o Jamie, os olhinhos brilhando. "Onde será que está o piloto?" O piloto havia saltado de paraquedas; o canopi do avião estava aberto.

"Eu resgatei", disse um dos soldados ao nos ouvir. "Prisioneiro de guerra. Tudo certo."

Um dia, no início de agosto, a Susan teve uma reunião do SVF. O Jamie estava cuidando do jardim — ele adorava —, e eu saí com o Manteiga pra minha cavalgada diária.

Fui ao topo da colina. Parei, como sempre, pra olhar o céu e o mar. Nenhum avião. Nenhum barco grande. Então vi algo à distância, pequenino, boiando no oceano. Um barquinho, um bote a remos, avançando até a costa. Observei, pensativa. Não rumava pro porto da cidade, mas pra um dos trechos de praia protegidos por arame farpado. Estaria perdido? Sem dúvida o barqueiro sabia que não podia atracar nos trechos minados. Segui observando, de rosto franzido. O homem no barco — achei que parecia um homem — continuou a remar direto pra costa. Com certeza de onde estava conseguia ver a cidade. Com certeza sabia que ali era mais seguro.

A menos, pensei, com o sangue gelando nas veias, *que fosse um espião*.

Um espião! Eu não podia acreditar. Não era possível. Sempre procurava espiões do alto da colina. Tinha virado hábito. Mas não significava, apesar dos cartazes e dos rumores, que eu esperasse de fato encontrar um. Mesmo assim... um bote a remos, tão distante... de onde vinha? Teria sido abatido por um submarino — um submarino alemão? Se não era um espião, por que estava rumando pra praia deserta?

Ouvi a voz da Susan dentro de mim. "Improvável." Isso significa bem difícil de acontecer.

Ainda assim, a orientação era clara: deveríamos informar imediatamente qualquer situação suspeita. Desci a encosta com o Manteiga, trançando arbustos e grama alta, tentando não perder de vista o barquinho. Quanto mais eu descia, mais ele ia sumindo, então apertei o passo, trotando ao longo da estrada que levava à praia com as barricadas. Assim que a praia surgiu à vista, parei o Manteiga num bosque.

A maré estava baixa. A areia lisa se estendia por um quilômetro e meio ao longo da costa. Bem no centro da faixa de areia, o homem desceu do bote. Tinha uma mala na mão e um mochilão nas costas. Observei-o empurrar o bote de volta à água. O mar estava tranquilo. O barco flutuou sobre as ondas mansas e foi boiando pro lado, ao longo da costa.

Engoli em seco.

O sujeito — de aparência comum, pelo menos à distância — tirou algo de dentro do mochilão. Abriu o negócio, fosse lá o que fosse, e usou-o para cavar um buraco na praia. Enfiou a mala no buraco. Cobriu o buraco com areia. Subiu com cuidado as dunas, em direção ao arame farpado. Não consegui ver o que aconteceu em seguida, mas de repente o homem surgiu do outro lado da cerca, caminhando pela estrada na minha direção.

Dei meia-volta com o Manteiga e comecei a galopar.

Eu poderia ter ido até a pista de pouso, mas a delegacia de polícia estava mais perto e eu sabia onde ficava: perto da escola e da loja onde eu tomava chá. Segui com o Manteiga a meio-galope, mesmo nos paralelepípedos da rua principal. Diante da delegacia, puxei as rédeas, amarrei-as ao corrimão e subi as escadas o mais depressa possível. Estava sem muletas. "Acho que vi um espião!", disse à primeira pessoa que encontrei, um homem corpulento atrás de uma grande mesa de madeira. "Um espião na praia!"

O sujeito corpulento se virou para mim. "Mantenha a calma, senhorita! Nessa agonia, não consigo entender nada."

Agarrei a beirada da mesa, buscando equilíbrio. Repeti as mesmas palavras.

O homem me encarou de cima a baixo. Sobretudo embaixo, o meu pé ruim e o estranho arremedo de sapato. Senti um ímpeto de escondê-lo.

"Como foi que encontrou esse espião?", ele perguntou. Tinha um sorrisinho no rosto. Percebi que o homem não acreditava em mim.

"Eu estava passeando de pônei...", comecei. Contei a história toda: a colina onde sempre vou, o barquinho, a mala enterrada na areia.

"De pônei", repetiu o homem, meneando a cabeça e alargando o sorriso a um esgar de deboche. "Anda vendo muito cinejornal, não é? Muita história assustadora no rádio?"

Ele achou que eu estava mentindo, ou, na melhor das hipóteses, exagerando. Agora voltava a encarar o meu pé ruim. Senti uma onda de calor subir pelo meu pescoço.

Pensei no que a Susan faria. Espichei o corpo, cravei os olhos no homem e disse, empertigada: "Meu pé ruim fica muito longe do meu cérebro".

O homem pestanejou.

"Gostaria de falar com o seu superior", continuei. "O governo orienta que a gente informe qualquer situação suspeita, e é o que eu vim fazer. Se o senhor não vai me escutar, quero falar com alguém que escute."

O segundo oficial de polícia me levou mais a sério.

"Vamos na radiopatrulha ver se encontramos esse homem." Ofereceu-me ajuda pra andar até o carro.

"Não precisa, obrigada." Caminhei tão bem quanto pude, mesmo com uma dor excruciante. O policial me colocou ao seu lado no banco da frente, e juntos rumamos pra estrada. Mal havíamos deixado a cidade quando cruzamos com o homem que eu tinha visto, caminhando tranquilamente pela estrada. Mostrei-o ao oficial.

"Tem certeza?"

Por um instante, não tive certeza. Não prestara tanta atenção ao rosto dele. Mas sentia que era ele. Fiz que sim com a cabeça. O oficial parou o carro e saiu.

"Documentação, por favor."

"Sério?", indagou o homem, no mesmo sotaque perfeito da lady Thorton. "Qual o motivo disso?"

"Rotina", respondeu o oficial.

O homem ergueu a sobrancelha como se ouvisse uma piada, mas meteu prontamente a mão no bolso. Apanhou uma carteira de couro surrada e puxou de dentro a identidade.

"Só estou curtindo umas férias", ele disse, indicando o mochilão nas costas. "Meu cartão de racionamento está na mochila. Se quiser, eu apanho."

Sotaque mais britânico, impossível. Jeito mais britânico, impossível. Só que...

"Senhor", eu disse para o oficial. Ele veio até a janela do passageiro e se inclinou.

"Desculpe, senhorita", disse, balançando a cabeça, "mas acho que você..."

"A barra da calça dele está molhada. E cheia de areia."

Ninguém mais ia até as praias. Ninguém mesmo. Era proibido.

O oficial fechou a cara. Por um instante, achei que estivesse irritado comigo, mas era engano meu. Logo em seguida o homem da praia foi algemado e enfiado no banco de trás da viatura. Protestava com veemência no seu perfeito sotaque britânico.

De volta à delegacia, encontrei o Manteiga ainda preso ao corrimão da entrada, na maior paciência. O oficial mandou que eu voltasse pra casa.

"De agora em diante é com a gente, senhorita."

Queria contar à Susan, mas não sabia como. Adiei, pra poder pensar um pouco. Naquela mesma noite, quase no fim do jantar, a polícia veio bater à nossa porta.

Era o segundo oficial, e mais outro. "Queremos falar com a sua filha, madame."

Mais que depressa, eu me levantei. A Susan estava atônita. O Jamie, extasiado.

"Precisamos de ajuda pra localizar o objeto enterrado", disse o meu oficial. Então entrei novamente na viatura, e, desta vez, seguimos direto até a praia. Mostrei aos homens onde tinha parado o Manteiga pra observar, e tentei apontar mais ou menos o local onde o homem havia chegado com o bote. A maré agora estava alta. Tudo parecia diferente.

"Vamos ter que chamar o Exército pra escavar, de todo modo", disse o outro oficial. "Até onde se sabe, a praia está minada." Ele dirigiu até a beira da cerca de arame farpado. Descemos do carro próximo ao local onde o homem circulara e percorremos a estrada até encontrarmos uma marca de pegada. O oficial marcou o ponto exato amarrando um pedaço de pano à cerca, depois me levou pra casa.

Antes de descer do carro, eu parei. "Os senhores podem me contar o que vai acontecer com o homem?"

Os oficiais balançaram a cabeça. "É confidencial, senhorita."

"Podem me dizer se ele é mesmo um espião?"

Eles se entreolharam e assentiram. "Mas a senhorita tem que ficar de boca fechada sobre tudo isso", disse um deles.

Eu fiz que sim. "Língua solta afunda navios", repeti. Então entrei, pra prestar explicações à Susan.

Ela esperava por mim no sofá roxo. Escutou toda a história. Então pôs as mãos no meu rosto.

"Ah, Ada. Estou tão orgulhosa", ela disse, sorrindo.

Na tarde seguinte, voltaram a bater à nossa porta. Era um policial — não o que tinha me ajudado, mas o primeiro, o gordo sentado à mesa que me tomara por falastrona. "Preciso pedir desculpas à sua filha, madame", disse o homem. Ao me ver, tirou o chapéu e dispensou-me um rapapé. "Eu devia ter acreditado na senhorita. Peço desculpas. Nossa nação agradece a sua ajuda."

Então, com grande reverência, entregou-me uma cebola.

40

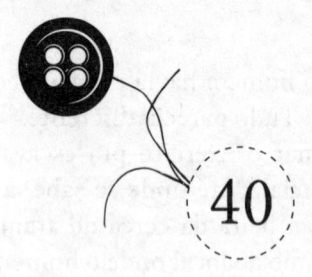

O Exército localizou a mala enterrada na areia. Dentro dela, havia um radiotransmissor, usado na comunicação codificada entre os espiões nos dois extremos do canal. O inglês perfeito era *de fato* um espião.

Eu virei uma heroína. Os homens da pista de pouso da FAR me levaram chocolates; as mulheres do SVF fizeram uma vaquinha pra juntar açúcar e me deram um saco inteiro. A mãe da Daisy, do bar, me abraçava sempre que me via, e eu era recebida com festança toda vez que ia à cidade. "Lá vem a caça-espiões!" "Olhe lá a nossa mocinha!"

Era como se eu tivesse nascido ali na vila. Como se tivesse nascido com os dois pés bons. Como se fosse realmente importante e amada.

O Jamie me fez repetir a história incontáveis vezes. "Conta", ele implorava. "Conta pra mim a sua história de heroína."

A Maggie me escreveu da escola. *Ah, como eu queria estar aí com você! E poderia, você sabe, se estivesse em casa.*

Eu ia gostar de ter tido você aqui comigo, escrevi de volta.

Não se incomodaria de dividir as honras?, ela respondeu.

Eu não me incomodaria nem um pouco. Teria sido mais fácil. *Heroína* não era uma palavra que eu tinha costume de ouvir. Era bacana ser admirada, mas tamanha atenção me deixava transtornada.

"Conta outra vez", disse o Jamie, rindo. "Conta o que você falou pro primeiro oficial."

"Ele olhou pro meu pé ruim", narrei, "daí eu disse: 'O meu pé fica muito longe do meu cérebro'."

"E estava certa", disse o Jamie.

"É verdade", concordou a Susan. "Estava mesmo."

O lado assustador de tudo aquilo, naturalmente, era que realmente houvera um espião. Um espião de verdade. Enviado pra facilitar a invasão. Quando as sirenes de alerta de ataque aéreo recomeçaram, foi difícil não morrer de medo.

"Mas você pegou ele", disse o Jamie.

"Eu peguei um espião", respondi. "*Um.*" As sirenes haviam começado mais cedo que de costume naquela manhã, enquanto ainda comíamos; levamos os pratos pro abrigo.

"E ele agora está morto", falou o Jamie, mastigando de boca aberta. "A gente levou ele pra um campo, enfileirou, e *pou!*" Ele fingiu disparar uma arma. Eu me encolhi.

"Provavelmente não", disse a Susan. "Eu perguntei."

O Jamie apertou os olhos. "Então o que foi que a gente fez?"

"Ninguém diz com certeza."

Separei as batatas cozidas no meu prato. A Susan deixava as batatas com casca, porque descascar era desperdício de comida, e não se podia desperdiçar comida em tempos de guerra. Eu não gostava da casca. A Inglaterra tinha muita batata; tínhamos que comer todo dia.

"Provavelmente o converteram em agente duplo. Ou seja, o nosso governo passaria a obrigá-lo a mandar mensagens falsas à Alemanha, com aquele radiotransmissor", respondeu a Susan.

"Obrigariam ele a mentir", eu disse.

"Isso."

O James fez uma cara de desprezo. "Eu não ia mentir. Se os alemães me pegassem..."

"Eu ia", interrompi. "Se ele não mentir, vai morrer. Eu mentiria, se fosse necessário."

Agora os aviões alemães às vezes atacavam durante o dia. Se estivessem bem longe, o Jamie e eu íamos até o pasto observar, protegendo os olhos do sol. Os aviões zuniam em círculos pelo céu, feito enxames de insetos, até que um mergulhava no chão, deixando um rastro de fumaça. Àquela distância, eu não conseguia distinguir os aviões ingleses dos alemães, mas o Jamie conseguia.

"Esse é nosso", ele dizia. "Esse é deles."

De vez em quando, víamos um piloto saltando, depois um paraquedas abrindo. Eu sempre esperava que o paraquedas abrisse, mesmo que o avião fosse alemão.

Dois dos pilotos convidados pra nossa ceia de Natal haviam morrido. Quando o Jamie descobriu, chorou até cair no sono. Pensei nos seus rostos, em como tinham rido e brincado com o Jamie. Ao contrário do meu irmão, eu não me lembrava de seus nomes. Naquele dia, eu estava transtornada demais por conta do vestido verde.

Compreendi o motivo da minha raiva na noite de Natal. Eu me sentira oprimida; foi impossível evitar. Agora, olhando pra trás, parecia meio bobo ficar tão transtornada por conta de um vestido, com os pilotos mortos. Se eu pudesse voltar no tempo, teria pelo menos perguntado os nomes deles.

A Inglaterra perdia aviões todos os dias. A Alemanha perdia mais. Novos aviões pousavam na nossa pista, vindos do norte da Inglaterra. Novos pilotos chegavam, direto dos pátios de treinamento. Decolavam todos os dias. Nem todos retornavam.

Tínhamos que vencer essa batalha, contou a Susan, ou perderíamos a guerra. No rádio, o primeiro-ministro Churchill proclamou: "Jamais, na esfera dos conflitos humanos, tantos deveram tanto a tão poucos". Isso significava que os pilotos estavam salvando todo mundo. Significava que eram os únicos contendo a investida dos alemães.

Setembro chegou. Parei de atrair tanta atenção na vila. Uma semana antes, os aviões britânicos haviam atacado Berlim. Era a primeira vez que levávamos a guerra a solo alemão. O Fred gargalhava de alegria.

"Agora eles vão ver só." Aparecera num dos trigais dos Thorton o fragmento de um avião alemão abatido. O Fred me entregou pra dar ao Jamie.

"Como é que você sabe que é alemão?", perguntei, analisando o pedaço de metal.

"Eu vi o miserável", respondeu o Fred. "Estava voltando por sobre o canal, largando pelo caminho partes do avião."

Não era bom pro treino deixar o Manteiga galopar muito perto de casa, mas naquele dia eu deixei. Estava tão feliz. O sol estava quente, eu não via aviões, não ouvia sirenes. O Jamie ia ficar tão contente com o pedaço de avião alemão. O Manteiga galopava alegremente, de orelhas em pé. Eu passara o verão todo praticando os saltos. O Fred ainda não tinha me dado permissão, mas eu sabia que estávamos prontos. Em vez de frear o Manteiga e conduzi-lo ao portão do pasto, virei-o para o murinho de pedras e avancei.

Ele voou. Enfim havíamos saltado o murinho.

Do outro lado do pasto, avistei a Susan no quintal dos fundos, com o Jamie e um adulto que eu não sabia quem era. Cravei o calcanhar no Manteiga e seguimos em frente, correndo pelo pasto.

"Jamie!", gritei. "Eu trouxe pra você o pedaço de um Messerschmitt!" Parei o Manteiga e dei umas batidinhas no seu pescoço, rindo. "Você viu a gente saltar?", perguntei à Susan. "Viu?"

Então reconheci a mulher que estava ao lado dela.

Era a Mãe.

41

A Mãe.

Eu não sabia o que pensar. Parei com o Manteiga em frente ao murinho do quintal, com as mãos nas rédeas, e a encarei. Ela me encarou de volta, protegendo os olhos com a mão. Sua expressão, um misto de raiva e desinteresse, continuava a mesma.

"Oi", falei.

Ela franziu a testa. "Quem é você?"

Ela não me reconheceu.

Desci do Manteiga, pisando cuidadosamente no meu pé bom. Soltei as muletas da sela e dei um balanceio pra frente, transpondo a mureta.

"Sou a Ada."

Tão logo ela percebeu quem eu era, sua expressão passou a ser de ultraje.

"Que diabo é isso?", perguntou. "Quem está achando que é?"

O Jamie estava de mão dada com a Mãe. Ele parecia tão cheio de esperança.

"Chegando num pônei!", disse a Mãe. "Feito a princesinha Margaret, é?"

"Aprendi a montar. Uso a sela lateral pra não machucar o meu..."

A Mãe esfregou um envelope surrado debaixo do meu nariz. "E isso aqui? O que significa isso, hein?"

Eu olhei. Era uma das cartas da Susan. A caligrafia no envelope era dela.

"Está querendo operar, é?", perguntou a Mãe.

Meu coração veio na boca. "Dá pra consertar o meu pé. O doutor disse..."

"Dá porcaria nenhuma. Não tem nada que conserte esse pé. Primeiro eu recebo uma carta dizendo que agora tenho que pagar ao governo por ter levado os meus filhos embora, dezenove xelins por semana, e o governo quer que eu pague..."

"Ninguém vai fazer a senhora...", interpôs-se a Susan.

"... e agora isso. Mandaram pro lugar errado, acabei de pegar, pois é, aí vou ler e é uma criatura que tem a cara de pau de me dizer o que fazer com os meus filhos. E cá está você, toda vestidinha, montada num pônei, de nariz em pé, se achando melhor que todo mundo..."

"Não, Mãe", respondi.

"... se achando melhor que *eu*."

"Não, Mãe."

"Venha. Nós vamos pra casa."

A Susan tentou argumentar. A Mãe se virou pra ela e cravou-lhe os olhos. "Está me dizendo onde devo levar os meus próprios filhos? Você? Uma vagabunda preguiçosa, nessa casa chique?" A Mãe seguiu adiante, xingando a Susan de tudo quanto foi nome.

Senti-me fria, distante, longe de todos. Minha cabeça entranhou-se em si mesma. Mas não, eu tinha que ficar presente, não tinha arrumado o Manteiga. Comecei a voltar pro pasto.

"Onde você pensa que vai?", perguntou a Mãe.

"Preciso tirar a sela do Manteiga. Ele não pode ficar selado."

"Porcaria nenhuma! Volta já aqui, a gente vai no próximo trem."

Continuei a ir na direção do Manteiga. A Mãe me acertou uma pancada forte, bem entre os ombros. Eu não estava esperando, então voei pra frente, largando as muletas e arrastando no chão as palmas das mãos. O Jamie chorou. Eu lacrimejei. Já não me lembrava de como era apanhar. Pus-me de pé, cambaleante.

"Eu cuido do Manteiga", disse a Susan.

"Anda, Ada!", falou a Mãe. Ela segurava o Jamie pelo pescoço, de modo que eu não conseguia ver o rosto dele. Os dois marcharam até o portão lateral.

"Calma!", disse a Susan, dando meia-volta. "Eles precisam das coisas deles."

"Não precisam, não!", respondeu a Mãe. "Vestidos que nem riquinhos. Não ajudou em nada você deixar esses dois se acharem tão importantes. Eles não precisam de nada onde estão indo."

A Susan correu pra casa mesmo assim. Saiu trazendo o exemplar d'*Os Robinsons Suíços*. "Leve", disse ao Jamie, empurrando o livro pra ele. "É seu."

A Mãe encarou o livro, desconfiada. "Ele não quer. O que é que ia fazer com isso?"

"Eu não quero", repetiu o Jamie. Sua expressão esperançosa havia se esvaído; ele estava petrificado. "Não quero!"

"Não", repeti. "Ele não quer." *Não o faça pegar o livro*, implorei em silêncio à Susan. *Vai ser pior pra ele.*

A Susan olhou pra mim. Seu rosto perdeu a expressão. Ela meteu o livro debaixo do braço. "Eu guardo pra você, Jamie. Ada, vou cuidar do Manteiga. Eu prometo. Não vou deixar o casco dele crescer de novo."

A Mãe empurrou o Jamie pelo portão.

"Não", disse Susan. "Vocês não precisam ir. Ada. Jamie. Podem ficar comigo. Eu dou um jeito. Prometo. Podem ficar."

A Mãe fechou a cara. "Está achando que pode roubar os meus filhos, é?"

"Eu falo com a polícia", disse Susan. "Eles vão escutar você, Ada. Vão escutar a gente. Vocês podem ficar."

O silêncio que se seguiu pareceu durar uma vida inteira. A Mãe sorveu o ar. O Jamie fungou. Eu olhei a Susan.

"Você não queria a gente."

A Susan me encarou nos olhos. "Isso foi no ano passado. Agora eu quero."

Mas o Jamie segurava a mão da Mãe. A polícia podia até me deixar ficar com a Susan, mas não teria motivo para tirar o Jamie da Mãe. A Mãe nunca tinha trancafiado o Jamie.

"Não posso deixar o Jamie", falei.

Susan me olhou de volta e assentiu devagar. A Mãe resmungou qualquer coisa entre os dentes. Arrastou o Jamie pela estrada. Eu fui junto. Quando olhei pra trás, a Susan já estava do outro lado da mureta do quintal, desafivelando a cilha da minha sela. Não ergueu o olhar. Não se despediu.

42

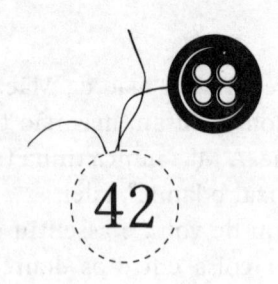

Quando chegamos à entrada da casa, a Mãe parou. "O que é isso?", perguntou, apontando pras minhas muletas.
"Com elas eu ando mais rápido."
Ela soltou uma bufada. "Como se você precisasse andar."
"Eu *posso* andar."
"Não por muito tempo, mocinha. Não por muito tempo."

O trem pra Londres estava ainda mais lento e abarrotado do que aquele que pegáramos no dia da evacuação. Havia militares sentados no corredor, em cima das suas mochilas. Um homem viu as minhas muletas e me ofereceu o lugar. A Mãe fechou a cara pra ele, deu-me um empurrão e se sentou. O homem abriu a boca.
"Estou bem de pé, obrigada", eu disse, rapidamente. "Com as muletas..."
Eu devia ter ficado quieta. A Mãe apertou os olhos. "Não sei quem foi que enfiou na sua cabeça que está tudo certo em sair e deixar todo mundo te ver", ela disse, num tom grave e furioso. "Exibindo a sua deficiência. Você usa essa porcaria até chegar em casa, depois nem mais um minuto."
"Mas eu posso andar."
"Mas não quer. Está me ouvindo?"
Engoli em seco. Era pior do que um pesadelo.
"A Ada pegou um espião", sussurrou o Jamie.
A Mãe soltou uma bufada de desprezo. "Tá bom."

"Fala, Ada. Fala pra ela a sua história de heroína."
Balancei a cabeça e fiquei calada.

Quando descemos do trem já era tarde da noite. Seguimos cambaleantes pelas ruas escuras sob o blecaute de Londres. Eu tropeçava nas pedras irregulares da calçada. As sombras emitiam sons que eu não recordava, mas o fedor que subia das ruas úmidas era o mesmo.

O Manteiga. Pense em cavalgar o Manteiga.

A Mãe contou que havia se mudado pra ficar mais perto da fábrica onde trabalhava agora.

"Além do mais me livrei daqueles vizinhos fofoqueiros que nunca tinham nada de bom pra dizer. Agora tenho um emprego decente, mesmo que ainda seja de noite. Vocês vão gostar da casa nova. Não é fina que nem a daquela rampeira rica onde vocês ficaram, mas está de bom tamanho."

"A Susan não é uma rampeira rica", respondeu o Jamie.

Ai, Jamie, pensei, *cala essa boca*.

"Agora é, não tenho dúvida. Aposto que embolsou tudo o que ganhou pra ficar com vocês lá. Menos, claro, o que gastou naquelas roupas. Aliás, o que é isso que você está usando, Ada? Calça?"

"Culote de montaria", respondi, e no mesmo instante desejei não ter dito.

"Ai, que chique! Mas como é que gente sem frescura chama isso?"

"É só uma calça de cavalgar. Não é chique. As moças chiques cavalgam de vestido. E essa calça não custou nada, foi a Susan que fez." Fora necessário, depois que eu acabei com a calça que a Maggie tinha me dado. E eu precisava aprender a ficar calada, precisava mesmo.

"Ah, as moças chiques cavalgam de vestido, é? Me admira você não ter um."

A Susan dissera que ia fazer um pra mim. Achou que seria divertido.

"Na minha casa você não usa calça", disse a Mãe. "Amanhã vou levar essa aí na loja de penhores e arrumar uma coisa mais adequada pra você. Que audácia dessa mulher. Deixando você sair pra todo mundo ver."

"Não tem nada de errado comigo. Meu pé fica muito longe do meu cérebro."

Slapt!

Eu tropecei e caí pra trás, arrastando o cotovelo em algo duro. Por um instante, perdi as muletas na escuridão. O Jamie me ajudou. *Cale a boca*, pensei. *Cale a boca*.

A Mãe nos guiou por três lances de escada. Lâmpadas fracas e sem lustre em cada andar iluminavam os degraus na escuridão. Vi algo correr e desaparecer. Um rato, acho. Eu tinha me esquecido dos ratos. Tinha me esquecido de como fediam os banheiros comunitários dos corredores.

A Mãe abriu uma porta suja de madeira. "Chegamos."

O apartamento tinha dois quartinhos. Entramos num cômodo com uma mesa, uma pia, uma boca de gás e umas cadeiras. No piso de linóleo, um tapete fino.

Nenhum armário sob a pia. Nenhum lugar onde me trancafiar. Foi o que olhei logo de cara.

"E aí?", disse a Mãe.

Engoli em seco. "É ótimo."

"Fedelha metida. Já vi que vou ter que te sentar a mão." Ela apanhou uma das cadeiras próximas à mesa. "Essa aqui a gente deixa do lado da janela. Assim você fica confortável, olhando lá pra fora."

O que eu deveria dizer? Já não sabia as respostas certas.

"Obrigada."

"Vejo que agora temos a senhorita educadinha morando com a gente. Acha que é melhor que nós." A Mãe nos mostrou o outro quarto, que continha o nosso antigo guarda-roupa e uma cama nova. Sem lençol. Só um cobertor duro, um travesseiro e um colchão.

Até irmos morar com a Susan, eu estava acostumada a dormir assim. Teria achado o apartamento ótimo. Fino, até, com mais de um cômodo.

"Tive que fugir do trabalho hoje à noite pra pegar vocês", disse a Mãe. "Vou descer pra tomar uns tragos no bar. É melhor irem dormir. Ada, vou arrumar um balde pra você."

Levei um instante pra entender por que ela achava que eu precisava de um balde. "Prefiro usar o banheiro. Agora eu uso."

"Você não vai sair desse quarto", ordenou a Mãe.

Cada palavra saiu dura, pesada.

"Entendeu? Eu não preciso que o mundo veja a minha vergonha em ter uma filha aleijada. Não me interessa o que andou fazendo por aí. Agora você está comigo e vai fazer o que eu mandar. Se me desobedecer, vai se arrepender. Você é uma aleijada. É só isso que você é. Uma aleijada, nada além de uma aleijada. Nunca foi nada mais do que isso. Entendeu?"

"A Susan não tinha vergonha de mim."

"Ora, que bom pra ela. Mas devia ter." Vi o brilho no olhar da Mãe. "Se me desobedecer", ela disse, apontando pro Jamie, "vai sobrar pra ele. Entendeu?"

"Sim, senhora."

Ela saiu. Olhei pra porta, olhei pro balde. Usei o balde.

O Jamie e eu nos deitamos no colchão do quarto quente. "Não consigo dormir", ele choramingou. "Preciso do Bovril."

"A Susan vai cuidar direitinho dele."

"Preciso dele. Não consigo dormir."

"Eu sei... eu sei."

"O que aconteceu? Por que a Mãe está tão nervosa?"

"A gente está diferente."

"E daí?"

Respirei fundo. Parte de mim me considerava culpada por tudo. Por estar chique demais, por me achar importante demais, por não ser o tipo de filha que a Mãe pudesse amar.

Por ser aleijada.

No entanto, mesmo assim... a Mãe poderia ter consertado o meu pé. Poderia ter consertado quando eu era bebê, e poderia consertar agora. Ela não queria.

Ela queria me ver aleijada.

Não fazia sentido.

A lua subiu. Observei no teto os desenhos formados pelo luar. *Uma aleijada, nada além de uma aleijada.*

Cutuquei o Jamie.

"Jamie... eu peguei um espião."

"Eu sei", ele respondeu.

"E aprendi a cavalgar o Manteiga, e saltei com ele o murinho de pedras. E o Fred precisa de mim."

"Hum", murmurou o Jamie, remexendo o corpo.

"Aprendi a ler, a escrever, a tricotar e a costurar. Ajudei os soldados na semana de Dunquerque. E a Maggie e a Daisy gostam de mim."

"A Susan ama você."

"Ela ama nós dois", respondi.

"Eu sei." O Jamie fungou. "Eu quero o Bovril."

Não falei nada. Fui caindo no sono, antes que a Mãe retornasse. Enquanto adormecia, uma palavra me veio à mente. *Guerra.*

Enfim compreendi qual era a minha luta e por que eu guerreava. A Mãe não fazia ideia da forte combatente que eu havia me tornado.

43

De manhã, o Jamie havia molhado a cama. Eu meio que já esperava, mas a Mãe, que dormia do outro lado dele, ficou furiosa. Bateu na bunda dele e disse que era melhor aquilo não acontecer de novo. "Senão vai dormir no chão."

O Jamie soluçou. Já não estava acostumado a apanhar. "Pare de chorar", sussurrei, abraçando-o. "Você tem que parar. Chorar piora tudo." Pra Mãe, disse: "Vou lavar o cobertor". Estendi a mão pra pegar as minhas muletas e os meus sapatos.

Não estavam lá.

A Mãe viu o meu olhar. Soltou uma risada.

"Sentindo falta da muleta, é?"

"Por que é que a senhora não me deu muletas quando eu era menor?"

A Mãe soltou uma bufada. "Já falei. Não quero você andando por aí. Não quero ninguém vendo você."

"Mas o meu pé poderia ter sido consertado. Quando eu era bebê..."

"Ah, então agora você também acredita nisso? Foi o que aquelas enfermeiras disseram, querendo me ver gastar dinheiro, querendo pegar o meu bebê e o meu dinheiro, enfiar você num hospital durante meses, rapar todo o meu dinheiro. Ninguém nunca me disse o que fazer com o meu dinheiro e a minha filha. Além do mais, nunca que isso ia dar certo. Ainda mais quando você era bebê o seu pé não era nem metade desse horror que é hoje."

Tentei absorver tudo aquilo. Mas o Jamie tinha outra coisa na cabeça. "E quando tiver bomba?", perguntou. "Pra onde a gente vai? Lá na nossa casa, a gente tinha um abrigo..." Ele congelou, os olhos arregalados de medo. Eu entendi. Era um erro chamar a casa da Susan de "*nossa casa*".

A Mãe, porém, não percebeu. Só soltou uma bufada. "Não tem bomba em Londres. Não teve nenhuma, e a guerra já está correndo há um ano."

Era sábado, mas a Mãe disse que sairia mais tarde para trabalhar. As fábricas funcionavam dia e noite. Ela cochilou no lado seco da cama enquanto eu torrava um pão pro café da manhã e fazia um chá. Quando acordou, foi sair com o Jamie pra comprar comida. "Cadê os cartões de racionamento de vocês?"

Estavam com a Susan. Se a Mãe não estivesse tão desesperada pra ir embora, poderíamos ter apanhado.

Eu me fiz de idiota. "Sei lá." O Jamie começou a falar, mas cravei os olhos nele, que prontamente fechou a boca.

A Mãe ralhou. "Aquela idiota. Com certeza tentando levar vantagem em cima de mim. Deve estar agora mesmo usando todos os nossos cupons, se entupindo de açúcar e carne."

Não respondi. Fui até a janela, sentei-me na cadeira, olhei a rua. Nada pra ver. Nenhuma criança brincando. As poucas lojas com sacos de areia até as janelas. Mulheres caminhando apressadas, ninguém fofocando nas sacadas.

Guerra.

A Mãe me lançou um olhar mais amistoso. "Você não tem culpa, mas, com um pé desses, não pode fazer nada de útil. Vai ser uma aleijada pro resto da vida."

Assim que os dois saíram, fui espionar. O apartamento estava imundo. Eu quis limpar, pelo menos a pia e o chão, mas achei melhor não. A Mãe perceberia e ficaria irritada. Melhor que pensasse que eu tinha ficado na cadeira.

Não havia muitos esconderijos. Uns poucos armários de cozinha com as panelas e os pratos já muito velhos da Mãe. No guarda-roupa, suas roupas novas e algumas mais velhas.

No quarto, uma mesinha, diante da qual pendia um espelho novo e maior.

Meu cabelo estava um horror. Passei nele a escova da Mãe e fiz uma trança caprichada. Meu rosto estava sujo, então peguei um pedaço de pano e lavei-o com sabão na pia da cozinha. Tive que usar o balde outra vez, mas arrastei-o até a porta e o cobri com um prato para abafar o cheiro.

Retornei à mesa do espelho. Vi uma gaveta. Na parte da frente havia uma confusão de grampos, tocos de lápis e pedaços de papel. Puxei tudo, até o fim. No fundinho, encontrei uma pequena caixa de papelão. Dentro, uma pilha de papéis.

Desdobrei o de cima.

Certidão de Nascimento, dizia. *Ada Maria Smith.*

Respirei fundo. Corri os olhos bem rápido. Encontrei o que procurava. *Treze de maio de 1929.*

O dia do meu aniversário estava errado, claro, mas o ano estava certo. Eu tinha mesmo onze anos.

A certidão de nascimento do Jamie estava logo após a minha. Debaixo dela, a certidão de casamento dos meus pais.

Ouvi um barulho alto na escada. Era o Jamie, cantando a plenos pulmões. Lindo, lindo Jamie. Na hora em que a Mãe abriu a porta eu já havia colocado os papéis de volta no lugar e estava sentada calmamente na minha cadeira.

Pro jantar, a Mãe fez batatas cozidas e repolho com um pedacinho de carne dura. Comeu a carne toda sozinha. Sem nossos cartões de racionamento, ela disse, não tínhamos direito de comer carne. "Vou mandar aquela maldita enviar de volta. Ponho a polícia atrás dela, se for preciso."

O Jamie estava com uma cara horrível e não quis comer, mas eu empilhei no prato dele um monte de vegetais. "Está gostoso", disse, encorajando-o. "Está meio com gosto de carne."

Ele me olhou. Eu pisquei. Ele me encarou durante um tempo, depois comeu com muito cuidado tudo o que havia no prato.

Quando a Mãe se levantou pra ir trabalhar, respirei fundo. Era hora. *Agora ou nunca*, pensei. "A senhora não precisa de nós aqui", disse. "Vive melhor sem ter que cuidar da gente, alimentar e tudo o mais. Na verdade, a senhora não quer a gente. Nem o Jamie."

O Jamie começou a falar qualquer coisa, mas eu o chutei forte por sob a mesa, e ele calou a boca.

A Mãe me olhou. "Mas que história é essa? Está tentando me enganar?"

"A senhora nunca quis a gente. Não de verdade. E é por isso que não mandou nos buscar, sendo que todas as outras mães mandaram."

"Não sei que direito você tem de reclamar disso. Pelo que estou vendo, vocês estavam vivendo no bem-bom lá. Roupas chiques, ideias chiques, se mostrando pela cidade..."

"A senhora não está nem aí pro que acontece com a gente. Só foi nos apanhar porque achou que seria mais caro se ficássemos longe."

"E seria mesmo. Você viu a carta. Por que é que eu tenho que pagar pra você viver melhor que eu? Sendo que você não é nada além de uma..."

"Não interessa." Eu me esforçava pra manter a voz grave e firme. Era hora de dizer abertamente a verdade. Já estava cansada de mentiras.

"Dezenove xelins", disse a mãe. "Dezenove xelins por semana! Sendo que primeiro deixaram vocês irem de graça. Vocês nunca me custaram dezenove xelins por semana. É um roubo, isso sim."

"Se a senhora não tiver que pagar, não vai se incomodar se vivermos longe. Posso organizar isso. A gente vai embora, e a senhora não tem que pagar nada."

Ela apertou os olhos. "Não estou entendendo qual é a sua ideia, garota. Não sei onde foi que você arrumou esse palavreado. Fale, fale."

"O meu pé ainda tem conserto. Mesmo agora. Não preciso ser aleijada. A senhora não precisa se envergonhar de mim." Um pensamento me ocorreu. *A Susan não se envergonha.*

O rosto da Mãe ficou vermelho. "Nunca que eu vou pagar pra consertar o seu pé."

"Teria sido mais fácil consertar quando eu era bebê."

"Ah, tudo mentira! Você não pode acreditar no que esse povo diz! Tudo mentira! Eu falei pro seu pai..."

O meu pai. Eu tinha lido sobre ele num recorte de jornal na gaveta da Mãe.

"Ele teria consertado", respondi, devagar. Era um palpite.

"Ele queria. Era ele que queria filhos. Vivia ninando você, cantando pra você."

Senti as lágrimas correrem pelo meu rosto. Nem sequer percebi que estava chorando. "A senhora nunca quis a gente", eu disse. "Nem quer a gente agora."

Os olhos da Mãe fulguravam. "Verdade, não quero."

"A senhora nunca quis a gente."

"E por que é que eu ia querer? Era o tempo todo ele me chamando de desnaturada, o tempo todo querendo ter filhos. Daí eu fiquei presa com uma aleijada. E depois com mais um bebê. E depois sem marido. *Eu nunca quis nenhum de vocês*."

O Jamie soltou um barulhinho. Eu sabia que ele estava chorando, mas ainda não podia encará-lo. Falei: "Então a senhora não precisa mais ficar com a gente. Não precisa pagar nada. A gente vai embora amanhã de manhã. Pra sempre".

A Mãe se levantou. Pegou a bolsa e o chapéu. Virou-se para olhar pra mim. "Vou poder me livrar de vocês sem ter que pagar nada?"

Eu assenti.

Ela abriu um sorriso. O sorriso-de-enfiar-a-Ada-no-armário. "E isso é garantido?"

Por toda a vida eu me lembraria dessas palavras.

"Sim."

44

Abracei o Jamie. Choramos e choramos. As lágrimas dele molharam a minha camisa, e ele ficou com o meu ranho no cabelo. Choramos como jamais havíamos chorado.

Doía tanto. Meu coração doía mais que toda a dor que eu já sentira no pé.

Quando paramos de chorar, peguei o Jamie no colo e o embalei. Por fim ele me olhou, os cílios ainda com rebarbas de lágrimas.

"Quero ir pra casa", ele disse.

"A gente vai", prometi. "Assim que o sol nascer, a gente vai." Eu agora sabia ler as placas das ruas. Não me perderia no caminho. Não tinha dinheiro pro trem, mas com certeza haveria um posto da svf em algum lugar. As mulheres de lá poderiam nos ajudar.

Peguei as certidões de nascimento e mostrei ao Jamie.

"Você nasceu em 29 de novembro de 1933. Tem sete anos." Mostrei-lhe a certidão de casamento também. "O nosso pai se chamava James, que nem você." Então apanhei o último pedaço de papel, um artigo de jornal. *Acidente na Royal Albert Dock mata seis.* "Ele morreu quando você era um bebê. Eu tinha acabado de fazer quatro anos."

Devolvi a certidão de casamento e o recorte de jornal à gaveta, mas enfiei as certidões de nascimento no bolso do culote de montaria, preparando-me pro dia seguinte.

Uóóóó-uóóóó. Uóóóó-uóóó. Uóóóó-uóóóó. O som veio da janela aberta. Mais e mais alto.

Ataque aéreo.

Eu não sabia onde ficava o abrigo.

Eu não tinha muletas. Fazia muito, muito tempo que não caminhava pra longe com o pé ruim.

O Jamie agarrou a minha mão, em pânico. A sirene soou ainda mais alto.

"Vem!", eu disse.

"Pra onde?"

Eu fingi que sabia. "Lá pra baixo!" O povo saía em disparada dos apartamentos, descendo com a roupa de cama nos braços. Eu não tinha como deslizar pela escada, não no meio da multidão, então agarrei o corrimão com as duas mãos e desci o mais rápido que pude, enquanto o povo ia me empurrando. Agarrado à minha blusa, o Jamie tremia. A sirene começou a parar, e o som foi substituído por explosões bem ao longe.

Bombas.

Na rua escura, eu não conseguia enxergar o caminho. Ouvia as pessoas, mas elas pareciam seguir em todas as direções. Gritos ecoavam por entre os prédios. Agarrei a mão do Jamie e segui andando a esmo, o mais rápido possível. Uma porta aberta, uma escada, qualquer coisa...

Uma bomba explodiu em cima da minha cabeça. O som de vidro estilhaçado irradiou pelas ruas. Diante de nós, à distância, o céu ganhou um brilho vermelho. Fogo. As docas estavam em chamas.

Atrás de nós, um prédio explodiu. A onda nos atirou na rua. Senti as minhas orelhas explodirem junto. Choveram tijolos, estilhaços de vidro e pedregulhos. Protegi com os braços a cabeça do Jamie. Ele parecia gritar, mas eu não ouvia. Não conseguia ouvir nada.

Levantei-me, cambaleante, e ergui o meu irmão. À nossa frente, havia uma porta aberta. Uma escada levava ao porão. Um abrigo. Graças a Deus.

Pessoas estranhas vieram nos puxar. Descemos até um porão quente e úmido, apinhado de gente. Rostos preocupados, lábios se movendo. Eu não conseguia ouvir. Mãos nos segurando, abraçando, oferecendo chá. Limpando sangue do rosto do Jamie. Limpando o meu rosto também.

Foi aberto espaço pra nós no chão de concreto. Alguém nos envolveu com um cobertor. Eu me agarrei ao Jamie. *Nunca o soltaria*, pensei. Nunca.

45

Por fim, dormimos. De manhã, um encarregado dos informes de ataque aéreo nos acordou.

"O fogo está mais perto. Todo mundo precisa sair daqui."

Eu me sentei. As docas estavam em chamas. Mas era muito longe dali. Não era?

"Está tudo pegando fogo, senhorita. Os canos d'água estouraram, e está difícil de apagar as chamas", respondeu-me um homem. Foi quando percebi que havia perguntado em voz alta. E quando percebi que podia ouvir. Minhas orelhas ainda zumbiam, mas já tinham voltado a funcionar.

Sacudi o Jamie. Ele despertou feito um coelhinho numa toca, um pouquinho de cada vez.

"Quero ir pra casa."

Eu assenti. "Nós vamos."

Ele estava cinza de poeira da cabeça aos pés. O vermelho do nariz ensanguentado ainda lhe descia pelo pescoço. Camisa rasgada, sem um pé do sapato. Imaginei que o meu aspecto estivesse tão ruim quanto, ou até pior.

"Vem", eu disse.

Emergimos na rua devastada, onde as fileiras de prédios exibiam crateras feito bocas sem dentes. Uma mortalha de poeira e fumaça debelava a luz do sol, mas a rua cintilava como se estivesse repleta de estrelas. Vidro. Vários estilhaços de vidro.

Vindo na nossa direção, abrindo caminho por entre os escombros, surgiu uma figurinha de cabelos crespos e loiros, os olhos vivos por detrás da aba do chapéu. Parecia uma bruxa pequena, magrela e determinada. Eu a encarei, incrédula. Minha voz congelou na garganta.

A do Jamie, não. "Susan!"

Ela ergueu a cabeça com um tranco, como se içada por uma corda. Escancarou a boca e disparou na nossa direção. O Jamie correu também, colando o corpo no dela, enfiando o rostinho imundo na saia dela, e eu fui atrás, e antes que desse por mim também estava nos seus braços. Esfreguei o rosto no seu cardigã de lã. Abracei-a por sobre a cabeça do Jamie. Segurei forte.

"Ah, meus amores", ela disse. "Que desastre. Que milagre. Vocês estão bem. Vocês dois estão bem."

46

Havia um restaurante aberto junto à estação de trem, apesar das janelas estilhaçadas. A Susan pediu chá, depois nos levou ao banheiro e tentou nos limpar.

"Onde estão as suas muletas?", perguntou. "Ai, Ada, seus pés. Pobrezinha." Apesar das meias, meus pés estavam cheios de cortes. "O que foi que houve com os seus sapatos?"

"A Mãe pegou. Daí eu não consegui chegar ao abrigo depressa. E aí as primeiras bombas caíram."

Ela apertou os lábios, mas ficou calada. De volta à mesa, permaneceu sentada em silêncio. Uma garçonete nos trouxe sanduíches, e começamos a comer.

"Como foi que você achou a gente?", perguntou o Jamie.

"A mãe de vocês largou as cartas pra trás. Numa delas encontrei o endereço. Mas o prédio..." ela fez uma pausa. "Bom, foi bombardeado, eu acho. Mas alguns moradores de lá tinham retornado aos escombros hoje de manhã, e uma mulher se lembrou de vocês dois descendo as escadas." A Susan fez uma cara. "Ela se lembrou de passar por vocês porque a Ada estava andando muito devagar. Então tive a esperança de que tivessem conseguido chegar em algum abrigo. E fui percorrer os abrigos. Não imaginava que houvessem tantos."

Eu tinha uma pergunta mais importante. "Por quê? Por que veio atrás da gente, depois de nos deixar ir embora?"

A Susan remexeu o chá com uma colher. Remexeu e remexeu, com o olhar pensativo. O restaurante tinha açúcar na mesa, mas era falta de educação pegar muito.

"Vocês vão entender", ela disse, por fim, "que existem diferentes verdades. É verdade que a sua mãe tem direito a vocês dois. Era nisso que eu estava pensando quando deixei que fossem embora.

"Mas depois, não consegui dormir. Fiquei sentada no abrigo com o diabo do gato e percebi que eu tinha que ter ficado com vocês, independentemente de qualquer regra. Porque também é verdade que vocês são parte de mim. Vocês entendem isso? Conseguem entender?"

"A gente estava voltando pra casa hoje de manhã", respondi. Ela assentiu. "Que bom."

Uns minutos depois, acrescentou: "Eu peguei o primeiro trem de ontem que consegui. Mas estava tão lento, parou tantas vezes... Então, depois quando o bombardeio começou o trem não seguiu até Londres. Ficamos um tempão parados num ramal, e só chegamos à estação hoje cedo".

Ela parou de falar. O Jamie havia desabado sobre a mesa. Dormia profundamente.

Fui andando até a estação, mancando, de braço dado com a Susan. "Você estava mesmo precisando de muletas novas", ela disse. "Já estava muito grande para as antigas."

Eu assenti, grata por não ter que explicar. Um dia contaria a ela toda a história, o que eu dissera à Mãe e o que ela respondera, mas não agora. Talvez levasse um bom tempo. Meu coração se despedaçava só de pensar.

O trem pra Kent estava apinhado de gente. Encontramos um lugar pra mim, mas o Jamie acabou deitado sob os bancos, e a Susan, sentada no corredor, em cima da mochila de um soldado. O trem avançava aos trancos e barrancos; minha cabeça ia batendo na parede. Quando o Jamie precisou usar o banheiro, foi passado de soldado em soldado até o final do vagão; ao terminar, foi passado de volta.

Quando saímos, trôpegos, na estação do nosso vilarejo, a Susan fez sinal para o táxi parado na calçada.

"Entre. Não vou fazer você dar nem mais um passo."

Percorremos a vila silenciosa naquela manhã de domingo e entramos na rua da Susan, enfileirada de árvores. De repente, ela prendeu o ar.

Eu saí do táxi e vi o que ela via.

A casa estava destruída.

Atingida em cheio por uma bomba alemã.

Quase metade do vilarejo se encontrava ali, em meio aos escombros. Todos erguiam cuidadosamente tijolos e pedras. Olharam pro táxi.

Ao nos avistar, o grupo inteiro foi tomado de incredulidade, tal e qual o momento do nosso reencontro com a Susan em Londres. O pavor transformou-se em alegria, sorrisos e gargalhadas.

Susan permaneceu paralisada, a mão sobre a boca.

Todos correram na nossa direção: o Fred, o pároco, o Stephen White. O taverneiro e a esposa. Os policiais. Os pilotos. A lady Thorton abraçou a Susan e irrompeu em lágrimas.

"Por que você não me avisou que tinha saído?", perguntou ela, aos prantos. "Você nunca vai a lugar nenhum... por que não avisou a ninguém?"

Uma bola cinzenta de pelos surgiu dentre os escombros e correu para o Jamie. "Bovril!", ele gritou.

O pasto estava adiante dos destroços. Tentei correr, mas depois de três passos, o Fred me alcançou.

"Ele está bem. O seu pônei está ótimo. Devia estar do outro lado do pasto quando a bomba caiu." O Fred chorava. "Foi de vocês que a gente sentiu falta. Estávamos procurando vocês. As sirenes não chegaram a disparar ontem à noite. Achamos que tínhamos perdido vocês três."

O Jamie saltitou diante da Susan, com um sorrisão.

"A gente estava naufragado", ele disse.

A Susan permanecia paralisada, mas, por insistência do Jamie, afagou a cabecinha do Bovril. Então abraçou o Jamie e me olhou nos olhos.

"Que sorte eu ter ido atrás de vocês. Vocês dois salvaram a minha vida, isso sim."

Dei a mão a ela. Um novo e desconhecido sentimento me preencheu. Parecia o mar, a luz do sol, os cavalos. Parecia amor. Vasculhei minhas ideias e encontrei o nome. *Felicidade*.

"Então, agora estamos quites."

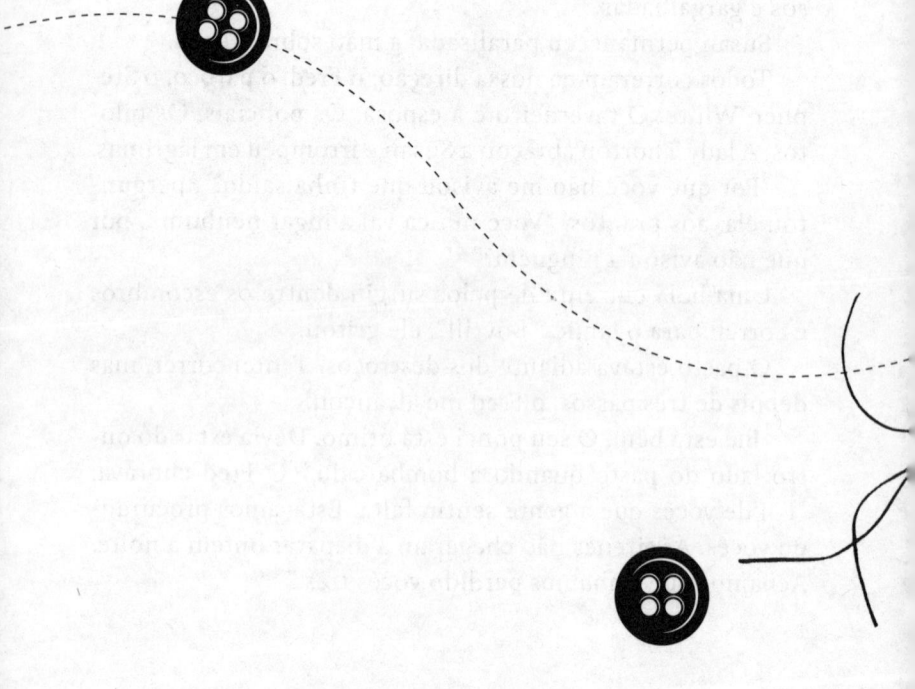

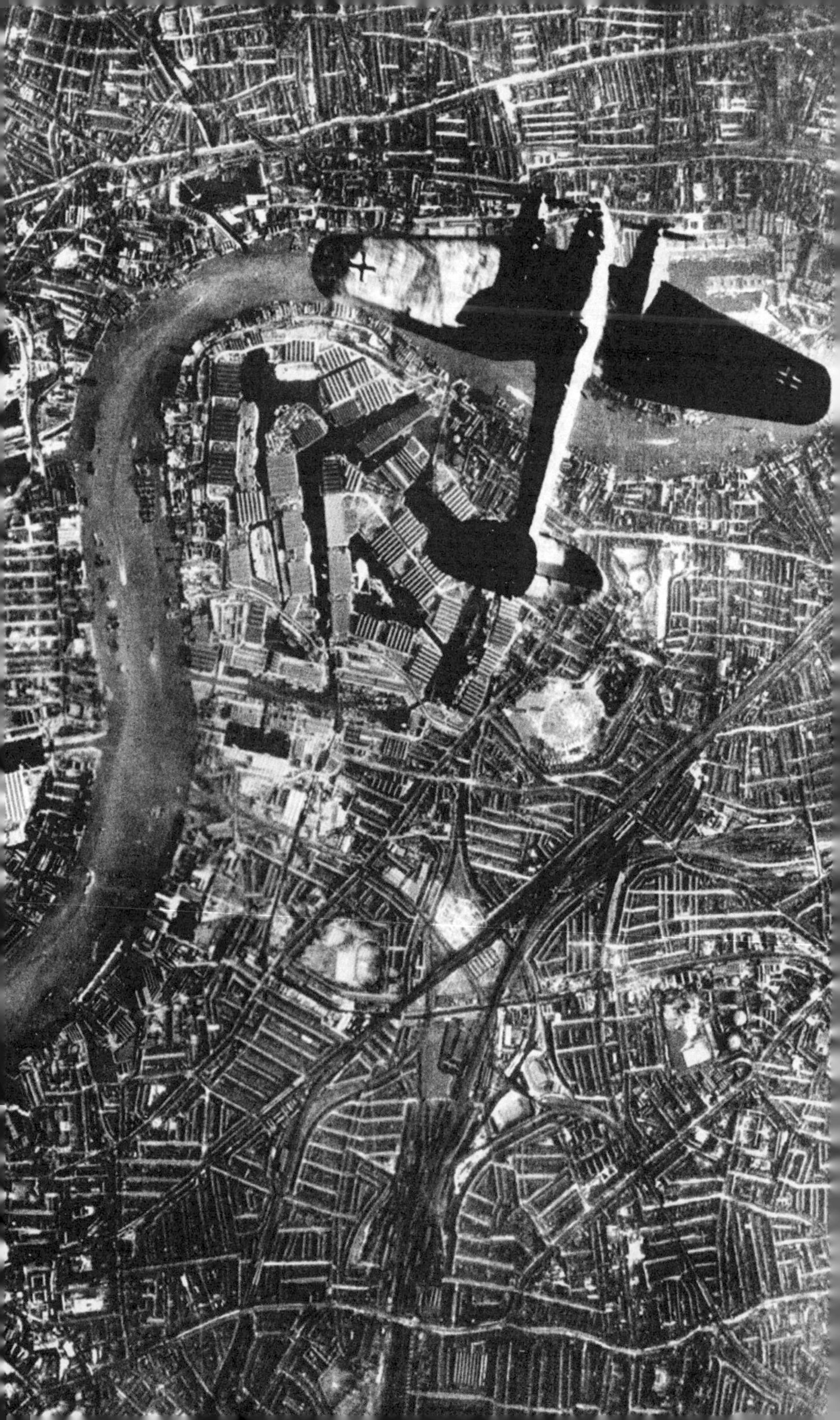

A autora vive com o marido e os filhos em uma fazenda de vinte hectares em Bristol, Tennessee, repleta de pôneis, cães, gatos, ovelhas, cabras, e muitas, muitas árvores, no sopé das Montanhas Apalaches. É autora de vários livros, entre eles *Leap of Faith* e *Jefferson's Sons*.

Kimberly Brubaker Bradley

kimberlybrubakerbradley.com

A Guerra que Salvou a Minha Vida ganhou o Newbery Honor Book, o Schneider Family Book Award e o Josette Frank Award, além de ter sido eleito entre os melhores livros de 2015 pelo *Wall Street Journal*, a revista *Publishers Weekly*, a New York Public Library e a Chicago Public Library.

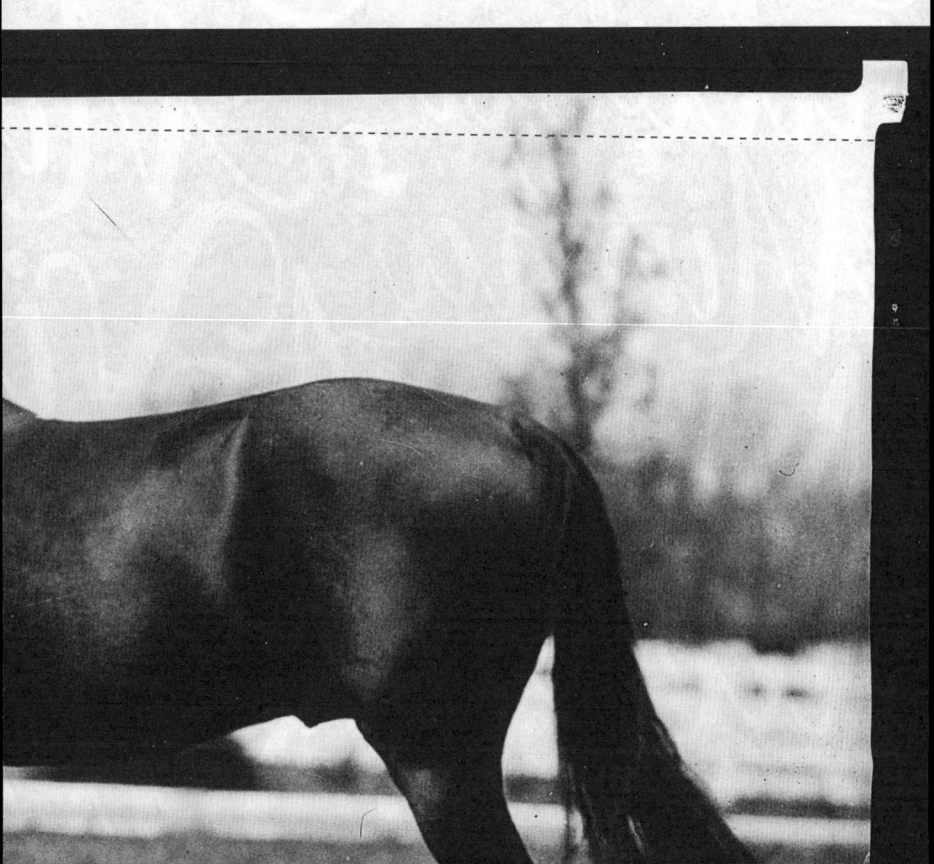

A Minha Vida A Guerra que Salvou a Minha Vida A Guerra que Sal

A Guerra que Salvou a Minha Vida

Para
Kathleen
Magliochetti,
que me
apresentou
à Inglaterra

A Guerra que Salvou a Minha Vida

"Enquanto puderes erguer os olhos para o céu,
sem medo, saberás que tens o coração puro,
e isto significa felicidade." **ANNE FRANK**

DARKSIDEBOOKS.COM